WALL

周木 律

角川文庫
23623

目次

最後の審判を待ってはいけない。それは毎日くだされているのだ。

――アルベール・カミュ

Ⅰ　七月七日　プロローグ

この丘には、父と母と、祖父と祖母が眠っている――。

夏の日差しの中、イサークは、ゾーヤとともに、長方形の御影《みかげ》石を見下ろした。芝生に開けられた窓のような墓石。刻まれているのは、四人の血縁たちの名前と、その生没年だ。老齢に差し掛かりめっきりと弱った目には、眩《まぶ》しい光の中にあるだろう文字がひどく滲《にじ》んで見えた。

仮に判読できたとしても、イサークにはその紋章のように複雑な文字の意味まではわからない。それを何と発音するのか、かつて両親から聞いていた読み方だけしか、彼にはわからない。

――イサークは昨日、シコタン島《Остров Шикотан》での最後の仕事を終えた。

国境警備隊の船を補修する仕事。それは、身体を壊した父親の跡を継ぐようにして十五歳で始めた稼業だった。

補修といっても、実際に何か難しいことをしていたわけではない。専門教育を受けていたわけではなかったし、そもそも船体に触らせてもらえなかった。やることといえば、駐留する軍人たちの手伝いや世話、施設の掃除といった、補修とは直接関係がない雑務ばかりだったのだ。それでも、本国から遠く離れ、また国境を近くにすることの島にある仕事は多くはなかったし、それですら第二次世界大戦後の残留日本人にルーツがある自分には回ってくるはずもない。

そう考えれば、大した仕事ではなくとも、生きていくのに最低限の収入があるだけでもありがたく、イサークは否応《いやおう》なく父の仕事を引き継いだのだ。

あれから、五十年が経った。

ここまで、イサークは大きな波乱もなくコツコツと生きてきた。四十年前には父を看取《みと》り、三十年前には母も看取った。その直後、旅行者だったゾーヤと知り合い、以来、彼女はイサークの大事な伴侶《はんりょ》となった。国の名前や政治体制が大きく変わる中にあっても、彼の身辺にまでその余波がくることはなく、少なくとも彼は毎日を同じように繰り返しながら過ごした。

そんな彼も、最近はめっきりと身体の衰えを感じるようになった。目だけではない。身体の節々は痛むし、食も細くなった。筋肉も目に見えて落ちた。昔は何とも思わなかった冬も、ここ数年は厳しさばかりを感じる。

いよいよ、平穏な人生も閉じどきが近づいているのかもしれないな――そう思ったイサークは、ひと月前、事務局に退職を願い出た。

申し出は拍子抜けするほどあっさりと受諾され、そして想像していたよりも多い退職金があてがわれることが、上司である小隊長のねぎらいの言葉とともに告げられた。きっと、彼らもそろそろだと予期していたのだろう。

だが、イサークは素直に嬉《うれ》しかった。彼らが自分のことを見てくれていたこと。その事実だけでも、自分がしてきたことが多少なりとも意味があったもののように思えたからだ。何より、退職金は嬉しかった。先立つものがあれば、自分が亡き後もゾーヤが暮らしに困らずに済むのだから。

「ねえ、何を考えているの？」

横に立つ彼女が、しわがれた声で問うた。

出会ったころよりもずっと皺《しわ》の数を増やしたゾーヤが、出会ったころよりもずっと魅力的に見えた。

不思議なものだと思う。人間とは、外見だけを愛《いと》おしむものではないとわかっているけれど、それでも、こんなにも瑞々《みずみず》しい感情がまだ自分の中にあったことに、イサークは驚いた。

「いや……何でも」

急に恥ずかしくなり、ぶっきらぼうに答えた。

こんなとき、君を愛していると素直に言えばいいのだろうか。それができないのは、奥ゆかしい国民性といわれる日本人の血のせいだろうか。

照れ隠しのように、ふと、イサークは自分たちが上ってきた道を振り返る。

長い芝生の下り坂。その先に海が見える。清々《すがすが》しさの中から青い色だけを取り出したような、ゾーヤの瞳《ひとみ》の色だ。長い冬の間は荒々しい灰色に変わってしまう海が、この時期、束の間に見せる美しい横顔。

そんな海と自分との間に、町と港があった。マロクリリスクの町、そしてロシアの軍港だ。どれも古くて、自分と同じようにあちこちがくすんでいるけれど、その分、懐かしさばかりが募る。

生まれたときから変わらない景色。草の匂いも、頰に感じるそよ風も、遠くに聞こえる鳥のさえずりも、もちろん夏の日差しも、何もかも――。

ふと、眼下の町を日本では斜古丹《シャコタン》と呼ぶのだと、亡き母が言っていたことを思い出す。

この島の名前の元になった音の響きは、実は日本語ではないらしい。

帰属を巡ってさまざまに揺れてきた。多くの偉い政治家たちが争った。けれどこの島は、かつて日本人もロシア人も住んでいたわけではない。斜古丹は、そのどちらでもない人々が口ずさんだ響きだ。

だから、生まれてこのかた島から一歩も出ることなく暮らし続けているイサークには、どうして争いが起こるのか、感覚的に理解しづらかった。この島は、ここに住む自分たちの島だ。さもなくば誰のものでもない。日本人の血を持つロシア人イサークには、そう考えるほうが納得できたのだ。

だが、こんな不合理は今に始まったことじゃない。現に、まさに今も世界の国々が猫の額のような土地をめぐって血を流し戦っている。この国も、自らが引き金となりその渦中にある。なんと奇妙なことだろう。どの土地を自分のものとしたところで、人が歩いて行ける距離も、見ることができる景色も、過ごせる時間も、限られているというのに——。

学がない自分だから、そう思うのだろうか。大学に行くような優秀な人たちなら、手の届かない世界も我がことのように考え、憂い、責任さえ負ってしまうのかもしれない。

そう考えれば、イサークにとってこのシコタン島がすべてであることは、身の丈に合っている——そんなふうに、思えた。

「そろそろ帰りましょう。寒くなってきたわ」

ゾーヤがイサークの右手を引いた。

ぼんやり思索に耽《ふけ》っていた彼は、はっと我に返る。

この島は夏も涼しく、老齢には、長袖《ながそで》でなければきつい。

日も傾き始めた。さっきからイサークも肌寒さを覚えている。

「そうだね……家に、帰ろう」

彼女の左手を握り返す。ひんやりとした空気の中、彼女の骨ばった手のひらだけが、温かい。

そのことに、ささやかな幸福感も覚えつつ、イサークは今一度、振り返った。

東に山が聳《そび》えている。夏の西日とともに日本人墓地を懐に抱《いだ》く、雄大な山だ。溜息《ためいき》とともに見上げながら、イサークは――ようやく、その異変に気づいた。

これまで見たことがなかったものが、山の麓《ふもと》の、すぐ二百メートルほども先にある。

それは――七色に輝く、半透明の壁のようなもの。

「……？」

あれは、何だ？

弱った目を凝らす。あれは――壁か？

左右は見えなくなるところまで、上は天まで続いている。

けれど、透けている。厚みもほとんどなさそうで、砂糖菓子を包むセロファンか、または小さいころに遊んだシャボン玉の表面を思わせる模様が見える――。

訝《いぶか》りながらじっと見つめているうち、さらに気づく。

壁が、山のほうから少しずつ、こちらに近づいている――。

「なあゾーヤ、あれは何だ？」

目を細めつつ、イサークは呟《つぶや》く。

彼と同じく、その壁に気づいたゾーヤが、気長な口調で答えた。

「あら、何でしょうね。不思議……」

「気象現象かな」

「それとも、ヴェール？」

ヴェールか。素敵なたとえだな、とイサークは思った。

確かに、セロファンよりもずっと美しく、シャボン玉よりももっと幻想的だ。まさしく、天使か女神が纏《まと》うヴェールとでも形容するのが、ふさわしいものだろう。

会話の間にも、巨大なヴェールは音もなく忍び寄り、気づいたときにはすでに目と鼻の先まで近づいていた。

ふと、すぐ傍を小鳥がヴェールへと飛び込んでいく。あっ、と声を上げそうになるが、小鳥はヴェールをすり抜け、そのまま向こうへと飛び去って行った――。

「これ、本当に、何なのかしらね」

少女のような無邪気な笑みを浮かべながら、ゾーヤが、すぐ目の前にあるヴェールを見つめている。

手の、届く距離。

「……美しいな」

イサークは、吸い込まれるように左手を伸ばし、美しいヴェールに触れた。

その瞬間、ジッという低い音とともに、閃光《せんこう》が迸《ほとばし》った。

何が起こったのかわからず、イサークは目を瞬《しばたた》く。

熱のようなものが、イサークの左手を覆う。

直後――カラン、という乾いた音がした。

眼前の墓石に、指輪が落ちていた。くすんだ銀色で、形も歪《ゆが》んだ年季の入ったものだ。

イサークは、その指輪に見覚えがあった。

そう、あの指輪は――俺のものだ。

だが、指輪はずっと、おのれの左手の薬指に嵌《はま》っているのではなかったか？

「……っ！」

横で、ゾーヤが息を飲み、目を丸くするのが見えた。

なぜ彼女は驚いているのか。その視線の先、自らの左手をイサークは見る。

長袖がだらんと、肘《ひじ》の辺りから垂れ下がっていた。

イサークは戸惑った。そこにあるはずの慣れ親しんだ左手が、見えない。

消えてしまった？　そんな馬鹿な。でも、消えたならば、嵌《は》めていた指輪がそこに落ちた理由も説明できる。

説明できる、けれど――。

戸惑いの中、ヴェールが、さらに肩口まで近づいた。

閃光。そしてジッ、と再び音がして、腕全体が焼かれたような熱さに包まれ、長袖が完全に垂れ下がった。

鈍い痛み。そして、そこにあるべきものがなくなった感触。

間違いない。このヴェールは、身体を消している。

イサークは、背筋を駆け上がる戦慄《せんりつ》とともに、反射的に叫んだ。

「ゾーヤ、逃げろ！」

「嫌」

ゾーヤは、イサークの右手を強く握った。

振りほどこうとしても、その手は離れない。

このヴェールは危険だ、肉体だけを削ってくる、絶対に触れてはならない、触れればおしまいだ、せめて君だけでも逃げろ、俺を置いて行け、今すぐ坂を下りて誰かに助けを求めろ――一瞬で頭の中に溢《あふ》れ出た言葉は、何ひとつ喉《のど》からは出てこなかった。

今さら、自分の口下手を激しく後悔するイサークに、ゾーヤは言った。

「……愛してるわ」

彼女は、微笑んでいた。

絶対に放さない。そんな意思を強く感じる皺《しわ》だらけの笑顔だった。

だからイサークも、頭を埋め尽くす言葉をすべて捨てると、一言だけを返した。

「俺も、愛している」

――ジッ。

愛《いと》しい響きと、白い光とともに、幸せに一生を過ごした二人の意識は途絶えた。

空になった二人の衣服の傍を、二匹の蝶《ちょう》がひらひらと舞う。つがいの彼らは、ヴェールの両側を何度も、まるで戯れるように、いつまでも行き来していた。

II

七月九日

「紺野《こんの》先生は、日本の物理学界では『珍しい女性の研究者』として知られています。また先生のような研究者を目指す全国の『リケジョ』の皆さんからは憧《あこが》れの存在なのではないかと思います。先生は彼女たちに、どんなエールを送りたいですか？」

――ああ、またこの手の質問か。

雪子《ゆきこ》はげんなりとした。一体、私が日本に帰ってきてから今まで、何度この類《たぐい》の質問を受けただろう。

珍しいという形容詞。あえて「女性の」とつけられる修飾語。あるいは「リケジョ」なる揶揄《やゆ》するような単語。質問に紛れ込む言葉の節々に、私のような人間をある種の異端として見下ろす無意識の偏見が見え隠れする。

ひどく辟易《へきえき》しながらも、雪子はそんな負の感情はおくびにも出さず、張り付いた笑顔をカメラに向けた。

「そうですね。昔はこの世界も男社会でしたが、今は活躍する女性もたくさんいます。また女性研究者に対する理解や配慮も進んできたように感じます。昔はなかった女性用トイレも増えてきていますしね。ですので、後輩の皆さんには、ぜひ臆《おく》することなく飛び込んできてほしいと思います」

ああ、半分は本当で、半分は嘘のコメントだ、と雪子は自嘲《じちょう》する。

確かに割合から言えば女性研究者は増えた。実際に活躍する先輩、後輩も多い。けれどそれは、単に狭かった門戸が少し開かれたに過ぎない。この敷地内ではまだ、彼女たちに対する見方や処遇に対する理解や配慮が進んでいるとは言えない。

いまだにトイレのような些末《さまつ》な話しか引き合いに出されないのがその証拠だ。実態はむしろ、進んでいるどころか、悪意かと勘繰るくらい停滞している。

「なるほど、心強いお言葉です。ところで、プライベートは何をなさっているのですか？」

「ずっと研究のことを考えています。ああ、でも気分転換に台所に立つことはありますね」

「どんなお料理がお得意なんですか」

「得意とは言えませんけれど、煮物はよく作ります」

「家庭的な一面もおありなんですね。素敵です」

――一体、何の会話をしているのだろう？

この若い女性インタビュアーは、私の研究についていつ触れてくるのか。あるいは、初めから触れるつもりがないのか。

一言文句もつけたくなるところを、あえて雪子は背筋を伸ばした。

不機嫌さを露《あら》わにしたところで「女はこれだから」という根拠を攻撃者たちに与えてしまうだけだ。一切意味のないやり取りに一切意義を感じなくとも、仕事として受けてしまえばそこで一切の手を抜くわけにはいかない。なんなら心を無にしてでも、まっとうしなければいけない。

「……なるほど、オンとオフを使い分けながらも、毎日の生活に研究のヒントを得られているんですね。紺野先生は実に、しなやかで軽やかな女性を体現していらっしゃる」

研究内容とは関係のない、抽象的で歯が浮くような誉め言葉。

果たして、これが活字になって喜ぶのは誰なのだろう？　よくわからないが、少なくとも、それが、私が真に喜ばせたい人たちではないことだけは確かだ。

「それでは最後の質問です。紺野先生が尊敬される研究者は、どなたですか？」

インタビュアーが、不愉快な高い声で問う。

尊敬する研究者か。もちろんたくさんいる。でも、きっと誰の名前を出しても、インタビューを読む誰かは、知らないだろう。

雪子は、口角を上げると、こういう場合の模範解答を口にした。

「マリー・キュリーです」

紺野雪子が東京技術大学の准教授となったのは、昨年のことだった。博士課程を終えてから、彼女はひたすら研究に邁進《まいしん》した。専門は素粒子物理学。湯《ゆ》川秀樹《かわひでき》博士が昭和二十四年にノーベル賞を受賞して以降、日本では物理学の中心にある由緒正しい分野だ。と言っても、雪子の研究領域は必ずしも理論追究のような派手なものではない。むしろ、本流の理論を証明するためにどのようなことができるかという、平たく言えば地味な実証分野だった。それでも、マサチューセッツ工科大学《MIT》での共同研究を経て日本に戻ってきた雪子を待っていたのは、出身大学ではない東技大の准教授という、異例の好処遇だった。

三十四歳で准教授となるというのは、明らかに早い。MITでの研究成果に基づく任用なのだというが、あの研究は革新的な内容はあまり含まず、あえて好待遇で迎える根拠にはならない。

だからこそ、本当の理由が、雪子には明らかだった。

――私は、女性登用の偶像《アイコン》にされている。

いや、そんな綺麗《きれい》な言葉で誤魔化すようなものではない。はっきりと「客寄せパンダ」とでも言った方が、実態に沿うのだろう。何しろ白髪頭ばかりのこの世界は、若いというだけで目を引くし、それが割合として希少な女性であればなおのことだ。そうした人間を処遇しているというだけで、どうしたわけか脊髄《せきずい》反射的に大学の評価が高くなるし、このことは特にスポンサーとなる企業や役所との関係でアドバンテージになる。裏を返すと、その目的のためだけに、象徴的な属性を持つ雪子に白羽の矢が立ち、このポストに就かされた、とも言える。

もちろん、そんな属性だって評価のひとつだ。割り切って黙々と研究すればいいという考え方もある。率直に言って、雪子は初めからそのつもりで准教授となった。

だが、実態はもっとあからさまだった。

何しろ、「君は女だってだけで十分だから」などと、周囲は本音を隠そうともせずのたまうのだから。

それでなくとも直属の所属先となった山之井《やまのい》教授さえ、しばしば言葉の端々に「女は学問に向かない」と滲《にじ》ませてくるのだ。バイアスの掛かったご指導を頂戴《ちょうだい》したところで、そもそも議論にすらならない。結果として、実りある研究を進めることなどままならないのが現実だった。

もちろん、多少の偏見はアメリカでもあった。そもそもアジア人というだけでヘイトがあることは身に沁《し》みていた。それでも、日本のそれはアメリカのそれとはまた別の、質の異なる根深さを感じずにはおれなかった。

まったく、考えれば考えるほど気が滅入《めい》る。一体、この状況をどうしたものか——。

インタビューを終えてホテルを出るとすぐ、刺すような日光が顔を照らす。

今年の梅雨は短かった。まだ七月上旬だというのに、とっくに夏の日差しだ。日焼け止めを塗るのを忘れたことを後悔する。名前に雪がつくせいではないけれど、この季節は苦手だ。

早々に環境のいい場所へと逃れるため、大学へ向かう地下鉄の入口を探していると、ふと、鞄《かばん》の中でスマートフォンが鳴った。

ディスプレイを見る。見知らぬ番号が浮かんでいる。警戒しつつ、歩きながら電話を取った。

「……もしもし」

『えーと……紺野、雪子さんの携帯電話でよかったですか』

「はい、そうですが」

男の声だ。警戒心を強める雪子に、男は少し声色を綻《ほころ》ばせた。

『ああ、よかった！　俺、北沢《きたざわ》といいます。覚えてるかなぁ……高校のとき一緒で、一学年上だったんだけど』

「北沢さん……」

遠い日々の思い出を掘り起こす。出身の高校で一緒、一学年上の男子というと――

あっ。

「もしかして、北沢喬之《たかゆき》先輩ですか？　科学部の」

『そうそう、その科学部の先輩！　ああよかった、覚えていてくれて』

ほっとしたように、男――北沢は言った。そのやや東北のイントネーションが混じる口調に、雪子の記憶が鮮明に蘇《よみがえ》る。

北沢喬之。地元岩手の高校で所属していた科学部の、一学年上だった男だ。誰に対しても態度がフラットで、分け隔てることのない性格。少し強引な傾向はあったけれど、正義感に篤《あつ》い。そんな彼に、当時の雪子は好ましい印象――もちろん恋愛感情とまではいかないが――を抱いていた。

卒業した後、彼は地元の国立大学の工学部に進み、その後上京した雪子との関係はそれきりになっていたが――。

『いや、久しぶりだね。十年……いや、十五年以上か。君の噂はいつも耳にしていたよ。アメリカに行って学者になったって。出世頭だ』

「そんなことないです。先輩こそ、官僚になったって話を聞いてますよ」

『ああ、霞《かすみ》が関《せき》に行ってさ。国交省が本籍で、今は内閣府に出向中』

内閣府と言えば、内閣の政策の企画立案を担当する重要なセクションであり、言わば総理大臣の懐刀に当たる役所だ。

当然、そこに各省庁から出向する官僚も、優秀な人間が選抜されていると聞く。

「すごいじゃないですか！」

『そうかな。聞こえはいいかもしれないが、ただのしがない公務員だぜ』

「そんなことないです。先輩にぴったりの仕事だと思います」

『いかにも悪いことしそうだって？　心外だなぁ』

軽妙なやり取り。そういえばあのころも、こんなふうに軽口を叩《たた》きあっていたっけ
──懐かしさに、雪子の口元がつい綻んだ。

「……ところで先輩、今日はどうしたんですか」

『ああ、そうだった。突然電話して申し訳ない。君、今は日本に戻ってきているんだよね』

「ええ。東技大にいます」

『忙しい？』

「まあ、人並みには」

『そうか。そしたら、久しぶりで恐縮なんだけど、実はちょっと聞いてほしい話があって……』

「えっ、何か変な話ですか」

『いや、そういうんじゃないよ。上手《うま》く言えないんだけど、なんていうのかな、役所がらみというか、そうじゃないというか……』

含みがある。立ち止まり、首を傾げた雪子に、北沢はなおも続けた。

『とにかく今、君の時間がほしいんだ。ちょっとだけでいいんだけれど……だめかな』

「大丈夫ですよ。一時間くらいなら」

インタビューが早く終わったので、時間はまだある。

『助かる！　今どこにいる？』

「有楽町《ゆうらくちょう》ですけど」

『わかった、すぐ行く』

「えっ、来るんですか？　電話じゃなくて？」

『ああ。直接話がしたい。手近な喫茶店に入って待っててくれないか？　できれば、人のいない店がいいんだけど』

「待って先輩、まさか宗教先物《さきもの》マルチの話じゃないですよね？　それだったらお断りですよ」

『それはない。断言する。少なくとも、君に迷惑が掛かる話じゃない……と、思う』

微妙な歯切れの悪さ。しかし彼の口調からは、何か大切な話であるようなニュアンスが窺《うかが》えた。

「……？」

雪子は訝《いぶか》りつつも頷《うなず》いた。

「……わかりました。店に入ったら場所をショートメールします」

『ありがとう。十分以内に行く！』

それだけを投げ捨てるように言うと、プツッ、と電話が切れた。

相変わらずの強引さ。けれどもそこに懐かしさも感じていた。長いブランクはあっても、雪子は一瞬、確かに、高校生だったあのころに引き戻されていた。

それにしても、何の話だろう？　場合によってはシリアスで、しかもかなり急ぎの内容であることは確からしい。わざわざ没交渉だった雪子に連絡を取ったことを考えれば、高校の同級生の不幸か、あるいは高校そのものに関すること？　いや、役所がらみだというような話もしていたから、もっと別の話かもしれない。だとすると――

さまざまな予測を立てながら、雪子は、今来た道を引き返す。

だが、十五分後――地下の静かな喫茶店で十七年と四か月ぶりに再会した北沢は、予期していたことをすべて覆すような話をしたのだった。

「えっ……乗員乗客が全員、消えた？」

雪子は思わず、自分の耳を疑った。

上背があり、半袖《はんそで》のカッターシャツにノーネクタイ姿。記憶にあるそれと比べると、年齢相応に脂肪がついたものの、あのころとほとんど変わらぬ精悍《せいかん》な顔つきの北沢は、ホットコーヒーをずずっと啜《すす》りながら、雪子の疑問符に「ああ」と頷いた。

「にわかには信じられないかもしれない。俺もついさっき報告を聞いて、こんなことがあるものかと驚いているところだしね」

驚いているという割には落ち着いて見えるのは、すでに彼なりに事態を咀嚼《そしやく》しているということだろうか。

そんなことを思いつつ、机の上に置かれた名刺を、再び、じっと見つめる。

――『内閣府防災担当政策統括官付参事官　北沢喬之』

参事官――とは、所掌する事項の取りまとめ役にあたる重要なポストだ。

内閣府は政府の中心的な位置づけの役所でもあるから、そこの防災担当の参事官とは、防災に関し各省庁に指示する司令塔の役割も担うことになる。当然、こんな荒唐《こうとう》無稽《むけい》な情報もまず入ってくる立場なのだろうが――。

「うーん……もう一度、確かめてもいいですか」

雪子は額に手を当てつつ、今しがた北沢が言ったことを繰り返す。

「まず、今朝、太平洋上を通って日本に戻ってくる航空機七機に、異変が発生した」

「ああ。民間のジャンボジェット、小型飛行機、あとヘリコプターだね」

「異変というのは、七機のうち二機が洋上で墜落したことが確認され、四機は消息不明となったというもの。そして残る一機は交信がないまま空港に自動操縦で戻ってきた」

「そう。それがこのジャンボ機だ」

北沢が、名刺の横に置いたタブレットを操作し、写真を一枚表示する。

空港——おそらくは成田《なりた》の滑走路に着陸する、ジャンボジェット機だ。

「ジャンボ機ではおかしなことが起こっていた。具体的には……乗員乗客がすべて消えていたんですよね？」

「そう。パイロットも乗客もすべて、蒸発したように消え失《う》せていた。しかも全員が、奇妙なことに、衣服や荷物をその場に残して……」

北沢がタブレットの写真をスライドすると、機内の様子が映し出される。

ジェット機内の並ぶ座席。そこには誰もおらず、しかしシートにはなぜか、衣服だけが散らばっている。さらに写真をスライドすると操縦席でも同じ現象が起こっていることが確認できた。

「機長の制服は機長席に、CAの制服はCA席に、乗客の衣服はそれぞれの席にあって、まるで突如として人体だけが消えてしまったかのような状態だったそうだ。……ちなみにこのジャンボ以外の六機についても同じことが起こっていたという推測がある。確認はできないが……」

「……………」

改めて、言葉を失った。

突然、人間の身体だけが消えてしまい、それ以外の物体はそのまま残る。こんなことがあるのだろうか。こんな、まるでオカルトのような話が。

仮に、これに合理的な解釈を与えるならば――。

「北沢先輩、私を一杯食わそうとしていませんか？」

「だったら面白いんだけどね。でも、こんなイタズラを考え付くほどの想像力は、俺にはないよ」

「じゃあ、それ以外の誰かが一杯食わそうとしている可能性は？」

「それは考えた。そもそもがデマか、あるいは某国のテロか。今は国際情勢が不安定だからな。デジタル攻撃も激しいけれど、それ以外がないわけじゃない。というか、上はその方向で理解しようとしているな」

昨今、世界に戦いのムードが広がっている。地球の反対側でも、日本のすぐ傍でも、意図的に何かが起こされる可能性はゼロではない。

「……ただ俺は、その可能性はないと思っている」

「理由は？」

「まずデマじゃないことは確実だ。無人で戻ってきた機体が少なくとも一機あるからね。一方テロだとしても、こんな手の込んだことをする目的がわからない。単に破壊するほうがインパクトは大きいだろうし、ずっと簡単だ」

「なるほど。じゃあ、自然災害でしょうか」

「俺としては、そっちのほうがまだ可能性はあると踏んでるんだが……」

「災害にしたって不気味ですよね。一体何が起こったんでしょう？」

「そう、それを訊《き》きたかったんだ。紺野博士」

北沢が、テーブルの上に大きく身を乗り出した。

「俺は、これが広範囲に起きた何らかの物理現象じゃないかと睨《にら》んでいる。だが俺の知識じゃ解釈すらできなくてね。物理学に詳しい研究者の知恵を借りようと思ったんだ。だが事が事だけに信頼できる人でないと話もできない。そのときぱっと思い浮かんだのが君だった」

「で、私に連絡してくださったんですね」

「ああ。いきなりで悪かった。だが、こんな状況でにっちもさっちもいかなくて……俺に何か、アドバイスをくれないか？」

「うーん……」

だが雪子は、少し間を置いてから答えた。

「アドバイスは構わないんですが……というか、北沢先輩、そもそもこの話を私にして大丈夫なんですか？」

「もちろん。……ほら君、高校二年のとき、科学部の危機を阻止したことがあっただろ。覚えてないかな」

「えっ？」

　突然話が変わり面食らう雪子に、北沢は続ける。

「部員が少なくなって廃部になりそうだったあのとき、君は部長として、生徒会だけじゃなく、顧問や校長にまで掛け合い、危機を防いでくれたよな」

「そう言われてみれば、そんなこともあったかも」

　うっすらと思い出す。二年生になって部長を引き継ぎすぐ勃発《ぼっぱつ》した廃部問題。なんとかしなければと義務感から行動した結果、廃部は免れ、部長としての責務をようやくまっとうできたのだ。だがそれは何も自分の力だけではなく、すでに役を退いていた北沢たち先輩方の助力のお陰でもあった。

「……たとえ君がよく覚えていなくても、俺は覚えている。あのとき俺は、君が責任感のある人間だと確信したんだよ」

「だから信頼できると？」

「そういうこと。むしろ、違うのか？」

　やけに真剣な北沢の顔に、雪子は思わずぷっと噴き出した。

あんな些細《ささい》な出来事で信頼に足るだなんて、人を見定めるにはあまりに早とちりというものだ。もしかしたらこの十七年で、私の人間性だって大きく変わってしまったかもしれないのに。

でも、そんな北沢の素朴で人を疑わない性格が、十七年の間でまったく変わっていないのは、少し安心する。

雪子は笑いを堪《こら》えながら、「……わかりました」と頷《うなず》いた。

「そこまで信頼していただけているなら、むしろ光栄です。アドバイスの件も承知しました」

「ありがとう、助かるよ。……それでだ」

北沢は破顔しつつ、すぐに話を戻した。

「まずは単刀直入に意見がほしい。この事件、物理現象で説明できるだろうか？」

「率直に言えば、不可能です。消失するという現象、これは質量保存の法則に反しています。また人体だけが選別的に消失させられているというのも不可解です。選別するというのはそれを行う主体がいるということですが、普遍的な物理現象にはあり得ません」

物理現象に意思はない。だから、相手を選ぶということもあり得ない。

「そうか……」

北沢が、残念そうに肩を落とす。

その気持ちには申し訳ないが、常識的な解釈が困難なのは事実だ。それは、そのとおり伝えるしかない。けれど——。

「ただ、だからといって完全に無関係とも言えない感じがしますね」

「どうして？」

「わかりません。強いて言えば、勘ですかね」

勘——研究者として長く現象に携わっていると、なんとなくそれが「研究に値するもの」かどうかの嗅覚《きゅうかく》が鋭くなってくる。

この点、乗員乗客の消失現象なるものには、研究者として食指《しょくし》が動く何かがあるように思えた。

特異性、とでも言うものだろうか。直感的にだが、物理的常識の死角に存在する、しかし物理的に不可能ではない特異な事象であるように感じられたのだ。ただ——。

「すぐに詳しい説明はできません。なので、私としても、一度大学に戻ってちょっと調べてみたいと思うんですけれど……そうですね、一日だけ時間をいただけませんか？　明日またこっちに出てくる用事がありますので、よければ北沢さんのお仕事場に寄って報告しますけど」

「ああ、そうしてもらえると助かる！　ぜひよろしくお願いするよ。というか、君も忙しいのに、いきなり変な話をして、本当に申し訳ない……」

北沢はそう言うと、律儀に頭を下げた。彼の頭頂部は少しだけ、記憶にあるそれよりも薄くなっていた。

「……それにしても私の携帯電話の番号、よくわかりましたね」

「君が東京《T》技術《I》大学《T》にいることは知ってたからね。所属の研究室の人に電話して、教えてもらったんだ」

そうだったか、と納得すると同時に、ふと雪子は嫌な気持ちになる。

本来、個人情報はおいそれと他人に伝えてはならないはずのもの。それを研究室の人間が教えてしまったのだ。雪子を疎ましく感じている誰かの悪意かもしれない——まあ、そのお陰で懐かしい人と再会できたことは、よかったのかもしれないが。

「でもさ、正直言って俺は鼻が高いんだ。後輩がこうして学者として大成しているんだから。……実は俺、君の論文を読んだことがある」

「えっ、そうなんですか？」

「ああ。ネットで検索してね。理系だから読めるかと思ったが、ちんぷんかんぷんだったな。……でも、最先端の科学を下支えする重要な仕事であることだけはわかった。そういう縁の下の力持ちが科学の世界では大切なんだよな。尊敬に値するよ」

「いえ、それほどでも……ないです」

唐突に賞賛され、気恥ずかしさに肩を竦《すく》めた。

社交辞令のようなものだとは理解している。それでも、珍しい、女性、リケジョといったワードが入らない率直な感想は、素直に雪子の心に響いた。

「なんにせよ、まずは目の前の問題だ。忙しいところ申し訳ないが、よろしく頼む！」

「了解です。北沢先輩」

雪子は心からの笑顔で応《こた》えた。こんなふうに自然に表情筋が緩んだのも、久しぶりな気がした。

＊

帯広《おびひろ》の空港を出て見上げると、嘘みたいな快晴の空が広がっていた。

北海道は何度か訪れたことがある。だが、いつも雪まつりやスキーを目的にしていたから、夏に来たのは初めてだった。だからこそ、驚いた。

これほど澄んだ空は見たことがない。東京でも、神戸《こうべ》でも。

不意に風が頬を撫《な》でる。だだっ広い平野を走り続けてきた空気は、七月とは思えないほどに冷涼で、尾田基樹《おだもとき》はジャケットの前を合わせると、とりあえずホテルに向かうためのタクシーをロータリーで探し始めた。

尾田の仕事は、フリーランスのシステムエンジニアだ。

ほんの一年前までは都内の大手企業に所属していた。だが、色々とあって、三十歳の誕生日を機に辞め、地元に戻ることになった。あまり先々のことを考えない衝動的な退職だったと思うが、周囲の助けと急速に普及したテレワークのお陰で、自営の仕事はすぐ軌道に乗った。

結果として、なんとか自分と七歳の娘である穂波《ほなみ》の二人が暮らしていくだけの収入を手にすることができていた。当初はシングルファーザーとなることに対する不安もあったが、在宅仕事のお陰で穂波と一緒にいる時間も増えたし、結果としてはよかったのだろう——と、思っている。

自営とは言っても、仕事柄、直接現地で作業をしなければならないこともある。

尾田が北海道にきたのも、帯広市内にある中小企業のシステム構築のためだった。今日から十日間、張り付きでの作業になる。見知らぬ土地での大変な仕事だが、あご足付きで報酬も悪くないのであれば、引き受けない理由はない。

衣類を詰め込んだトランクとともにタクシーに乗ると、尾田は、宿泊先となる市内のホテルを告げ、自分はぼんやりとウィンドウ越しに外を見つめた。

地平線が見えるくらい、視界を遮るものが少なかった。背が高いのは木かサイロくらいで、残りのすべては何かの畑だ。それにしても、ずいぶんゆっくり走るものだとスピードメーターを見ると、すでに法定速度を大きく超えていた。

北海道のスケール感に、思わず戸惑う。だが同時に、「昔のことは忘れて、ゆっくりとしていけよ」と言われているようで、少し安堵《あんど》する自分もいた。

ふと、神戸に残してきた娘のことが頭を過《よぎ》った。

八神《やがみ》さんに預けてきた穂波は、寂しくしていないだろうか？

近所に住む八神春江《はるえ》は、死んだ母親の親友で、尾田が地元の神戸に帰ってきてからも何くれと世話を焼いてくれる女性だ。尾田が不在の間、穂波の面倒を見るのも快く引き受けてくれたし、その点はまったく心配していない。

けれど、だから気掛かりでないかといえば嘘になる。小学二年生の穂波が学校でうまくやれているかは気になるし、父親も母親もいない環境に置いていること自体、罪悪感を覚えてしまう。

だが、当の彼女のために、先立つものも必要だ。

ごめんな。でも十日後には戻るから、それまで待っていてくれ――と尾田は心の中で娘に謝りつつ、視線を上に、天を仰ぐ。

雲ひとつない宇宙へと続く色の濃い青、ぎらつく太陽の白、そして、その二色が織りなす清々《すがすが》しいまでのコントラスト。

この世のものとは思えない光景に、なぜか尾田は一瞬、言い知れぬ不安を覚え、無意識に身震いをした。

＊

「わざわざ訪ねてもらってすまない。……で、どうだった？」

北沢が、昨日とまったく同じ所作で身を乗り出した。

その瞬《まばた》きをしない、射貫《いぬ》くような瞳《ひとみ》に、雪子は申し訳なく思いつつ肩を竦めた。

「すみません。一日いろいろ調べて考えたんですが、やはりわからなかったですね……」

「あー、そうかぁ」

北沢は大仰に天井を仰ぐと、パイプ椅子の背もたれに大きな身体を預けた。

国会議事堂前《こっかいぎじどうまえ》駅を降りてすぐ、合同庁舎に入居する内閣府の防災担当政策統括官室。約束していた時間に入口の受付で自分と北沢の氏名を告げ、通された先の会議室は、国の中枢にあるとは思えないほど小さく、簡素で、かつ雑然としていた。

会議室と言いながら、半ば倉庫と化している。東技大もそうだが、歴史のある組織は慢性的な書庫不足に陥っている。きっと、ここに積まれたドッチファイルも、書庫から溢《あふ》れ出した何かなのだろうなと思いながら待っていると、すぐ、北沢が走ってやってきたのだ。

「……専門家がそう思うのなら、やっぱり物理現象じゃないのかなぁ」

残念そうに呟《つぶや》いた北沢に、雪子は慌てて付け加える。

「正確に言えば、物理現象じゃないと確信したわけじゃないんです。単にまだ検討の材料が足りないってだけで……」

「俺の早とちりか。ごめん」

「なので、何か新しい情報があればもう少しお役に立てるかもですね」

「そう言ってもらえると心強いな。じゃあ、早速だけど」

元気を取り戻した北沢は、雪子の目の前にどさっと分厚い紙の束を置いた。

「これは、昨日から今日にかけて届いた新しい情報なんだけど」

「読んだほうがいいですか？」

「いや、かいつまんで説明する。実はあれから、航空機だけじゃなくて、船舶でも同じような現象が起きていたことが確認されたんだ」

「船、ですか」

「主に太平洋から日本の港に戻ってくる予定だった漁船、観光船、フェリー、タンカー、あと自衛隊の護衛艦あたりだね。今のところ計十隻。そのすべてで、昨日の航空機と同様の状況になっていることがわかった」

「昨日と同じ、つまり、人だけが消えていた？」

「そう。衣服も荷物も何もかも残してね。しかも今回は、フェリーでもうひとつ、新しい状況が確認された。ペットとして同乗していた犬たちは消えていなかったんだ」

「犬は消えていない？」

「ああ。この写真を見てくれ」

紙の束の中から、北沢は写真がプリントされた一枚を素早く取り出す。

フェリー内部の、ペットブースの写真だろうか。柴犬《しばいぬ》がケージの中で口を開けている。その横には、ジーンズとTシャツが脱ぎ捨てられたように落ちていた。

「確かに、ワンコは無事みたいですね」

「他にも四匹ほど同乗していたが、みんな無事だ。一方人間の姿はまったく見当たらなかったそうだ」

「つまり……生き物のうち人間だけが消えた」

「そうなる。そして、この事実は物理現象と捉《とら》えることをより困難にする」

「選択的に人間だけが消されている、ってことになりますからね」

「ああ。そんなこんなで、上も事実として奇妙なことが起きているというのは理解し始めつつ、他国のテロ説に傾き始めているようだ」

確かに、話を聞いていると、自然現象というよりも、人為的な犯罪であると解釈したほうが、より合理的に感じられる。

「で、俺もさすがに物理現象じゃないのかなぁと思い始めていたんだが、そんなときに、まったく別のラインから、幾つかの気になる情報が流れてきた」

北沢は再び、紙の束の中から一枚だけを迷いなく抜き出すと、雪子に見せて示した。

「ここに書かれているのは、太平洋上で昨日から遠洋漁業に出ていた漁船の無線記録だ。内容は見てもらえれば一目瞭然《いちもくりょうぜん》だけど、要約すると『小笠原《おがさわら》諸島から東に八百キロメートルほどの地点で、奇妙な〝壁〟を見た』という目撃情報だ」

「壁……？」

「その船は危険を感じて引き返してしまったから、詳しくはわからないが、海の上をまっすぐどこまでも連なる、大きな壁とだけ伝えている」

「大きな壁。何の比喩《ひゆ》だろう……」

あるいは比喩じゃないとすれば、それは何なのだろう――？

「もうひとつ、これは資料も何もないが、ロシア筋からも気になる情報が入っている」

「どんな情報ですか」

「彼らが実効支配している色丹島《しこたんとう》で、大きな事件が起きたらしい。なんでも島の住人がすべていなくなってしまったとか……」

「すべて消えた……って、飛行機や船の乗客の話と同じですね」

「ああ。ロシア本国とは没交渉だから、詳しいことはわからない。ただの事故か、誤情報の可能性もある。だが……似たような話を聞いてしまうと、無関係とも言い切れない」

住人がいなくなる。人間が消える。そんな出来事が同時発生すれば、相関を疑うほうが自然だ。

「色丹島のことをよく知らないんですけど、住民は何人くらいいるんですか」

「三千人弱。港があって軍関係者も多く駐留しているから、それよりは多いはずだ」

「そんなに大勢が……一晩で、全員ですか？」

「ああ、ひとり残らずらしい」

言葉を失った。

航空機や船のような同じ空間にいる人間が全員消えた、というのはまだわかる。だが島に散在している人間がひとり残らず消えてしまうことなど、あり得るのだろうか？

考え込む雪子に、北沢が淡々と続けた。

「自然か人間か、どちらの仕業かはさておき、俺は、危険な事象が起きる前兆じゃないかと考えている。だからこそ上にも進言しているんだけど、『詳しくわからなければ対応できない』、『パニックを煽《あお》る情報は外には出せない』と取り合ってもらえなくてね。いずれにせよ、より詳細な情報が必要なのは確かなのだと思う」

「私も、もう少し手掛かりがあれば……」

「まあ……そうだな」

不意に、北沢が口を噤《つぐ》んだ。

何かを逡巡《しゅんじゅん》するように眉間《みけん》に皺《しわ》を刻むと、ややあってから彼は言った。

「紺野さん。君にひとつ、お願いがあるんだけど」

「なんですか」

「明日《あした》、自衛隊の飛行機に同乗してもらえないか」

「えっ？」

突然の申し出。面喰《めんくら》う雪子に、あらかじめセリフは考えていたのだろう、北沢は滑らかに続けた。

「明日、無線記録にあった『壁』を、自衛隊機が調査する手筈《てはず》が整っている。そこに同乗してほしいんだ。壁とやらが存在するかどうかはわからないが、もしあるとすれば、それが何なのか確かめる必要があるからね。民間人にお願いするのは申し訳ないとわかっているが、すぐに委嘱できそうな専門家も君しかいなくて……」

「…………」

「仕事に支障が出る可能性もあるだろうし、君の職場には俺から事情を説明するよ。もちろん、君が無理だと言うなら諦《あきら》めるが……」

「大丈夫です。お引き受けします」

北沢の語尾を待たず、雪子は頷《うなず》いた。

特に明日の予定はないし、仕事の面でも、取り立てて頭数として期待もされていない現状、一日くらい不在にしたところで影響はあるまい。

それより何より、この壁なる現象は、研究者として好奇心がそそられる。

「壁が何なのか、私も気になります。なのでこちらこそ、現地に連れて行ってもらえるとありがたいです」

「そうか、本当に助かる！」

破顔すると、北沢は勢いよく立ち上がった。

「旅費と日当はできるだけ用意するよ。自衛隊にもすぐ伝えるから、もう少しだけここで待っててもらっていいか？」

「もちろんです。……それにしても北沢さん、本当に変わらないですね」

「何が？」

「そういう、強引なところ」

「そうかな？　それを言ったら君も変わらないぞ」

「何がですか？」

「即断即決、話が早いところさ。興味があれば猪突《ちょとつ》猛進なところも」

「えっ……心外です。私、どちらかといえば慎重な人間だと思っていたんですけど」

「慎重な人間は、校長に廃部反対を直訴したりしないだろ」

「それは、そのほうが話が早いですし……あっ」

「な？　変わってないだろ」

悪戯《いたずら》っぽく口角を上げると、北沢は勢いよく会議室を飛び出していった。

Ⅲ　七月一一日

迎えに来てくれた公用車に乗り、アクアラインを乗り継いで木更津《きさらづ》に向かうと、すでに駐屯地にはプロペラ機——形からして水陸両用機だ——が待機していて、自宅を出てものの一時間後には、雪子はすでに太平洋上にあった。

ノイズキャンセリング機能のついたヘッドフォンのお陰で、不愉快な騒音はほとんど感じられない。同乗してくれた三等陸佐——「北沢さんから伺っています」と言っていたので、たぶん北沢とは顔見知りなのだろう——の案内も的確で、生まれて初めて乗る自衛隊機にもほとんど不安はなかった。

搭乗してからというもの、飛行機は悠々と、ほぼ揺れることもなく巡航していた。パイロット席を含めても全部で二列八席しかない小さな機体だ。雪子は操縦士の後ろに、三佐は副操縦士の後ろにいた。ふと窓から下を見下ろすと、綿あめのような雲の下で、海面が真夏の太陽を受けキラキラと瞬いている。

手元には、日本地図があった。念のため持参したものだ。それを眺めながら、職業柄、無意識に頭の中で計算を始める。雲の高度が二千メートルとして、移動速度を概算する。また目的地は小笠原諸島から八百キロほど東にあったという。この距離は木更津からでもあまり変わらないだろう。これと離陸した時刻、現在の時刻を突き合わせれば――。

そろそろだろうか。

『……間もなく「壁」の報告があった地点に着きます』

三佐が、ヘッドフォン越しに低い声で言った。

『着水しますので、もう一度ベルトの確認をお願いします』

『わかりました』

自らの予測が現実と合致していたことに納得しつつ、雪子は腰のベルトを締めた。

そのときふと、もう一度窓の外を見る。飛行機の行く先に、ぼんやりと何かが見えた。

――なんだ、あれ。

『さ、三佐！　あれを見てください！』

雪子が口を開くよりも早く、パイロットが叫ぶ。

三佐が素早い所作で最前列の間から顔を出し、フロントガラスの向こうに視線をやった。

『なんだ、ありゃあ……』

狼狽《うろた》えたような声。雪子も目を凝らし、そして見開いた。

機体の向こうにあったのは――まさしく、東の空に聳《そび》える巨大な壁だった。

いや、それは正確な表現ではないかもしれない。壁とはいっても、質感はまったく壁らしくなく、むしろ透き通った半透明で、厚みも感じられなかったからだ。硬そうでもなく、むしろ薄いオブラートでできたヴェールをピンと張ったように見える。表面には七色のマーブル模様が見て取れたが、形は一定ではなく、見る間に刻一刻と変化していて、幻想的だ。

もし天女の羽衣というものがあるのならば、その材質は間違いなくこれだ、と雪子は無意識に思った。

だが、衣類と考えるにはそのスケールはあまりに大きく、左右、つまり南北方向と、はるか上空に向けて、この壁はどこまでも延び続け、そのまま景色に吸い込まれている。少なくともこの飛行機から、端部を確かめることはできない。ということは、少なくとも南北方向にも上方向にも十キロ――いや百キロ単位で続く巨大な構造体であることになる。

だからこそ雪子は、驚きとともに自問する。これは――何なのだ?

答えはまったく思い浮かばない。こんな構造体は見たことがなかったし、似ているものすら思いつかないのだ。

ただひとつ言えるのは、これが少なくとも、人工物ではないということだ。

こんなものを人の手で作ったとは到底思えない。だが、だとすれば一体何なのか。

『あの壁の手前に下りろ！　できるだけ近く、慎重に……やれるか？』

『行けます！』

三佐の指示に、パイロットが操縦桿《そうじゅうかん》を傾ける。

飛行機に働く斜めの慣性力に、雪子の腰が少し浮く。

やがて、みるみる高度を下げた機体が、スピードを落としながら水面に近づく。

『衝撃が来ます。口を閉じて！』

奥歯を噛《か》み締めるとほぼ同時に、激しい振動が身体を包み、進行方向につんのめる。

窓外に激しい水しぶきが上がると同時に、窓に水滴が打ち付けられる。バラバラという音が、まるで機関銃の発砲音のように降りそそぐ。

ほどなくして機体は停止する。パイロットのふうという安堵《あんど》の溜息《ためいき》が聞こえた。かなり荒っぽい着水だったが、うまくはいったようだ。

「到着しました、紺野先生」

三佐がヘッドフォンを首にかけ、ドアを開ける。

雪子は三佐に示されるまま、その開口部から前方を覗《のぞ》いた。

「うわあ……」

思わず、声にならない感嘆が漏れる。

眼前に広がるのは、青い空、青い海、その二つを分かつ水平線と、すぐそこまで迫る、半透明の巨大な壁だった。

ゆったりとした波に洗われ、下端が上下している。その境目で、ぱしゃぱしゃと鰯《いわし》のような小魚がのんきに跳ねていた。魚が平然と壁を貫通しているところを見るに、特に生物との干渉はしていないようだが――。

雪子は再び、自問する。まったく、これは一体何なのだ？

数秒間、ただ茫然《ぼうぜん》と無言でヴェールを見上げていた雪子の頰を、不意に突風がかすめた。

その濃い潮の香りに我に返った雪子は、持参した鞄《かばん》の中をまさぐりながら訊《き》く。

「どのくらいここにいられますか？」

「しばらくは大丈夫です。危険と判断したらすぐ発《た》ちますが」

つまり、あまり時間はないのだと理解しつつ、雪子は小さなノートとレーザー距離計を手に、壁の分析を開始する。

まず質感だ。壁の向こう側はかなり透けて見える。透過度は高そうだ。表面には油膜のような七色の模様が浮かんでは消えている。

その様子から、壁はかなり薄いことがわかる。シャボン玉にもこれと似たカラフルな七色の模様が浮かぶが、あれはシャボン玉そのものの色ではなく、泡膜《ほうまく》の厚みで光の干渉が起こることが原因だ。壁の模様が同様の理由によるものだとすれば、シャボン玉の膜と同じ、マイクロメートル単位の厚さしかないことになる。

というより、この壁そのものが何かの「膜」なのではないか。そんな仮説を瞬時に立て、しかし瞬時に否定した。この巨大さでは、膜は重力ですぐ破断してしまうだろう。だとするとこれは物理的な膜ではなく、蜃気楼《しんきろう》のような、光学的な錯覚現象なのかもしれない。あるいは重力の影響を受けない、つまり質量を持たない膜だという見方もあるかもしれないが——。

いや、考えるのは後だ。雪子は首を横に振ると、東側に屹立《きつりつ》する壁の形状を計測しはじめた。

測定点を決め、距離計のレーザーを飛ばす。一瞬半透明の壁に反応するか危惧《きぐ》したが、値はきちんと返ってきた。

その数字を素早くノートに書き留めていく。揺れる機体の中、開きっぱなしのドアから物を落とさないよう注意しながら、数分格闘するうち、壁の形状が徐々に見えてくる。

まず全長、これは計測不可能なほど長い。目視では、少なくとも百キロメートルはくだらない。直線に延びており、北を上にして西に五度ほど傾いている。高さも計測不可能だが、少なくとも対流圏は飛び越えているように感じられる。

また、一点に絞って計測を続けていると、この壁が西に動いていることがわかる。正確性はやや欠くが、一分でだいたい十三メートル——つまり時速〇・八キロメートルほどの速さで、こちら側に移動しているのだ。

この値は、数回の計測でほぼ同じだった。つまり、移動速度はほぼ一定だということだ。この仮定に形状の計測結果と、さらに壁がオホーツク海まで延びているものという仮定を加えると、壁がなす直線がちょうど二日前に色丹島の辺りに存在したことになる。

なるほど、状況が合致した。納得しつつ、雪子は三佐に言った。

「あの壁にもう少し近づくことはできますか」

「可能だと思いますが、あまり時間は取れ……」

そう三佐が言い掛けたとき、パイロットに無線が入った。「少々お待ちを」と言ってノイズばかりの音声に対応した三佐の顔色が、即座に、さっと変わった。

「すみません、今すぐ離水します」

「えっ、なぜですか？　調査は……」

「中止です。あの壁は危険すぎる！」

機敏な動作でドアを閉め、パイロットに指示を出し終えると、三佐は答えた。

「他の調査部隊でひとり殉職者が出ました。単独であの壁に近づいた者です」

「何があったんですか」

「壁から離脱しそこね、誤って触れた結果、身体の半身が失われたそうです」

「半身が……失われた？」

状況が呑《の》み込めない雪子をよそに、エンジンの掛かった機体は壁から離脱を開始した。

さっきまで十分に距離を置いていたはずの壁が、いつの間にか百メートルほどの場所まで迫っていたことに気づき、「半身が失われた」という言葉の意味がようやく理解できた。

あの壁は、何らかの原理により人間の身体を消失させる効果があること。ここ二日間の人間消失騒ぎも、色丹島の出来事もすべて、この壁がもたらしたものであること。そして、当然の帰結として――絶対に、あの壁に触れてはならないこと。

しかし先刻、雪子は小魚がヴェールと干渉していないのを目撃した。

これが意味するのは何か。生物が押しなべて干渉するわけではないのだろうか。小魚だけが干渉しないのか、それとも人間だけが干渉するのか――。

混乱の中、踵《きびす》を返した水陸両用機が、壁から離れながら離水する。強いGにシートに押し付けられ、ヘッドフォンをするのを忘れた耳を激しいエンジン音に苛《さいな》まれながら、しかし雪子は、手元の地図を見ながら必死に計算をしていた。

壁は、日本列島の南北を網羅するように延びる。

壁は、徐々に日本に向かって近づいている。

壁は、少なくとも人体を消失させる効果を持つ。

そして壁がこのままの速度を保って動き続けるとして、日本列島の東端——すなわち北海道の納沙布岬《のさっぷみさき》に到達するのは——。

「……七月十三日。あさってか」

震え声が無意識に漏れる。しかし呟《つぶや》きはすぐ、爆音にかき消された。

＊

新聞記者という仕事に、俺は期待しすぎていたのかもしれないなぁ——。

仙台市内の喫茶店の片隅で、小野田奏太《おのだそうた》はスマートフォンをまさぐりつつ、ぼんやりと考えごとをしていた。

コーヒーはとうに冷めていた。長居をしても文句を言われない店だと先輩記者に教えてもらってはいるが、さすがに、あと一杯は何かを頼むのが礼儀というものだろうか。

いずれにせよ取材のアポイント時刻までにはまだ時間がある。地元の幼稚園の避難訓練。こんなほのぼのしたニュースも、確かに大事なものだとは思うけれど。

——やっぱり、幻想だったのか。大きな事件に携わるなんて。

奏太はひとり、溜息《ためいき》を吐いた。

静岡出身の彼が業界中堅の中央新聞社に入社したのは、この春のことだ。

当初奏太は、警察官になろうと志していた。だが線が細い彼には、公安職の仕事はハードルが高かった。そこで同じように現場に赴く記者の仕事に興味を持つようになった。

数多くのマスコミを受験した末、奏太は中央新聞社に拾われた。配属は仙台支局。地元の静岡からはかなり離れていて、支社の規模もさほど大きくはなかったが、「その分、大きな事件に関わらせてもらえるかもしれない」と期待に胸を膨らませたのだった。

だが、配属されて三か月——。

思い描いていたような、大きな事件なるものにはいまだ関われてはいない。まだ見習いだし、大学生気分が抜けていないと思われているのかもしれないから、一応頑張って仕事は続けているが、同期の連中が一面を飾るような記事を書いたという話を聞くと、嫉妬《しっと》めいた気持ちが心の中に渦を巻くのを感じてしまう。

そもそもせっかく記者になったのに、記者らしく事件の現場に飛び込んでいく仕事ができないのでは、なんというか、拍子抜けだ。

——もう、辞めちまおうか。

心の中でだけ、呟いた。

一体、これは遠距離恋愛という代償を支払ってまで続ける価値がある仕事なのだろうか。にわかには判断がつきかねる。まあ、見切りをつけるなら、早いほうがいいのは確かなのだろうけれど——。

「うーん、もう辞めちまおうかな」

今度こそ、不平不満が口を衝《つ》いて出たその瞬間、メッセージアプリがピロンと鳴った。

『面白ムービーみつけた』

差出人は奥井愛《おくいあい》。ひとつ年下の、静岡にいる奏太の恋人だ。短大を出た彼女は地元の企業で一般職として働いている。

早速、吹き出しの中に添付されたURLをタップすると、映像が再生される。

それは、七色に輝くヴェールのような大きなカーテンが、古いコンクリートの建物の隙間をゆっくり横切るムービーだ。

定点から映し続ける、粗い画質。おそらく、監視カメラが撮ったものだろう。

なんだろうこれ、と訝《いぶか》りつつ見ていると、男がひとり、画面の中に現れた。男は興味深げに、ゆっくりとそのカーテンに近づくと、手を伸ばし——触れる。刹那《せつな》、男は身体をびくりと痙攣《けいれん》させ、一歩後ずさった。だが次の瞬間、少しカーテンが移動すると、その男はなぜか、地面にストンと潰《つぶ》れてしまった。

一瞬、何が起こったのかわからなかったが、ややあってから、男の衣服だけがその場に落ちたのだと理解できた。

つまり——男の身体が、消えたということ？

『何これ？』

メッセージを返す。数秒で愛からメッセージが返ってくる。

『ロシア発謎ムービー　SNSで話題になってる！』

『特撮？』

『たぶんね　イタズラだと思う　手が込んでる』

大笑いする絵文字が五つ並んでいる画面を見ながら奏太は思う。確かに随分と手が込んでいる。SF映画の一シーンか何かなのだろうが、現実味もある。作り手は相当腕のいいクリエイターなのだろう。

ただ、よく見れば粗もある。例えば、画像の端に小さく映っているイヌとネコだ。この施設で飼われていると思《おぼ》しき、きょとんとした顔で映るこの子たちもまた、カーテンに触れているのだが、男のように消えることはない。

まあ、きっと映像製作の際に、消し忘れたのだろう。あるいは、このカーテンは人間だけを消失させる、という設定なのかもしれないが、それにしても――。

ロシアか。今、日本との関係が良好とは言えない国だ。そこから映像が流れてくる設定というのも、リアリティがあって悪くない。

いや――リアルだったりして。

「……えっ？」

ふと、首筋を冷たいものに撫《な》でられた気がして、はっと顔を上げる。

いつもの喫茶店。暑くも寒くもない快適な空間。なのに、二の腕を粟立《あわだ》たせるこの不快感。

もしかして俺、今、自らの思考に戦慄《せんりつ》した――のか？

『今度いつ帰ってくる？』

愛の質問。気を取り直しつつ、奏太は少し考えて返信した。

『来週くらいかな　仕事が落ち着いたらまた連絡するね』

『わかった！　無理しないでね』

ハートマーク付きの絵文字が返ってきた。

再び顔を上げて、遮光ガラスの窓越しに店の外を見上げる。

青白い太陽が、嵐の前の静けさを想起させる不穏なオーラを纏《まと》いながら、ぎらぎらと輝いていた。

＊

雪子が木更津に戻ったのは、ちょうど日が沈もうとする時刻だった。

今日は昼からずっと洋上に出ずっぱりで、まともなご飯も食べていない。だが、だからといってすぐ家に帰るわけにはいかなかった。ついさっき目の当たりにしたあの現象に関する生の情報を、一刻も早く北沢に伝える義務がある。

再び公用車に乗りそのまま東京に戻る。一時間後、夜の内閣府にたどり着くと、当の北沢がエントランスで待ち構えていた。

北沢は、深刻そうに眉《まゆ》を陰らせていた。その表情から、彼がすでにあの三佐から今日のあらましを——他の調査隊で殉職者が発生したことまでを含めて——聞き、状況を把握していることが読み取れた。

「疲れているところすまない。見たことと、わかったことを全部教えてくれ」

シンプルな問いが飛ぶ。廊下を早足で並んで歩きながら、雪子は簡潔に説明する。

洋上に屹立《きつりつ》する壁。その印象。大きさ。形状。雰囲気。動き方。そして、性質。

もちろん、現地にいたのは三十分にも満たない短い時間だ。決して多くの情報を収集できたわけではない。会議室につき着座するころには、必要なことはすべて伝え終わっていた。

「なるほど、ウォールか……」

ウォール——とは、あの現象に雪子がつけた仮の名前だ。

七色に光るヴェール。あれは壁という言葉から思い浮かぶイメージからは程遠い存在だった。確かに、壁のような存在ではある。だが、壁というには長大であり、高さも計り知れず、不自然なほど薄く、そして——人を食うのだ。

あんなものを壁と呼ばないほうがいい。誤解を招く。むしろ、新たに人食い壁《ウォール》とでも呼んだ方が、ずっとわかりやすい。

「確認するけど、そのウォールってのは、確かにあったんだな?」

「はい。あれは間違いなく、現実に存在するものです」

「別の報告で、自衛隊員がひとりウォールの犠牲になったと聞いた。実際にウォールにはそういう性質……人間に対する加害性が付随するのか」

「わかりません。私たちはその性質を確かめずに離脱したので」

「まあ、実験してみるわけにもいかないしな……」

「でも、結論として危険なものであることは間違いありません。少なくとも私はそういう印象を持ちました」

あの幻想的な美しさは、死と隣り合わせにある。情緒的かもしれないが、確かにそんなふうに思えた。

「もうひとつ、この加害性は生物に対し選択的に働いています」

「と、いうと？」

「ウォールを魚がすり抜けるのを見ました。魚には無害です」

「つまり、生物がすべて影響を受けるのではないと」

「ええ。少なくとも人間は加害されますし、ほかにもそうなる生物がある可能性は否定されません」

「非生物に対しては？」

「海上で波が影響を受けていませんでしたから、おそらく相互作用はしないと思います」

「なるほど。ウォールと接触したと思われる航空機や船舶が、まったく損傷していなかったこと、さらにフェリーで犬が無事だったことがこれで裏付けられたわけか。うーん……」

北沢は身体を縮こませると、顎《あご》に手を当て深く考え込む。

改めて、彼のカッターシャツが昨日と同じものであることに気付く。襟も黒く汚れていた。きっと、昨日から――あるいはその前から家に帰っていないのだろう。顎にも疎《まば》らに無精髭《ぶしょうひげ》が生えている。

「もうひとつ確認。ウォールは、その……動いているんだよな？」

「ええ。西に時速〇・八キロメートル。推定ですが」

「一定の速度だった？」

「はい。少なくとも観測していた間については」

「高さは？」

「上端は見えませんでした。長さも、南北にずっと延びていて、端部は確認できませんでしたね」

「長さのほうは、乗員乗客が消えた旅客機やフェリーの航路分析からだいたいわかっている。具体的には、北緯四十五度から二十八度の間までは切れ目がなく続いているようだ」

「ということは……ウォールは択捉《えとろふ》から鳥島《とりしま》のあたりまで延びているってことですか」

「少なく見積もった長さだけどな」

それでも千七、八百キロメートルに達する。想像もできないスケールに驚く雪子に、北沢はさらに続ける。

「まとめると現在、太平洋上に、日本列島を南北にすっぽりと包むような致死性を持つウォールが存在している。しかもそいつは、じわじわと日本列島に接近している。言い換えれば『極めてシビア』な状況にあるということになる……ところで君は、ウォールが日本に到達する時期を概算したそうだけど……」

「はい。上陸は日本の最東端、納沙布岬で、七月十三日の午前中になるかと誤差はあるかもしれないが、十三日中であることは間違いない。

「あさってか……よりシビアってわけだ」

はぁ、と深い溜息《ためいき》を吐くと、北沢は少し低い口調で続けた。

「……そういえば、さっき自衛隊員がひとりウォールの犠牲になったと言ったが、あれ、ウォールを破壊する作戦の最中での出来事だったらしい」

「えっ、ウォールを壊そうとしてたんですか？」

「他言するなよ。デリケートな話だから」

自衛隊の武器使用に関する情報は内閣の機微に関わる——雪子は「了解です」と小声で頷《うなず》いた。

「で、ウォールはどうなったんです？」

「何ともならなかった。できる限りの物理的攻撃を行ったが、どれも一切効かず、素通りしてしまったそうだ」

「つまり、干渉しなかった」

「そうなるな。人体には殺傷能力があるってのに、それ以外にはまったく反応しない……奇妙な現象だよ、ウォールってやつは」

肩を竦《すく》めつつ、北沢は言った。

「いずれにせよ、ウォールの実在は、君の調査でも確信した。だが、その正体は依然として不明。そこで、これは率直に訊《き》きたいんだが……ウォールって、何なんだと思う?」

北沢の率直な問い。雪子はややあってから首を左右に振った。

「わかりません。残念ながら」

「まあ、そうだよな。じゃあ……こういう問いだったらどうだ? 『ウォールのような物理現象は存在しうるか』」

「それは……」

雪子は、今度は一拍を置いてから答えた。

「物理学には、理論的には考えられるものの、自然ではお目に掛かれない、発見すらされていない現象が多くあります。磁気単極子《モノポール》や、超光速粒子《タキオン》といったような。ただ、見つかっていないからといって、それがないとも限りません」

「現実がそこにある以上、存在しうると」

「はい。まずは現実をありのままに受け止めるのが肝要ですね」

「確かにな」

ははっ、と短い笑いを挟んだ北沢は、すぐ真剣な表情に戻る。

「もうひとつ質問させてくれ。ウォールはいずれ消えると思うか？」

「私は……消えると思います。現象とは原理的にそういうものですから。ただ、希望的観測は避けた方がいいかと」

始まりがあるもの、必ず終わりを迎える。それは普遍的な真理だ。

だが自然界のタイムスケールは、人間の想像を超える。それは一秒後に終わるかもしれないし、一兆年を一兆回繰り返しても、まだ続くかもしれない。

「……だな」

自らを鼓舞するように拳《こぶし》を握ると、北沢は強いトーンで言った。

「ありがとう。ここからは俺の仕事だ。まず北海道の人々の命を守ることを最優先で動かないといけないな。やることは山積みだが、弱音は吐けない。やるしかないからな。あと……今後も、引き続き君にも協力してもらいたいんだが、正式に引き受けてもらえるだろうか？」

北沢が、頭を下げた。彼らしからぬ殊勝な態度に、苦笑しつつ雪子は答えた。

「いいですよ。現実を受け止めて対応するのが役人である北沢さんの仕事なら、その現実が理論的に何であるか調べるのが学者たる私の仕事ですから。できることはやりますから、いつでも言ってください。私の方でも調べてみて、わかったことがあれば連絡します」

「ありがとう。恩に着るよ。本当に、厚かましさに厚かましさを重ねてごめんな」

北沢がさらに深く、頭を下げた。

その後ろ頭を見ながら、雪子は、やっぱりこの人はどこか憎めないんだよなあ、と考えていた。

＊

『……番組の途中ですが、臨時ニュースをお伝えします。

本日正午、北海道の複数の市町に対し、警察庁長官による、災害対策基本法第六十一条に基づく避難指示が発出されました。

避難の対象となった市町村は、次のとおりです。

根室市《ねむろし》、別海町《べつかいちょう》、中標津町《なかしべつちょう》、標津町、羅臼町《らうすちょう》、浜中町《はまなかちょう》、厚岸町《あつけしちょう》、標茶町《しべちゃちょう》、釧路町《くしろちょう》、斜里町《しゃりちょう》、清里町《きよさとちょう》。以上、一市十町です。

当該区域にお住まいの方は速やかに、当該区域外へ避難するよう、警察庁による呼びかけが行われています。避難先となる施設などについては、警察庁、北海道警察本部また各区域を管轄する警察署のホームページへの掲載が行われていますので、ご参照ください。ただ、避難に当たっては、できるだけ当該区域から離れた場所が推奨されている、とのことです。

この避難指示の理由について、警察庁は「治安維持上の理由があり、現時点ではお答えができない」とコメントしています。いかなる理由によるものかは現時点で不明ですが、当該区域にお住まいの方は速やかに、区域外への移動をお願いいたします。

繰り返します。本日七月十二日の正午、北海道の複数の市町に対し、警察庁長官による、災害対策基本法第六十一条に基づく避難指示が発出されました。

避難の対象となった市町は、次のとおりです……』

Ⅳ　七月一三日

『……えっ、入ってる？　聞こえる？

あれ、スイッチ……あ、入ってる。いけるかな？　オッケー？　オッケー。

……はい！　やってまいりましたシゲチャンネル、いつものとおり噂に体当たりアタック生配信で今日もガンガンやっていきましょう！

てなわけでね。あー……人混みすごい。野次馬ばっかだわ。ここってこんなに人来るの？　すごいな。てかさ、ちゃんと周り見てほしいんだけど……痛っ、てめ、身体当てんなよ？　もう、カメラ大丈夫かな。

……ごめんごめん。もうね、人がすごいのよ。なんで皆こんなに集まってるのってレベル？　百人……いや二百人はいるじゃん。いや確かに情報が流れてたけどさ。野次馬来すぎでしょ。避難指示出てるのになんでいるの？　てかそんな興味あるの？　マジやばい。てかまあ、やばい噂だし、来たくなるのはわからんでもないけど。それは俺もか、ははっ。

あー、ちょっとマジでちゃんとやりますが、ここは納沙布岬です。そう、今まさに謎の避難指示が出てる地域の一番東ね。で、あそこに灯台見えるっしょ？　あれが日本の最東端の、さらに先っぽにある灯台ね。で、こうしてぐるーっとカメラ回してみると、わかると思うけど、両側は海。完全に海。すごくない？

てかここに来るのほんとすげえ大変だったのよ。俺、普段は小樽《おたる》住みなんだけど、この情報を入手してすぐ、あーこれはシゲチャンネルで配信しないとと思って、バイクかっ飛ばしてね。聞いた話だと午前中くらいに何か見れるらしいっていうから、向こうを出たのは午前三時。で九時くらいには市内に着いたんだけどなんか警察がウロチョロしててね。まあ、俺の隠密《おんみつ》スキルで普通に入ってこれたけど。

それはさておきですね……いっ、痛っ！　クソッ、だからさあ！　押すなってんだよ！　ほんとマジなんなのお前？　俺今配信してんだよ。東から来るって噂の奴撮んなきゃなんねーんだよ。ほんと邪魔くせーなもう。

悪い、俺も脱線ばっかしちゃってっけど、要するにまあ、このチャンネル見てる視聴者さんならもう知ってるとおり、ロシアで何かあったらしいのよ。北方領土のあの、えーと、なんとかタンて島、そこで事件があって、その余波がこっちに来てるらしいって。

ムービーはたぶん皆見てるよね。フェイク映像だとか陰謀だとか言われてるけど、とにかく事件の詳細は不明で、余波ってのの正体も不明で、ただこっちに何かが来てる、それだけは確実ってことらしい。

その証拠が、今出てる避難指示ね。何もなきゃ出すわけないんで、より信憑性《しんぴょうせい》が増すってワケ。指示出してるのが警察ってのもミソ。加えて津波だの火山噴火だの推測してる考察厨《ちゅう》も散々湧いちゃってるけど、どれも核心は突いてないし、一方でデマなのかウソなのかもわからねーって大混乱なわけで、だったらまあ、つまりは結局直接見てみればいいじゃん？ってなワケでここに来たって次第。同じようなことを考えてる奴らでひしめいているのは予想外だったけどね。

……つか、本当にうるせーな。何叫んでんだよあいつら。見に来るのはいいけどさあ、騒いでんじゃねえよ。酒でも飲んでんのか？　パリピか？

てか……は？　何？　あれ？　あれ何？

うわ、気付かなかった、何かある？　見える？　皆、あれ……オイル？　っぽい……

……つかてめえ邪魔……って、なんだ？　でけえ！　何なんだよこれ、こんなの見たことねえよ！　うわあ、視聴者さん見える？　あれ……なんか壁ってかガラスってか、違うな、なんだろあの材質……物質？　そもそも物質なの？　なんであんなでかいの？　めっちゃ高くて……。

つかさっきから何叫んでんだよお前ら、どけよ！　どけってば……えっ？　血？　血ってなに？　どけ？　逃げる？　なんで？　あ、近づいてる、けど、あれ、ちょっと待って？

やばい？　ちょ、マジやばい？

あれ、人吸ってるの？　違う、消えてる？　なんで服だけ？　いや、壁で腕消えてね？　やめてよ、あれ……嘘でしょ？　違うの？　マジ？　ドッキリ？　違う？　じゃあ……本物の血？　死んでるの？　待って、マジ？

えっ、逃げ……ちょ、やばい……やばいってマジで！

だから、どけって！　そこ、倒れんなって、走れねえじゃん！　すぐそこまで来てんだよ、うわっ、なんでいるんだよ、あっ、痛っ……踏むな……あっ……ぐっ……足……上に乗ら、乗らないで、重……動けな……ちょっと、だから待って……。

待って、俺立て、立てないから……足首が……お、押さないで、ごめん……マジで……嫌だ、なんだよ、壁？　嘘だろ、来るな、来ないで、ああ、来るな、来んなよ！

やめろって、なんで近づいてくんだよ！

やめ……こっちは動け……マジで……壁が……ああああっ、足！　痛い！　足が、ああっ！　痛い、痛い痛い……動けな……嫌だ……誰か……引っ張って……お願い……行かないでああああっ、痛い、痛い！　俺の……消えて……夢……腰、ごふっ……血が……壁で……ごふっ……ごめ……お母さ』

＊

「いやぁ……これはどう見たって特撮の類《たぐい》でしょう」

東技大の物理学科教授で、研究室の主である山之井敦人《あつひと》は、動画投稿サイトに流れる映像を見て、鼻で嗤《わら》うように一笑に付した。

「こんな現象は見たことがありませんし、そもそも人間だけを選択的に加害しているようですが、当然、物質は意思を持ちません。というか、まさかとは思うけれど紺野さん、このフィクションを信じてるの？」

「いえ、そういうわけではありませんが」

まさか、それをこの目で見てきたとは言えず、雪子は曖昧《あいまい》に言葉を濁した。

一昨日、太平洋まで行ってきたことを、雪子は山之井教授に報告していなかった。

「すみません、所用で一日不在にするのですが」「あ、そう。担当学生のケアだけはやっておいてくださいね」そんな適当なやり取りだけで簡単に職場から離れられるのだから、どれだけ部下として期待されていないのかとげんなりしたが、がちがちに管理されるよりは都合がいいのも事実だった。

だが今さら、「実はこの映像に映る人食い壁《ウォール》を私は見てきたのです」とも言えなかかった。そう報告すべきなのは理解していたが、「何を勝手なことをしているのか」と不愉快な返事が戻ってくることが容易に想像されたからだ。

　雪子は、一拍を挟み、問いを続ける。

「仮にフィクションではないとして、こういう現象は起こり得るでしょうか」

「何ですかそれ、クイズの類？」

「そうではないのですが……」

「一応先に言っておくけれど、北海道で起こっている大災害……ていう設定でしたっけ？　これ。にしては随分安っぽい映像だというのが第一印象。こういう映画、ありましたよね。一人称視点で犠牲になるものが。それの劣化版といったところですか」

　ひとしきり滔々《とうとう》とムービーをけなすと、山之井教授はようやく、雪子の質問に答える。

「で、もしこういう現象が起こり得るとしたら、もちろんあくまでも仮定の話として続けますけれど、見た感じは薄い油膜のように見えますね。厚みがあるとしたらミクロン単位でしょうか」

「はい。干渉縞《じま》が確認できますから」

「しかし液体ではない。理由はこの大きさで生ずる張力に耐えられないから」

「シャボン玉が一定以上の大きさになれない理由と同じですね」

「陳腐な例ですが、まあ、そのとおりですね」

さりげなく雪子のこともけなしながら、山之井教授は続けた。

「かといって剛性を持つ固体でもない。この大きさで自立できるはずもないからです」

それは正しい。帆船が走る理屈で、垂直平面は必ず横風を受け、放っておけば倒れてしまう。それを防ぐには剛性の高い柱やワイヤーでの保持が必要だが、もちろんそんなものはどこにも確認できない。

「そして気体でもない。透過性の高いものですが、ここまではっきりと存在感を示す気体というのもまずないでしょう。とすると残るのは……プラズマくらいでしょうかね」

「第四の相ですね。どのように発生したと思われますか」

「さあ。電離している状態ですから、機序としてはまず極めて高いエネルギーが存在していたとは思いますが」

「例えば雷でしょうか。他には何かあるでしょうか。風力か、潮力か……」

「……ああ、ちょっと待って？　紺野さん。これ、何か実があるやり取りですか？」

雪子を制すると、山之井教授は呆《あき》れたように見つめた。

「架空の出来事に根拠を与えるのは、考証的意味はあるのでしょうが、学問的な益はまるでありません。あなたはＭＩＴでそういう研究をしろと言われてきたのですか？」

「いえ、そうではありません」

鬱陶《うっとう》し気に目を細めた山之井教授に、雪子は抗弁する。

「実は、この現象が実際に起こっていることなのだと、ある方から聞いたのです。つまり映像もフェイクではないと。しかも今後、日本の各地で災害として発生するリスクがある、それに対応する必要があるのだとも言われました」

「あー、それもしかして、今警察から出ている避難指示の話？」

昨日正午に、警察庁長官名で発出された指示。

それが内閣府にいる北沢の働きで緊急に出されたものだということが、雪子にはわかっていた。ここからは俺の仕事だ――あの北沢の力強い言葉が思い出される。

この指示は、北海道では困惑をもって受け止められているという。そのせいか、避難者もあまりおらず、それどころか現場に興味本位の人々が集まってしまったらしい。

その結果起きた惨事が、山之井教授に見せたムービーの内容なのだが、いかんせん、東京にいる人間にとっては、これは「真偽不明の」「対岸の火事」でしかなく、危機感など微塵《みじん》もなかった。

それが証拠に、山之井教授は疑わし気に目を眇《すが》めた。

「でもあれ、理由が公表されていないんでしょ？　この映像とは無関係なんじゃない？」

「かもしれませんが、そうじゃないかも……」

「たられば論は結構。そもそもそれ、誰から聞いた話？　僕は報告も受けていないんだけど？」

「それは……」

その話をすれば、北沢について触れなければならない。しかも、自分が独断で直接あの壁を見たことについても。

口ごもる雪子を、山之井教授は忌々《いまいま》し気に見つめつつ、「はぁ」とこれ見よがしに大きな溜息《ためいき》をついた。

「答えられないとすぐ仏頂面ですか。紺野さんにも、川藤《かわとう》さんくらいの可愛げがあればいいんですけどね」

川藤優璃《ゆうり》――山之井研究室の臨時講師として所属する、雪子の三歳年下の女性研究者だ。他大学出身だが、自身の研究を続けるため、東技大に期間雇用されている。

不思議なことだが、雪子と異なり、優璃は山之井教授に可愛がられていた。雪子にはない人当たりのよさがあるからだろう。

もちろん雪子には、川藤優璃に対する特別な感情はない。だが、こうあからさまにいるのだけれど。

比較されると、不愉快さが彼女に向いてしまう。それが理不尽であることはわかって
「まあいいや。……で、君はどうしたいの？」

顎《あご》で促す山之井教授に、気持ちを押し殺しつつ、雪子は続けた。

「……災害が予測されるのであれば、対策を講ずる必要がありますし、そのためにも原因をはっきりさせる必要があると考えて」

「それ、僕らの仕事？　政府がやることでしょ？」

肩を竦《すく》めつつ、山之井教授は渋々答える。

「そういう事情を、あなたがどこの誰からどういうふうに聞いてきたのかは知りませんが、まあ百歩譲ってこの壁的なものが実在して、今後どうすべきかについてお答えするならば、僕の見解は『放っておけ』です」

「放っておく？　どうしてですか」

「いずれ勝手に消えるからです」

嘲笑《あざわら》うように口の端を上げると、山之井教授は続けた。

「プラズマのような高エネルギー状態が、保持する器もなくいつまでも定形を保っていられるはずがないからですよ。核融合発電がいかに難しいかは、さすがの紺野さんだって知ってるでしょ？」

もちろん知っている。核融合発電は超高温のプラズマを保持する必要がある。だが、その保持は極めて困難で、実現のために一九五〇年代から七十年以上研究が続けられているにもかかわらず、いまだ商用化には程遠いくらいなのだから。

「この壁的なものは、今は何らかの要因で形状を保持できているのかもしれません。ただ、エネルギー状態の高いものがいつまでもこのままでいられるはずもない。ですから、放っておけばいいんです。時間が経てば勝手に消えてくれるでしょ？」

「…………」

確かに、そうかもしれない。

ウォールの物質的状態はプラズマである。現状、それ以外の解釈が思い浮かばないし、だとすれば時間の経過とともに消えていくだろうことは簡単に予測できる。その点で山之井教授が言っていることは正しいのだ。

けれど、本当にそれでいいのだろうか？

プラズマではない、未知の現象である可能性はないのだろうか？

つまり——既存の常識にのみ当てはめて考えることは、楽観的に過ぎないだろうか？

「……紺野さん、人魂《ひとだま》って知ってる？」

「えっ？」

唐突な問いに、何と答えるべきか迷う雪子に、山之井教授は小馬鹿にするように口元を歪《ゆが》めた。

「あれ、プラズマだっていう説があるんですよ。君の心配も、きっとせいぜい人魂レベルの話なんでしょうねえ」

＊

昨日今日と、周辺がやけにざわついていた。

「根室のほうで避難指示が出たってさあ。帯広は大丈夫かねえ」

「まあ、平気でしょ？　警察もはっきり理由を言っていないしさあ。石橋を叩《たた》いて渡る程度の何かなんでしょ」

「だといいんだけどねえ。ほら、最近物騒でしょ？」

「そうねえ。まあ、何があるかわからない世の中だものねえ……」

街中の食堂。早めの夕食を摂《と》っていた尾田の耳に、従業員たちのひそひそ話が入ってくる。

その会話を聞き流しつつ、彼は、スマートフォンでネットニュースを斜め読みしていた。

避難指示か――正確な情報はないけれど、北海道の東側で何かが起こっているのは事実のようだ。このことはSNSでも話題になり、さまざまな憶測を呼んでいる。

ただ、どの記事を見ても得体の知れない話ばかりで、つまり明らかなデマか陰謀論が大多数を占めており、何の参考にもならないように思えた。

所詮《しょせん》、インターネットなんてそんなものだ。いや、ネットだけじゃない。公のプレスリリースだって、大本営発表である可能性が否めない。

そう考えると、結局、信じられるのは自分の判断だけなのかもしれない――。

昨日の昼、突然警察が発出した避難指示は、帯広の人々にも、少なからぬ不安を与えているようだった。

突然の、前触れも理由もない指示は、確かに不気味だった。ただ、帯広から指示の対象となっている市町までは、百キロメートル以上の距離がある。その点ではまだこの人々も、対岸の火事だと思っているようだ。

もっとも、肝心の避難の理由が不明なままとなると、やはり得体の知れない怖さを、皆、抱いているように見える。

「……尾田さんも悪いね、こんなときに」

今日、仕事先の社長からも、そんなふうに声を掛けられた。

愛想笑いで答えたが、実際のところ、尾田は大した不安を抱いてはいなかった。

何があったところで所詮、俺は神戸から出張しているだけの身なのだ。危なくなればとっとと帰ってしまえばいいだけのこと。ここに住んでいる人たちとは違う。

とはいえ、仕事を放り出して帰ってしまえば報酬も出ないわけで、最後はそことの兼ね合いになるのかなぁ——。

スマートフォンをしまうと、食堂のテレビを見上げた。名前も知らない芸人が唾《つば》を飛ばして笑っている。

まぁ——それこそ、そのときの判断か。

そう心の中で呟《つぶや》くと、尾田は帯広名物というタレの染み込んだ豚丼を掻《か》き込んだ。寒い土地に似つかわしい、甘辛い味がした。

＊

北沢からの電話があったのは、大学を出て自宅に戻ろうとした夕刻のことだった。

『雪ちゃん、今電話大丈夫？』

元気な声色だった。ウォールへの対応であまり睡眠も取れていないのじゃないかと心配していたが、まだ気力は充実しているらしい。

それにしても、いつの間にか呼び方が苗字《みょうじ》からあだ名になっている。高校時代の気安い呼び方だ。関係性が少しずつあの頃に戻ってきているのかなぁと思いつつ、雪子は「はい、平気です」と答え、邪魔にならない道の端に移動した。

『悪い。ちょっと確認したいことがあって。ウォールの関係で、大学の人から分科会の委員の話って聞いてないかな』

「えっ？　分科会の委員？」

初耳だ。首を傾げる雪子に、北沢は忌々《いまいま》し気に言った。

『やっぱり。受諾の通知が君の上司の名前で返ってきたからおかしいと思ったんだよな……』

「ごめんなさい、それって何の話ですか」

『実は、内閣府に「防災対策分科会」を設置することになった。中央防災会議にぶら下がる専門家会合だけど、事実上の政策決定機関だな。法的なことを言うと長くなるが、とにかくウォール対策のための会合を持つことになったんだよ』

「臨時の司令塔みたいなものですね」

『そうそう。で、俺はそのメンバーに君を入れるつもりでいた』

「私ですか？」

驚く雪子に、北沢はさも当然のように言った。

『そりゃ、どう考えても君が適任だろ。能力的にも』

「ありがとうございます。評価してくださって」

『まあ、俺的には話しやすいし楽だしね。で、大学のほうに、君を委員にしたい方向で話をして推薦を依頼したんだ。ところが返ってきたのは君の所属する研究室の教授の、ええと、山之井さんだったかな、その名前だった。いや、紺野さんでないと困ると言ったんだけど、大学側が「格があるので山之井で。本人もそう言っています」の一点張りでさ』

「格？」

『「その会合にふさわしいのは、教授であるこの俺だ」ってこと。馬鹿馬鹿しいよな』

「ふさわしいって……」

雪子はげんなりとした。散々ウォールがらみの映像を特撮だのフィクションだの馬鹿にしておきながら、いざ政府からの要請があると、それを嬉々《きき》として引き受けるとは——。

『で、そもそも君は話を知っているのかなと思って連絡したんだけど、そうか……やっぱり聞いてないか……』

チッ、と小さな舌打ちを挟んで、北沢は続けた。

『頭の固い人間には正直参画してほしくないんだよなぁ』

「山之井先生は、実績がある方です。経験もありますし……」

直属の上司なので一応フォローする。だが北沢は、笑い飛ばすように言った。

『ジジイってだけでアウトだよ。経験上、あの年代はロクなもんじゃない』

おどけたようなその言い方に、雪子は思わず吹き出してしまった。

『とにかく、何らかの形で君には関わってもらいたいと思ってる。ここ数日の働きでそれは心から望むところだからね。で、ここからは具体的なオファーになるけれど、君に調査員としての職務を委嘱してもいいかな？』

「調査員、ですか？」

唐突な依頼。驚いている間にも北沢は続けた。

『具体的にはウォールの調査のために、俺を補佐しながら色々と動いてもらう仕事だ。日当は……うーん、あまりいい額にはならないかもしれないな……』

「気にしませんよ。最低賃金さえ貰《もら》えれば」

『おっ、じゃあ引き受けてもらえる？』

「ええ。一応、大学への確認は必要ですが、その程度なら私の一存でも引き受けられると思います」

『ありがたい！　そしたらぜひ、一枚嚙《か》んでほしい。後でメールを送るから、内容を見て承諾の返事を返してくれるかな。今日にでも発令できると思う』

「わかりました」

ウォールのことは、学者として好奇心もあるが、未知の脅威という意味でも決して放置できないように感じていたのだ。だから、どんな形であれ関わっていられるのは、むしろありがたい。

『あと、早速ながら無理を承知でお願いがもうひとつ』

「なんですか」

『明日、北海道へ飛んでくれないか。もう一度、ウォールを直《じか》に見てきてほしいんだ』

V
七月一四日

「……なお、具体的な被害報告については、情報が錯綜《さくそう》しており入ってきておりませんが、昨日昼ごろ、納沙布岬において、百人以上の行方不明者が出ているとの情報があります。ただ、現場に立ち入ることができないため、詳細はわからないとのことです。事務局からは以上です。分科会長にお返しします」

「ありがとうございます。すみません、一点質問ですが、納沙布の現地とは連絡が取れないってことでしょうか？」

「補足します。連絡は道警と取れているのですが、そもそも現場に入れないのでわからない、ということです」

「なるほど。色々と混乱しているのでしょうかね。いずれにせよ具体的な状況は読めない中で、いくつか未確認の情報もあるとのことですが……はい、オブザーバーからのご説明になりますか」

「はい。オブザーバー参加の内閣府、北沢と申します。現時点でロシア筋から入っている情報として、ちょうど一週間前に、色丹島の住民が全員行方不明になったという事件が発生した、というものがあります。監視カメラの映像……すでに一部インターネットにも流れているようですが、これによると、事件の原因は、先ほどからワードとして挙がっているウォールの通過によるものと推測されます」

「被災源の定義としてのウォールですね。これ、本当に壁なのですか？」

「はい。いかなる材質、形質、性質を持つものかはわかっていませんが、徐々に西へと移動しており、また人間に対する選択的な加害作用があることが推認されています。詳細は現在、調査員が現地で調べております」

「なるほど。ところでロシアと我が国との関係性を考えると、これが偽の情報であるという可能性はありませんか」

「それは……否定できません。しかし、これが北海道に上陸したのは確かで……」

「ありがとう、しかしそこは今の議題の論点ではありません。今は情報の確度に現状で疑義があることがわかれば十分です。時間も限られていますし、北沢さんのご意見はまた別の機会にお願いします」

「……わかりました」

「では分科会長権限で次の議題に入ります。今後の避難指示の進め方についてです。事務局、現状報告を」

「はい。一昨日、警察庁長官権限で発出した災害対策基本法に基づく避難指示ですが、これに従い区域外に避難した住民は、把握できる範囲で百四十三人となっています。

ただ、北海道警における混乱が見られていますので、この人数には多少の修正が加わる可能性があります」

「混乱……というのは、ウォールへの対応によるものですか？」

「担当者からはそう聞いていますが、後程再確認します」

「お願いします。では、今後について、いくつかの指示案があるようですので、事務局からご説明を」

「はい。まずウォールの脅威を重視する悲観的シナリオに基づく案です。資料をご覧いただけますでしょうか。北海道のほぼ東半分に対し、当該市町村、または警察庁長官による避難指示を再発出します。もうひとつ、楽観的シナリオに基づく案もあります。これは避難指示を一旦《いったん》解除するものです」

「両案のデメリットは？」

「楽観案では災害が現に発生している前提で、これが拡大するおそれがあります。悲観論ではそのおそれはありませんが、北海道経済に大きく影響が出ます」

「損失額について試算はありますか」

「期間にもよりますが、仮に一週間として、北海道のＧＤＰから地域的な偏りも踏まえて割り戻すと、概算で約一千五百億円です。ここにはすでに発出された避難指示による七百億円も含まれています」

「そんなにですか……ちょっと驚きました。北海道だけでなく日本経済全体への影響もかなりあるということですね。災害の規模と経済への影響のバランスをどう取るかが論点となりますが、このことについて、ご意見のある方はいらっしゃいますか」

「分科会長、よろしいでしょうか」

「はい、どうぞ。山之井委員」

「すみません、発言いたします。東京技術大学の山之井です。専門はいわゆる物理学です。その見地からコメントさせていただきますが、私は現時点で、楽観論を支持することを表明いたします。理由は二つあります。ひとつは、物理学的に見て、そもそもウォールの存在が疑わしいこと。もうひとつは、仮に存在するとしても、その性質から長く存在するものではないと考えられることです」

「二つめの理由について、もう少し詳しくご説明いただけますか？」

「はい。物理現象というものは、平たく言うと、必ずエネルギーが発散するという大原則のもとに動いています。つむじ風はいつかなくなりますし、山火事もいずれ消えます。ウォールなるものについても、これが自然現象の一部をなす仮定のもとにおいては、いずれ消失するものと考えるべきものとなります」

「諸行無常というわけですか。ちなみにいつごろ消えるのでしょうか」

「仮に災害と定義づけられるほどの現象なら、消費エネルギーも莫大《ばくだい》なものがあります。もって一週間というところではないでしょうか」

「消費エネルギーが少ない場合もあり得る？」

「あり得ます。しかしその場合は、災害に至るほどの結果は招かないでしょう。まあ、そもそも私はウォールの存在を疑っていますので、すべて仮定の話ですが」

「念には念を、という話なんでしょうかね。わかりやすいご説明をありがとうございます。山之井委員のご発言に何かある方はいらっしゃるでしょうか。……はい、金尾《かなお》委員」

「すみません、北海道民生会長の金尾です。私の立場としても、今の山之井先生のコメントに賛同します。道民の生活に影響が出るような施策はやはり、避けていただきたいなと」

「それは、そうでしょうね」

「ただ一方、得体が知れないものはやっぱり怖いというのも、道民の素直な感想で、そういうものを何もせずに終わらせるのもいかがなものかとも感じます」

「なるほど。この点、何かご意見のある方は……はい、そちらのオブザーバー」

「ご発言の許可をいただきありがとうございます。内閣府で危機管理担当の参与を仰せつかっております柗倉仁《まつくらひとし》と申します。こっちにいる北沢とセクションは似ておりますが、私は危機管理担当として企画立案を、北沢は防災担当で実務を所掌しており、いわば主従の関係にあります。その主の立場からコメントいたします」

「どうぞ」

「各委員からのご意見を拝察するに、大きな規制をやると経済への影響が深刻になる、しかし機敏な対応を行っているというアピールも必要だ、ということだと思います。これを踏まえての提案なのですが、法の原則どおり、判断の権限を警察庁長官から市町村長に戻してはいかがでしょう。避難指示をするとか、しないとか、そういうものも含めて」

「ははあ、ふたつの案の間を取ろうということですか」

「はい。先ほどのお言葉を借りるなら、少し悲観論寄りの楽観論、といったイメージです。私自身は楽観論者なので、全面解除でもいいのですが、すでに避難指示が出ているところなど、従前どおりでもいい市町村はあると思いますので」

「なるほど、ありがとうございます。対策もしつつ、経済への影響は出さない。これは私も妙案だと思います。他にご意見のある方は……はい、北沢オブザーバー」

「再三申し訳ありません、北沢です。今、岙倉からの意見もありましたが、防災担当としてはやはり、より危険側に考えざるを得ません。まずは厳しく規制して、それから様子を見て緩めていくというのではだめなのでしょうか」

「いや北沢くん、言葉を挟むようだが、その判断こそ危機管理担当の私の仕事になる。

所掌を勝手に超えないでもらえるか」

「それはわかりますが……」

「そもそも避難指示の件も本来はこちらの所掌なんだ。そこは弁《わきま》えてもらわないと困るぞ」

「…………」

「あー、内輪《うちわ》揉《も》めはそこまでに。恐れ入りますが、内閣府内での足並みはそちらで揃えていただくようにお願いします。……さて、他にご意見のある方は？　いらっしゃいませんか？　いらっしゃいませんね？　はい、ありがとうございます。それでは本防災対策分科会としての結論を出したいと思います。事務局、決を採りますので準備を」

「承知しました」

「本日の結論として、二つの結論を確認します。まず一、すでに避難指示が出ている一市十町以外の道内市町村について、今後、避難指示の判断は市町村長に委《ゆだ》ねることとする。次に二、この情報については、市井の混乱を避けるため、可能な限り開示を制限し、その旨をマスコミや通信事業者に要請する。以上です。よろしゅうございますか」

「異議なし」

「……異議なし」

「…………」

「ありがとうございます。ではこれを決定事項として、事務局において手続きを進めてください。以上をもちまして、本日の防災対策分科会を終了します。……なお、今後についてですが、納沙布岬の詳細が判明し特段の対応が必要だと判断された場合には、再度本会を招集することとしたいと思います。感染症リスクもありますし、そうはならないことを切に願いますが、もしもの場合には、各委員におかれては大変お忙しい中恐縮ですが、再びのご参集をよろしくお願いいたします……」

＊

「間もなく到着します」

道警保有の四人乗り小型ヘリコプター。エンジンが吐き出す酷《ひど》い騒音の中、泥にまみれた制服姿の下田《しもだ》警部補が、埃《ほこり》だらけの顔に陰影を浮かべながら叫ぶ。

「根室市内はすでに壊滅しています。この情報はすでに入っていますか？」

「いえ、初耳です」

エンジン音に負けない声量で、雪子は返した。このヘリにはノイズキャンセリング機能を持つヘッドフォンは装備されていない。会話するには自分の喉《のど》だけが頼りだ。

「やはり。情報がどこかで統制されているんですね」

下田警部補の眉間《みけん》に、さらに深い谷が刻まれる。

「でも、ありがとうございます。中央の人に来てもらえただけでもよかった。どうか、北海道のこの現状を持って帰ってください」

「わかりました」

雪子は、ジェスチャーでもわかるように大きく頷《うなず》いた。

パイロットの操作で、ヘリは北東に進む。天候はあまりよくなく、うっすらと靄《もや》が掛かっているが、眼下には大きな汽水湖が確認できた。その、ちょうどオホーツク海に接する部分に大きな橋が架かっている。橋の上は大渋滞だ。事故が起きているのか、煙が上がっているのも見える。

住民がパニックに陥っているのは明らかだ。想像以上の深刻な状況に、雪子の背筋に冷や汗が流れる。やはりここでは、中央の想像を超える出来事が起きている。

——昨日今日と、ニュースを見ても、北海道で被害が出ているような情報は流れていなかった。おそらく、政府がマスコミに対し報道制限を要請しているからだと思われた。一方で、SNSにもほとんど話題になっていないのは奇妙だったが、現地まで来てその理由もわかった。スマートフォンに電波が入らないのだ。電波が使えなければ情報発信も出来ない。SNSで話題にできないのも当然のことだ。

電波が使えないのは、ウォールの影響か、または報道制限の一環として、どこかで電波使用制限、つまり人為的な情報統制を掛けているからかもしれない――。

「見えてきました！」

不意に、下田警部補が叫ぶ。

目線を行く手に向けると、靄のむこうに、あの禍々《まがまが》しい七色《ウォール》のカーテンが天から下りているのが見えた。

あのカーテンの接地面で、一体何が起きているのか。背筋に戦慄《せんりつ》が走る。

「五百メートル手前に降ります。そこからは歩きで！」

「わかりました！」

雪子は、裏返るほどの大声で自らの恐怖を押し殺した。

「……くれぐれも、私の傍を離れないでください」

そう言うと、下田警部補が、無人の道を大股《おおまた》で先導して歩く。

雪子は、重いリュックサックを背負いながら、その背を必死で追った。

住宅地の真っ直ぐな道。雪の多い地域らしい幅広の道の両脇に、一軒家や団地が散在している。空地もあり、密集するひまわりが長い首を伸ばし、空に顔を向けている。

辺りは閑散としていた。人の気配を感じないのは、すでに住民のほとんどが逃げ出してしまったからだと聞いた。

「逆に、今はそういう場所にしかヘリを着陸させられないんです。さもなくば、すぐ救助を求める群衆に取り囲まれてしまいますから……」

そう呟《つぶや》くように言った下田警部補の言葉が思い出された。

確かに、あの避難する人々が殺到する橋上の大渋滞を目撃した後では、単に危ないからという理由のみならず、下手に人のいる場所に着陸させるわけにはいかない。

無人の交差点を早足で通過する。風が夏らしからぬ乾いた音を立てて雪子と並走していた。信号は消えている。停電しているのか、それともあえて止めているのかはわからない。

やがて道の先に、あの七色の壁が見えてくる。

ウォール。太平洋の上でも見たあの壁に、再度迫ろうとしている——雪子は無意識に、腹の底に力を込めた。

あそこまでの距離は目算で百五十メートルほど。時速〇・八キロメートルの推定が正しければ、十分ちょっとで到達してしまう距離だ。

下田警部補が不意に立ち止まり、振り返る。

「これ以上は危険です。調査は目視でお願いできますか」

「……わかりました」

ここまで早足で来ただけなのに、やたらと息が切れた。普段の運動不足を後悔しつつ、胸に手を当てて深呼吸をすると、雪子は、まずポケットに忍ばせていた双眼鏡で、ウォールの最前線を覗《のぞ》き込む。

七色のマーブル模様が浮かぶウォール――改めて見ても、不気味な美しさだ。

ごくりと無意識に唾《つば》を飲み込みつつ、じっとその挙動を窺《うかが》う。

ここまで接近したおかげで、目視でも地面との境界がじわじわと動いているのが確認できた。

やはり、近づいている――雪子はリュックを下ろし、持ってきた重い観測機器を取り出した。ポータブルだが、とりあえずマイクロ波からエックス線までの電磁波、荷電粒子、放射線など、ひととおりの物理現象が計測できる。

三脚を使い手早く設置すると、ウォールに向かいスイッチを入れる。機器の液晶画面に「計測中」の文字と計測値がリアルタイムで表示された。

「機械、動いてますか？」

「大丈夫。正常です」

液晶を覗きながら、数字がどれも「通常値」の帯域に入っているのを確かめつつ、下田警部補に返事をした。

通常値。それは特異な物理的特性が存在していないことを示す。

裏を返すと、数字を見る限り、あれは「なんの変哲もないただの空気」と同じものだということになる。計測しても空気と変わらない、しかし七色に輝く、人間を害する半透明の巨大な存在。一体、あのウォールとは何なのだろう？

いや、考えるのは後回しだ。計測結果はすべて時系列で内蔵メモリに記録されている。手掛かりの分析は後にとっておこう――雪子は思考しながら、再び双眼鏡を覗き込む。

無人の住宅街。そよ風に揺れるひまわりだけが、起こっていることとは対照的に、やけにのどかに見える。

「あっ！」

不意に、レンズの向こう、ひまわり畑の傍に二人の男が見えた。

ひとりは消防隊の制服を着ていて、誰かを肩に担いでいる。おそらく消防士だろう、帽子を被《かぶ》った中年の男だ。担がれているのは、灰色のスウェットを着た青年だ。まだ若く、未成年のようだったが、顔に苦悶《くもん》の表情を浮かべている。その表情の理由は、彼の片足を見てわかった。

膝《ひざ》から下、ズボンが赤く染まっているのだ。

しかもそのズボンの赤い部分がぶらぶらしていて、中身がない。

おそらく、実際にその中身は失われているのだろうと思った。どういう状況か、なぜそうなったのか、容易に想像がつき、雪子は息を飲む。

消防士は必死で彼と二人、壁から逃げようとしていた。だが、片足のない青年と一緒では、思うように動けない。顔面蒼白《そうはく》の青年が、消防士に何かを言った。消防士はしかし、怒ったように何かを言い返す。そんなやり取りのうちに、しかしウォールは着実に彼らの背後に迫っていた。

「……っ！」

二人が、ウォールに飲み込まれた。

一瞬の出来事。彼らの身体のウォールに触れる部分が、一瞬、バチンと眩《まぶ》しく光った。

——数秒後。網膜の残像が消えたころには、彼らの姿はそこになかった。

誰も、いなくなっていた。

ただ、彼らが今まで着ていたと思われる服だけが、ウォールの向こうに落ちていた。

ほんの僅《わず》かな間に起きた、戦慄の一部始終。

図らずも目撃者となった雪子は、思わず無意識にごくりと唾を飲み込む。

今、人がふたり、亡くなった。その残酷な瞬間に、彼女の感情の部分がひどく沸き立ち、吐き気とともに頭がくらくらと平衡感覚を失い、回り始めた。

それでも、彼女の脳髄は、冷静に今見たものを必死に分析する。

光が、白色？　高温で蒸発？　しかも瞬間的に——熱伝達？　効率的な方法？　かつ、人間だけを選択的にそうする方法はあるか？　つまり、人間にのみある属性とは何なのか？　そこにのみ干渉するメカニズムはあり得るのか？　あり得るとして、どのようなものが考えられるのか——？

「そこの人！　すまんが手助けしてくれ！」

突然、近くで大声がした。

はっとして、双眼鏡から目を離す。

すぐ隣の住宅、その玄関先で消防隊員の制服を着た男が、大汗を掻《か》きながらこちらを見ていた。下田警部補がすぐさま問い返す。

「どうしたんですか！」

「じいさんとばあさんが取り残されてんだ！　このままだとあれに飲み込まれる！」

「……………」

一瞬、考え込むような間を挟みつつ、下田警部補はすぐに答えた。

「わかりました、すぐ行きます！」

「頼む！」

下田警部補が、雪子を申し訳なさそうな眼差《まなざ》しで見た。

「すみません、事後承諾で」

「構いません。行ってあげてください」

にこりと、ぎこちない笑みを返した雪子に、下田警部補は真剣な表情で言った。

「無理をしないで。ヘリは待たせていますから、余裕を持って戻ってください」

「わかりました」

「それと……図々《ずうずう》しいかもしれませんが、ひとつお願いがあります」

下田警部補が、左手から指輪を抜いた。

「もし私に何かがあれば、これを妻に渡してもらえませんか」

「奥様に、ですか」

「はい。下田真奈《まな》といいます。下田雄介《ゆうすけ》の妻です。今朝まで自宅にいました」

指輪が、雪子に手渡される。泥と熱を帯びるプラチナでできた、小さいのにずしりと重いそれが渡された意味を噛《か》み締めつつ、雪子は大きく頷《うなず》いた。

「……わかりました。確かに」

「恩に着ます」

そう言うと下田警部補は、一礼をして踵《きびす》を返す。その広い背中に、雪子は問うた。

「下田さんのご自宅はどちらに？」

下田警部補は、半身《はんみ》だけ振り返ると、絞り出すような声で言った。

「壁の……向こうです」

VI

七月一六日

「なんだこれ……」

勤め先の新聞社支社、その自席で、動画投稿サイトにアップロードされていたムービーを見ていた奏太は、思わず呟《つぶや》いた。

『九死に一生の記録』——そんなタイトルの映像に映っていたのは、突如として迫ってきた壁を前に、全財産を置いて逃げ出したという、北海道に住む動画の主の半日にわたる記録だった。

騒がしさに目を覚ますと、自宅マンションの向こうに七色の壁が見えたところから、動画は始まっていた。スマートフォンで撮影された画像は必ずしもよくはない。だが、動画の主の「なんだ……あれ……」という困惑した声色が、妙な臨場感を醸し出していた。

次のシーンで、彼は壁に近づいていた。「興味をそそられて」その傍まで行ってみたのだという。だが、そこで動画の主は、壁に飲み込まれる人々を目の当たりにする。その一部始終は遠目ではあるものの、動画に鮮明に記録されており、激しい手振れとも相まって、彼が動揺していることがよくわかった。

さらに次のシーンで、動画の主はすでに壁から百キロメートル以上離れた釧路市まで逃げてきていた。人々が壁に飲み込まれるのを目撃した彼は、すぐ自宅に戻り、取る物もとりあえず逃げたのだという。逃げる人々で道路が大混雑していたが、その間をすり抜けるようにして根室市を脱出できたのは、愛用の小型バイクのお陰だ——と彼はひどく真剣な表情でカメラに向かって話していた。

『……でも、ここにいてもネットも携帯も繋《つな》がらねえんだ。公衆電話は使えるみたいだが、人でごった返してる。一体、何が起こってるんだかさっぱりわかんねえよ。でも俺、とりあえずこの事実は早く皆に伝えなきゃいけないと思ってる。だからもっと西の、電波がつながる場所を目指す。もし動画がアップできたらすぐに上げる。俺がいつまで頑張れるかわからねえけど、北海道にいる皆、どうか生き抜いてくれ』

動画のコメントツリーには、「結局札幌《さっぽろ》まで来なきゃ携帯は使えなかった。急ぎ動画を上げる。編集が粗いのは許してくれ。この動画で、皆に真実が伝わることを願う」という本人の書き込みが残っていた。

動画を見終えた奏太は、絶句した。

未知のものを見たからではない。またこの手の情報がひとつ増えてしまったからだ。

一昨日《おととい》——七月十四日辺りから、新聞記者である奏太の元には、北海道で起こっているというさまざまな情報が次々と入ってきていた。

そのすべてが、北海道の東部、根室市に住んでいる人々からのもの、つまり現時点で避難指示が出されている区域にいた人々からもたらされたものだった。

内容はすべて同じ、東からゆっくりと迫って来る「人を殺す壁」についてだ。

壁が人間の身体だけを消去させる。家族や友人が犠牲になっている。なのになぜかこのことがまったく報道されていない。ネットも繋がらず、強い身の危険を感じる。だから、皆に知ってもらいたい——と。

全員が、どうにかしてこの現状を伝えるべく、北海道の西側に脱出し情報を発信していたのだ。

動画投稿サイトの映像も、寄せられた情報に基づき視聴したものだ。このような映像が、他にも両手で数えきれないほどアップロードされているという。新聞記者としてはすべてを見る必要があるのかもしれないが、正直、もう画面を見てはいられなかった。それほどに伝わってくる現実は、にわかには信じがたく、荒唐無稽《こうとうむけい》で、しかし凄惨《せいさん》だったからだ。

×印をクリックし、ブラウザを閉じると、奏太は大きな溜息《ためいき》をひとつ吐く。

根室付近で起こっているらしき大災害。数多く送られてくる大災害に関する情報は、どれも以前恋人の愛が送ってきたロシア発の謎ムービーとの関連を思わせる。

迫りくる壁と、飲まれて消える人々。北海道で起こっていることは、あのムービーで起こっていたことと同じだ。

とはいえ率直に、奏太には信じられなかった。これは現実に起こっていることなのか、あまりにも疑わしかったからだ。そもそもこれに関する公的な発表は、現時点で一切なされていないのだ。それを容易に信じるわけにはいかない。

だが、北海道で避難指示が継続しているのも、紛れもない事実。

そこに、これだけ同時多発的な情報が寄せられると、もはや悪戯《いたずら》の類《たぐい》ではなく、これが真実なのだと思わざるを得なくなってくる。

世間でも少しずつ、人々がざわつき始めているようだった。

北海道で何かが起こっている。

津軽《つがる》海峡の向こう側で、とんでもないことが起こっているのだ、と。

でも——はたしてそれだけだろうか？

奏太は無意識にごくりと唾《つば》を飲み込んだ。

北海道で何かが起こっている。それは事実なのだろう。だが、だからといってこの事象を限定的に考えてよいのだろうか？

つまり、これは北海道でのみ恐れるべきことなのだろうか？

動画で見る壁は、どれも少しずつ動いていた。微々たる速度だが、動いていない映像はどれひとつとしてなかった。そして西に逃げてきたのだという動画の主の言葉に基づけば、壁は東から西へと、立ち止まることなく徐々に移動してきていることになる。

日本の最東端は北海道だ。だから北海道でまず混乱が起きた。ただ、壁が西に動いている前提ならば、当然北海道の次には、本州へとやってくることになる。本州の最東端といえば、岩手、青森、そして——奏太がいる宮城だ。

だとすると、対岸の火事ではない。ここにもいずれあの壁がやってくるかもしれないのだ。その可能性を考えれば、今すぐ俺もここを離れたほうがいいことになる。

だが、それで安全になるとは限らない。東北の東側には、もっと深刻な場所が存在するからだ。

十年ほど前、大地震で爆発した原子力発電所。いまだ廃炉作業が続けられ、放射性物質の管理を厳重に行わなければならない、仙台から百キロも離れていないあの場所に、もし壁がやってきたとしたら、一体、どんなことが起こってしまうのだろう？

危険？　いや、それこそそんな陳腐な言葉だけじゃ済まないくらいの結果を招いてしまうのではないだろうか——。

「……うっ」

悪寒に、思わずぶるっと震えた。

得体の知れない現象。何が起こるかわからない恐怖。しかもそれが、徐々に近づいている——今すぐ、愛《いと》しい人たちがいる故郷に逃げてしまいたい、そんな衝動に駆られた。

けれど、恐ろしさに打ち震える身体の芯《しん》で、奇妙なことに、それとは別の感情が芽生えているのも、奏太は感じ取っていた。

それは、彼が新聞記者になった、意味。

こんなときだからこそ、今、この職にある俺ができることがあるんじゃないか。

そんな奇妙な感情が、なぜ突然芽生えたのか。その理由は、当の彼自身にもよくわからないまま、奏太はなぜか、不思議な使命感に突き動かされようとしていた。

＊

[7/16/19:01 福岡市] 噂は噂としてわかる、でもあれどこからどう見てもデマだろ

[7/16/19:02 函館市] いやリアルでしょ、でなきゃ避難しろなんて言われねーし
なのに市町村で決定しろって？

そりゃどこも避難指示なんて出すわけないわ

[7/16/19:04 和歌山市] 分科会の決定って、やっぱ間違ってるんじゃないかな

[7/16/19:04 福岡市] 申し訳ないがそれこそ悲観脳としか

[7/16/19:05 函館市] 待ってくれ、だから楽観的になっていいわけじゃねーだろ？
マジメに考えろよ、人が死んでんねんで？
道東の友達も行方不明なんよ、これマジだからな？
[7/16/19:06 七尾市] ハハッ道民乙
[7/16/19:08 札幌市] ちな俺札幌民、困ってもいないし避難もしない
今日も楽しく羊さんとジンギスカン食ってる
[7/16/19:09 福岡市] てかさ、分科会そのものがあんまニュースになってないんよ
それこそ誰もまともになんか取り上げてないってことでは？
まとめってどっかにあんの？
[7/16/19:10 福島市] なんにせよネット障害が出てるってのは事実なんだよなあ
[7/16/19:10 小樽市] 政府の仕業じゃないのか。情報統制ってやつ
[7/16/19:11 二十三区] 全部まるっとロシアの陰謀じゃね？
[7/16/19:11 大阪市] 陰謀論者すなわち悲観論者、さすが東京人は言うことが違う
[7/16/19:12 横浜市] まあ正直それより今は経済が大事だわな
[7/16/19:12 大阪市] 仮想敵国（東京）は潰せ
[7/16/19:13 二十三区] 悲観脳は悲観脳でいいよ
でも現にサイトに上がってる映像だと人がばたばた死んでる

てか消えてる、これどう説明すんの？
[7/16/19:14 鹿児島市] 答→AIによるフェイク映像
[7/16/19:15 横浜市] 確かに、人間以外の動物と植物は何ともないもんなー
あれほんと嘘くさい
[7/16/19:15 七尾市] どうやらリテラシー教育が必要な方がいらっしゃるようですね
[7/16/19:17 小樽市] 水を差すかもしれんけど、百人単位の行方不明が出てるのは事実なんだよね
道内のローカルニュースでやってた
[7/16/19:18 旭川市] それは消防の友達から俺も聞いたんだわ
死体があるわけじゃないから確認もできないらしいが
[7/16/19:20 京都市] 未確認情報＝嘘では？
[7/16/19:20 旭川市] マスコミが取り上げてるのにか？
[7/16/19:22 京都市] 地方マスコミ＝ロシアの手先では？
[7/16/19:23 宇都宮市] 大手マスコミがロシアの手先ではないとでも？
[7/16/19:25 小樽市] だから正直不安なんよ、何が起こってるのか全然わからんから
ぶっちゃけ、政府が何か隠してるのは事実でしょ？
当の政府があんまり焦ってる感じがしないのも謎なんだが

[7/16/19:27 和歌山市] 俺的には、これ以上の不景気はやめてほしいのが先
　もう為替も株価もおかしなことになってんじゃん
　これ以上給料が下がったらやってけんのよ
[7/16/19:28 小樽市] まあ、それはそうなんだけどさあ
[7/16/19:28 京都市] 和歌山氏の給料はこれ以上下がらない、なぜならゼロだから
　下がるのはパパの給料
[7/16/19:28 和歌山市] クソなぜわかった
[7/16/19:30 横浜市] まあ、悲観過ぎるのはよくない、これは確かよね
　つことで今こそ北海道に旅行すべきときですよ
[7/16/19:31 福岡市] 新鮮なカニ食べたいわ
[7/16/19:31 京都市] 麻呂も
[7/16/19:34 函館市] いやほんと、マジメにさ、皆もうちょっと危機感持ってくれよ！
　そもそもここに、道東の人間がいないのがおかしいだろ！
　話題にも入ってこないんだぜ、何かヤバイことがあるんだよ！
　何か起こってんだよ、気づいてからじゃ遅いんだよ！
[7/16/19:34 福岡市] まあまあカニ食べて落ち着いてください
[7/16/19:35 和歌山市] でもいいよね北海道、俺もそろそろ行きたいわあ

Ⅶ　七月一七日

「あんた、とりあえず今日以降はもう来なくていいから」

朝、仕事先の会社に赴いた尾田は、社長に開口一番そう言われた。

「実は一旦《いったん》会社を休業にするんだ。ほら、こんな状況になっちまっただろう？　もう仕事になんかならなくてな」

「そうですか……」

力なく頷《うなず》きつつ、正直、あまり驚きはしなかった。というのも、この数日ですでに尾田の周囲が混乱を極めていたからだ。

原因は明らかだった。根室のほうに存在するという災害——昨日、政府が新たに「ウォール」と名付けたという謎の出来事のせいだ。

この数日、避難指示が出されていた根室を中心とする地域に関して、様々な噂が憶測とともに流れてきていた。

帯広と根室は二百キロメートルほど離れている。それでも、中核になるような都市が少なく、あるいは距離感覚が本州とは異なる北海道においては、それは比較的近しい感覚を伴っている。根室に嫁いだ女性がいたり、逆に帯広に仕事に来ている人もいたり、つまり帯広と根室とは「ご近所同士」のイメージがあるのだ。

そんなご近所からの連絡が、この数日、途絶していた。

かの地で一体何が起きているのか、ニュースにもならず何もわからない。大規模停電が発生しているらしいが、そもそも帯広でも電話やネットの通信障害が出ていて、それ以上の情報がつかめないのだ。一方で相変わらず避難指示は出続けている。警察もかなり慌ただしく動いているようだったが、誰かが詳細に話してくれるわけでもなく、結局「何かが起こっている」以上のことは、依然としてわからずじまいだった。

情報源は唯一、実際に根室近辺から逃げてきた人だけだった。

だが彼らは一様に青い顔で「壁が来る」「このままだと殺される」「逃げなければ」「あなたたちも逃げたほうがいい」と言うだけで、慌ただしくさらに西へと去って行ってしまうのだ。

そうした状況から、帯広の人々もにわかに浮足立っていた。

臨時休業する店舗は増えていたし、旅行と称して帯広より西に移動した人間もかなりいると聞いた。尾田の泊まるホテルにも「俺たちも避難したほうがいいのか」という不安そうな宿泊客がいたし、そもそも従業員を見かけなくなっていた。

だから今朝、「申し訳ないが、ホテルを臨時休業にするので、出て行ってほしい」と言われたときも、仕事先の会社からもう来なくていいと言われたときも、やっぱりそうなったのかと納得してしまった。

要するに、気付いたときにはもはや、帯広市内は経済活動さえ行えない状況になっていたのだ。

だがこれは、別の見方をすれば、気付くのが遅すぎたのだとも言える——。

「……えっ、電車、動いていないんですか」

スーツケースを引いて辿《たど》り着いたJRの駅で、尾田は今度こそ驚いた。

「申し訳ないのですが、運転取り止めになりまして……」

老駅員は、恐縮しながら深々と頭を下げた。

帯広空港発着の飛行機も、すでに一昨日《おととい》から欠航となっているという。もし鉄道で移動ができなければ、自分はどうすればいいのだろうか。

「ちょっと待ってくださいよ、電車が止まるような天候不順ではないですよね?」

「おっしゃるとおり。ですが、汽車の運転手がいないのです。いえ、運転手だけではなく、職員もほとんど休みを取ってしまって……」

本当に申し訳ないと頭を下げつつ、しどろもどろに老駅員は答えた。

その言葉と態度から、尾田は察した。駅員たちは休んでいるのではない。逃げてしまったのだと。

周りを見ても、働いているのはこの老駅員だけ。駅員室にも彼以外の人気《ひとけ》はない。

そして彼が胸につけているのは「駅長」のバッジだった。つまり、この駅はすでに、沈む船に船長がひとり残るように、駅長である彼がひとり責任者としての職務をまっとうしているにすぎないのだ。

つまり、あらゆる意味で、俺は時機を逸したのだ――尾田はようやく、理解した。

だがこの理解は、あまりにも遅きに失した。帯広を去るならもっと早くに決断すべきだった。仕事のことなど放ってでも、とっとと地元に帰る選択をすべきだったのだ。けれど今となっては、もはや電車は使えない。車で移動しようにも、レンタカーショップはシャッターが下りているし、タクシーも当然のように見当たらない。

空路で行ければいいのだろうが、飛行機は飛んでいないという情報を耳にしているし、行っても無駄だろう。時折飛んでいるヘリはあるが、どれも警察か自衛隊のものだから、乗せてもらえるはずもない。

つまり、移動する手段が、ない。

しかも今、己の窮状を誰かに知らせようにも、通信障害がそれを阻んでいる。

かくして――尾田は、孤立していたのだ。

ようやく自らの立場を正しく認識した尾田は、途方に暮れた。故郷から一千キロ以上離れたこの地で、知り合いすらいないこの帯広で、自分はこれから、どうすればいいのか？

真っ白になった尾田の頭の中を、ふと、穂波のあどけない笑顔が過《よぎ》った。

＊

「君ね、しばらく研究室に来なくていいですから」

朝、大学の研究室に赴いた雪子は、山之井教授に開口一番、そう言われた。

寝耳に水だった。確かに、山之井研究室に配属になってから、特にはっきりとした仕事をしていたわけではなかったし、山之井教授の一派からは疎まれているような節もあった。あるいは、ウォールについて調査員となることを勝手に承諾したり、三日前には実際に北海道まで公的業務として出張したりといったことが、山之井教授にとっては部下の独断専行であると映っていることも理解はしていた。

それでも、「もう来なくていい」などと言われるとは思っていなかったのだ。

民間企業でいえばこれは「解雇」だ。自分の都合で干していたくせに、いざ仕事をしようとしたらクビにするなんて、あまりに酷《ひど》い。雪子は心底、腹立たしさを感じた。

だが、一方的な宣告に対して、そんな感情を露《あら》わにするのも、それこそ敗北だ。

雪子はあえて、笑顔を絶やすことなく答えた。

「来なくていい、ということの意味をご教示願えますか?」

「特にやってもらう仕事がないので、好きにしていいですよ、ということです」

山之井教授は、まるで取るに足らないことなのだとでも言いたげに、肩を竦《すく》めた。

「まあ、暇でしょ？　女性誌のインタビューでもなんでも、自由にお受けになればいいかと」

「………………」

ふざけるな、以上の言葉が出てこない。

侮辱もここに極まれり、だ。これまでの人生、嫌みのひとつくらいは言われてきた。差別だって受けてきた。それでも、ここまであからさまに、かつ陰湿に、神経を逆撫《さかな》でされたのは初めてだ。

怒りが顔に出ないよう、ひたすら耐える雪子に、山之井教授は言った。

「ああ、研究室そのものにはいていただいていいですからね。机も置いておきますのでご自由に。ただ、私の邪魔はしないでくださいね。特に、例の分科会の件では」

山之井教授は笑みを浮かべた。それは、微笑みとは程遠い、蔑《さげす》むような醜悪な顔だった。

――という、苦行のような個別面談を経て、雪子はようやく研究室の自席に戻ってきた。

研究室の片隅に用意された、パソコンがひとつだけ、あとは何も載っていないやたらときれいな机。本来、空いたスペースを埋める論文や書籍、計算と思索を繰り返した紙の束こそが、論文の質を決めると考えれば、これは研究者としてあるまじき状態でもある。

ただ、このような状態が容認されていることこそが、孤立していることの証《あかし》でもある。

今さらはっきりと理解した。これは、あからさまなハラスメントなのだと。

雪子が誰かに何か迷惑を掛けた自覚はない。呼ばれるがままこの大学に来て、求められるがままこの研究室に籍を置いただけだ。だが、当の受け入れる彼らにとっては違ったらしい。彼らにとって雪子は、彼らのコミュニティにおける異端であり、異質なものであったのだ。

だから彼らは、排斥運動を起こしているのだ。「自分たちとは違うから」という理由で。

それが一般的なキャリアを持つ自分たちとは違うという意味なのか、単に自分たちと性別が違うという意味なのかはわからないが、いずれにせよ冷静に考えれば不合理なこの動機も、しかし彼らの中ではれっきとした「非常識に対する正義」にすり替えられている。そして、大多数という正義の名のもと、彼らはハラスメントを正当化しているのだ。

なんとくだらないことか。考えるに腹立たしかった。こんな子供じみたことを、いい大人の集まりがやるだなんて！

――とはいえ、大人だからこそハラスメントとはより陰険、陰湿になるのだ。

仕方ないと言えば仕方ない。けれど、どうでもいいと言えばどうでもいい。なぜなら今、雪子がやろうとしていることに関しては何の不都合も生じないからだ。

確かに、研究室の准教授として研究はできない。というより、何もしないことを強いられている。だが他方、今の彼女にはウォールという具体的な脅威に対する研究、解明という大きな使命が生まれている。そのためには、研究室に所属しているという事実だけが重要になる。

例えば、北海道から帰ってきてからの三日間、雪子はその使命だけに集中し取り組んでいた。記録した数値や画像、事象の理解、特に「消失の際の光」と「人間に対してのみ選択的に干渉しうるメカニズム」について分析を続けており、そのために大学のリソースは必要不可欠でもあった。だから、「大学にはいなくていいよ」と言われたことは、むしろ渡りに船だったとも言えたのだ。

北沢も分科会の後、避難した人々の対応を各省庁や自治体でどうするか――例えば医療や避難場所の確保を厚生労働省で行ったり、避難者の誘導を警察で行ったり、さらに避難のための足を国土交通省で確保したりといったこと——について、その中心となって日々調整に追われているらしい。

それぞれが、それぞれのやるべきことをやる。それに加えて上司との軋轢《あつれき》まで考える余裕は、今はない。

「……だったら、このまま何もしない、が最適解かな」

感情を押し殺し、割り切って実利を取る。

これでいいのだ——深い溜息《ためいき》とともに、雪子が無意識に呟《つぶや》いた、そのとき。

「何が最適なんですか？」

誰かが、彼女の呟きに反応した。はっとして振り返ると、川藤優璃がいた。

一瞬、心が壁を作る。優璃こそ、山之井教授に「彼女くらいの可愛げがあれば」と言わしめた比較対象だったからだ。

「……いや、なんでも。忘れてください」

思わず、つっけんどんな対応を取る。

言ってしまってから後悔した。さすがにこれでは、ただの八つ当たりだ。

だが優璃は、怯《ひる》むことも臆《おく》することもなく、むしろ踏み込んできた。

「いや、紺野先生、今つらそうな顔をされていました。何かあったんですか」

「別に。何もないですよ」

だからほっといて――とまでは言わなかった。

とはいえこれ以上話をしていると、複雑な気持ちになってくる。顔を背けた雪子に、優璃はしかし、意外なことを訊《き》いた。

「もしかして、山之井先生のせいですか？」

「……えっ？」

「ああ、やっぱり」

優璃は、静かに首を縦に振った。

「私、常々、山之井先生の紺野先生に対する当たりがきついと感じていたんです。だから今日も、紺野先生が何か、ひどいことを言われたんじゃないかと思って」

「別に……何もないですよ」

「本当に？　無理されていないですか」

「……ええ」

心の中とは反対に、首を縦に振った。

「そうですか……」

優璃は、心配そうに目を細めつつ続けた。

「でも、無理にとは言いませんけど、もし何かお悩みだったら言ってください。私、いつでも話を聞きますから」

「……ありがとう」

社交辞令的な礼を述べた雪子に、しかし優璃は意外なことを言った。

「あの……実は、私……まだ院生のころに紺野先生の論文を読んだんです」

「えっ？」

突然の話題に、雪子は戸惑う。だが優璃は、はにかみながら続けた。

「そのころ、私、企業に就職しようか、このまま研究を続けようか迷ってたんです。研究はしたかったけれど、女が学問の世界で頑張ったところで、認められない気もしていて……でも、そのころすでにいろんな論文を世に出された紺野先生のことを知って、決意できたんです。『先陣を切ってくれてる先輩がいるんだから、私も頑張らなくちゃ』って」

「そう、だったんだ……」

あのころの雪子は必死だった。食らいつくように研究に励んでいた。

雪子もまた、先を進んでいた女の先輩方の期待に応《こた》えたいと思っていた。

結論として、まだこの世界はあまり変わっていない。先輩や自分が努力してもどうしても変わらない固いしこりがある。それを解《ほぐ》すのは容易ではないことを、日本に帰ってきてから今までずっと思い知っている。でも、それでも――雪子は、気づいた。

私が先輩の背を見ていたように、彼女も私の背を見ているのだと。

そして、先を行く私のことを見ながら、彼女も必死に考えているのだ。この世界で異端とされる自分がどう生き抜いていけるのかを——。

「だから、しつこいようですけど、お悩みがあるのでしたら、ぜっ……たいに！　言ってください。私、先輩のお話が伺いたいんです。女性の先輩がいてくれることが、私にとっては本当に励みになるんですから……」

「……ありがとう、ね」

少しだけ心が洗われたような気がして、雪子は口角を上げて答えた。

*

困窮した尾田のことを救ったのは、先刻「もう来なくていい」と言った出張先の会社の社長だった。

どうしたらいいかわからず、かといって泊まる場所もなく、とぼとぼと再び出張先の会社を訪ねた尾田に、社長は気遣いつつこう言ったのだ。

「そうか、もう神戸に帰る手段がなくなってしまったか。僕らが引き留めてしまったからだな。申し訳ない……何とかしてあげたいのは山々だが、正直僕には、飛行機のことも汽車のこともどうしてもあげられないんだ」

「そうですよね……」

落胆の溜息を吐く尾田に、社長はぽつりぽつりと、午後には家族で避難を始めるつもりなのだと言った。

仕方がないことだ。一緒に仕事をしていただけの関係で我儘《わがまま》は言えないし、押し問答をして社長にこれ以上迷惑をかけるわけにはいかない。

項垂《うなだ》れて踵《きびす》を返そうとした尾田に、しかし社長が、ふと提案した。

「あんたさえよければ、してあげられることがある。ひとつは、もし帯広にとどまるなら、住む場所に困るだろう。この社屋には仮眠設備もあるから、一時的に使ってもらって構わないと思ってる。あるいは……僕らと一緒に来てもいい」

「一緒、というと？」

「僕らの実家は占冠《しむかっぷ》ってとこにあってね。ここから六十キロほど西にあるんだが、そこまでならあんたも一緒に連れてってやれる。そこからなんとかして新千歳《しんちとせ》、札幌まで行ければ、もしかしたら飛行機か汽車が動いているかもしれん」

「汽車が……」

道央ではまだ交通機関が機能しているという話を耳にしたような気がする。

そこまで出られれば、帰る方法も見つかるかもしれない——。

「ただ占冠から新千歳までは六十キロ、札幌までなら百キロ弱の距離になる。送ってやりたいのは山々だが、そこまではできん」

社長は、はっきりと首を横に振った。ガソリンが不足しているような噂もあり、できるだけ節約したいということなのだろう。さすがにそこまでしてもらうわけにもいかないのは、尾田にもわかっていた。だから――。

「……どうするね、尾田さん」

「僕も連れて行ってください。お願いします」

尾田は、即答した。

「占冠までで連れて行ってもらえれば、そこからはヒッチハイクでもなんでもやり方はあります。ご迷惑をおかけしますけど……ぜひ！」

「そうか、わかった」

神妙な顔で頷《うなず》きつつ、社長は尾田に言った。

「そうしたら、あと二時間ほどで出発するから、あんたも準備しておいてくれ」

「わかりました」

この先どうなるかはわからない。だが、見知らぬ土地に閉じ込められ怯《おび》えているよりは、余程マシだ――そう思いながら、尾田は大きく首を縦に振った。

Ⅷ　七月二〇日

――福島第一原子力発電所。

数多《あまた》の被災者を出した東日本大震災。そのときに津波に飲まれ、未曽有《みぞう》の原子力事故を起こしたこの発電所は、現在、廃炉に向けた道を歩んでいる。

その道は、まさしく放射線、放射性物質との戦いだ。新たな技術開発をもってしても数十年単位での工程を経る必要があるだけでなく、処理水の海洋放出の是非など、さまざまな問題を孕《はら》んだ険しいものである。

――と、仙台配属にあたっての初任研修で、奏太は学んだ。

宮城は東日本大震災で甚大な被害を受けた。仙台も福島第一原発までは百キロメートルほどしか離れていない。当該支社の記者としては当然、これらの出来事は基礎知識として持っておくべきものだったからだ。

もっとも、研修を受けた当時、この知識は、知識以上の何物でもなかった。教科書で読む歴史上の出来事のように、「今の俺とは関係ない」知識に過ぎなかったのだ。

だが、こうして現地に来て初めて、奏太は知った。

ここで何が起こったのか。

ここで何が行われているのか。

そして、ここが将来どうなるのか。

巨大な発電所。十年以上を経てもなおいまだ傷の癒《い》えない敷地内で、作業に必死で取り組む人々。しかしその莫大《ばくだい》な労力を投ずる試みのすべてが「復旧」ではなく「廃止」に向けられているのだという事実。静岡と変わらない夏の潮風の中、それを肌で感じた奏太は思わず、身震いをした――。

「……張り付きの取材、ですか？」

ノーアポイントで訪れた福島第一原発。通された敷地内の事務所で広報担当者にその話をしたとき、彼は笑顔のまま、一瞬、目元に厳しい色を浮かべた。

「失礼ですが、目的をお伺いしても？」

「はい。実は、先日から日本を騒がせている、北海道のこととも関係しているのですが……」

「ああ、ウォールと言われているもののことですね。テレビでも盛んに報道されているようですが……」

網走《あばしり》市と釧路市。この二つの地域で撮られたという映像が、ここのところ大手マスコミでも取り上げられている。

ほんの数日前まで、北海道で何が起こっているのか、誰も知るものはいなかった。

現地でインターネットや電話が途絶していることにより、ほとんど情報の伝達がなされていなかったからだ。

だが、網走や釧路から逃げてきた人々が、さまざまな情報を開示すると——つまり文章により伝え、画像やムービーをネットに上げると、本州以南でも雰囲気が変わってきた。「何かが起こっているのかもしれない」から「確実に何かが起こっている」と、意識し始めたのだ。

取り分け説得力を持ったのは、やはり映像だった。

遠くから、あるいは至近から撮られた映像にあったのはいずれも、印象的な七色に光る巨大な壁だ。しかもそれはじわじわと動きながら、触れた人々を消去していくのだ。あまりにもSFじみた映像が、まずSNSやインターネット、そしてテレビニュースでも報じられるようになると、世論が一気に沸騰した。

「これは真実の出来事なのか？　現地の情報が何もないがどうなっている？」

「当初の避難指示はこれが原因だったのか？」

「新たな避難指示は出ないのか？　一部の自治体は出しているようだが……」

「早く逃げなければいけないのではないか？　住民たちは逃げられたのか？」

「いや、そんな悲観的に捉《とら》えるから、逆に住民や国民が混乱し、疲弊するのでは？」

「これらがすべてフェイク映像である可能性は？　惑わされてはいけない」

「そもそも避難させて経済活動が止まったらどうなる？　それこそ日本沈没だ」

「下手な規制は経済を停滞させるのだから、様子を見ながらでいいのでは？」

「楽観的なことを言っている場合か！　ウォールはすぐそこまで来ているんだぞ」

「いや、すべては陰謀なのだ。今は落ち着くべきときと心得よ」

これに伴い、誰からとも知れず口にするようになった「ウォール」という呼び名も
――出所は政府らしいが、詳しくはわからない――にわかに定着したように思えた。

ウォールは、釧路市のあたりにあると聞く。その通過地域で音信不通になっている住民も多いらしい。ただ、あまりに情報が少なく、実態が漠としているため、危険性や存在自体を疑う人々も多いという。彼ら「楽観派」の中には、近隣諸国や日本政府の陰謀論を唱える者もあるようだった。ただ、ほんの少しずつ西進しているという情報は間違いなく、それが人々に「焦燥感」と「不安感」を生んでいた。

そして、だからこそ奏太は、ここに来た――。

「ウォールは、南北に大きく延びているという話があるのをご存じですか？」

「……いいえ、初耳です」

奏太の問いに、担当者は少しだけ目線を逸《そ》らせた。

何かを知っているようだと感じた彼は、なおも問う。

「これが真実だとすると、いずれこの原発にもウォールが来ることになります」

「そうなのでしょうか？」

「はっきり答えられないのは理解しています。ただ私は、こうした中にあっても一生懸命に作業を進める方々のことを取り上げたいと思って、ここに来たんです」

「それが、取材の目的ですか？」

「はい。私が読者に伝えたいのは、皆さんの頑張りです。原発そのものを悪いように書くことは絶対にないとお約束します」

本来、どのような記事を書くか、公正公平な立場の記者が取材対象と約束してはならないと、奏太は上司から口を酸っぱく教育されていた。その意味で、こんなふうに断言するのは、よくないことなのかもしれない。

だが、そもそもそんな上司の指示を半ば無視して、奏太はここに来ていた。

新聞社の方針とは別に、奏太は自らの足でこの原子力発電所の門をくぐったのだ。

もとより腹は決まっている。怒られることも覚悟の上だ。そう開き直る奏太の意気込みに、担当者はしばらく考え込んだ後、真剣な表情を浮かべて言った。

「……少しお待ちいただけますか。上の者を呼んできます」

十分後——。

彼に代わってやってきたのは、作業服姿の男だった。

五十代後半くらいの、黒く日に焼けた精悍《せいかん》な顔つきの中年男性だ。身体つきも逞《たくま》しい。現場の作業員だろうかと思った奏太は、名刺を受け取り仰天した。

――『福島第一原子力発電所　所長　梶原努《かじわらつとむ》』

「しょ……所長さんですか？」

「ああ、所長の梶原だ。中央新聞の小野田さんと言ったな。まずは君の訪問を歓迎するよ。それで、当所に張り付きで取材したいとのことだが、改めて目的を尋ねてもいいか？」

低音でよく響く声色だ。廃炉の責任を一手に担うこの男に、奏太は再度、丁寧に取材の趣旨を説明した。

「……つまり、ウォールが来る福島第一原発《1F》の一部始終を記事にしたいと」

「はい。地震、津波そしてウォールとどう戦うのか、それを書きたいんです」

「なるほどね。……ところで小野田さん、君はウォールのことをどのくらい知っている？」

「ニュースやネットで見た程度ですけど、その範囲内でなら理解しています」

「ならば訊《き》くが、そもそもウォールは実在すると思うか？　あるいは君はウォールが南北に延びていると言ったが、本当にここまで来るだろうか？　それは確実な未来予測か？」

「それは……」

面と向かって言われると、確実だとは言い難い。

あくまでもそう伝えられているだけで、ウォールが来ない可能性、そもそもウォールが存在しない可能性だって、まだあるのだ。

だが、口ごもる奏太に、梶原は意外なことを言った。

「答えはすべてイエスだ。ウォールはここまで来る。確定だ」

「……えっ？」

「ウォールは少なくとも北緯四十五度から二十八度の間までは切れ目なく続く壁だ。高さは成層圏まで達し、下端に地面との隙間はない。それが時速約〇・八キロ、秒速だと二十センチくらいで西に動いている。日本で最初に確認されたのは七月九日で、納沙布岬への上陸が十三日。今は釧路市をちょうど通過しているところで……」

「ちょ、ちょっと待ってください」

滔々《とうとう》と話す梶原を制止する。

「そんな詳細な情報、一体どこから？」

「政府だよ」

梶原は、当たり前のように——しかし苦々し気な表情で言った。

「内々に通知があったんだ。重要施設にはあらかじめ備えておく必要があるためお知らせする。ただ、デリケートな情報だし、政府内でも反対意見があるから、対外的には厳秘、他言しないようにという注意書き付きでね。だから、さっきも言ったように、これはまあ確定事項ってことになる」

国民に知らされていない情報が、関係者には通知されている。

困惑する奏太に、梶原はなおも続ける。

「ウォールには、人体に対する選択的な加害作用がある。無機物や生物には基本的に無害だが、人間だけは、触れるとその部分を消してしまう作用を持つらしい。だから廃炉作業のオペレーションも遠隔で行う必要が出てくるわけだ。まあ、ここまで到達するのにまだ時間があるし、なんとかなるとは思っているが」

「な、なるほど」

情報量が多すぎる。目を白黒させ必死でメモを取りながらも、奏太は訊く。

「で、でもそれ厳秘情報ですよね？　記者の私に言ってもいいんですか？」

「まあ、だめだろうね」

梶原はあっけらかんとして言った。

「だが、いつかはバレる。どんなに隠そうとしたって、人間のやることはいつか漏れるものだからな。事実、世間も少しずつ知り始めてるだろ？　これほどの大災害を隠し通そうなんて、土台無理な話なんだよ」

むしろ政府が秘密にしていることのほうがおかしいんだ、と梶原は忌々《いまいま》し気に言った。

「もっとも政府も、ウォールの実態が解明できていない以上、情報の開示には慎重にならざるを得ないんだろう。さもなくばパニックを招くからな。1Fの事故のときもそうだった。大事な情報ほどすぐには出ない。それが重要であればあるほどな」

確かに——と、奏太は親子ほども年上の梶原の話しっぷりに引き込まれつつ頷いた。

「政府内で意見が割れていればなおのことだ。楽観論と悲観論だったか、分科会でぶつかっているらしいしな。……ともあれ、俺らがウォール対策を立てるのはこれからだ。というわけで小野田さん、もう一度訊くが、君の取材の目的は何だ？」

「えっ？　それは、皆さんの頑張りを記事にしたいと思って……」

「それは、建前だな」

梶原は、ばっさりと切り捨てるように言った。

「君の本音には、違う理由があるように思う。俺は、それを訊きたい」

「違う理由……」

そうだ。俺はなぜ、ここを取材したいのだろう——。

梶原の見透かすような視線を真っ向から必死で耐えつつ、奏太は数秒を置いてから答えた。

「たぶん……俺も戦いたいんだと思います」

「戦いたい？　どうして？」

「何もできないのは嫌だから……」

口にしてから、奏太は首を捻《ひね》った。

あれ、俺は今、何を言った？　戦いたいって——何とどうやって戦うのだ？　戦うにしたって何かができるとでも思っているのか？　いや、そもそもなぜ俺は、何もできないと嫌だなんて思ったのだろう？

自分で自分の言ったことに戸惑う奏太に、梶原は目を細めた。

「傍観者は要らない。足を引っ張るだけだからな。だが当事者は必要だ。……いいよ、小野田さん。君の取材を許可する」

「えっ、いいんですか」

「ああ。俺たちに密着していい記事を書いてくれ。これはむしろ要望として、お願いする」

梶原が頭を下げた。

きょとんとしつつ、奏太はややあってから、自分の申し入れが叶《かな》ったことに気づいた。

「あ、ありがとうございます！」

頭を下げ返した奏太に、しかし梶原は神妙な表情で続けた。

「ただな、部下たちは必ずしも君らマスコミのことをよく思ってない。ここは、これまで散々な報じられ方をしてきた場所だからな。反感も多いぞ。そこは俺も配慮まではしてやれないし、するつもりもない。……つまりだな、彼らと上手《うま》くやれるかは君次第だってことになるが、それでもいいか？」

なるほど、さっきの担当者が少しよそよそしかったのも、これが理由か。

納得しつつ、奏太は力強く頷《うなず》いた。

「もちろんです！　よろしくお願いします！」

ウォールを前にして原発がどうなるのか。人々がどう戦うのか。

その一部始終を、しっかり書き留めたい。真実を記録し、後世に残したい。

奏太は不意に自覚する。そうか、俺は紙面の向こう側、画面の向こう側にいたかったのだ。だから、俺は記者になり、そしてここに来たのか——と。

ひとり頷く奏太を見て、梶原はただ静かに薄い笑いを浮かべていた。

さあ、何日分かの衣類を用意せねば。

頭の中で、その枚数と、それらを収めるスーツケースの大きさを計算しながら自宅に戻ろうとした途上、奏太のスマートフォンが、不意に、ピロンと鳴った。

アプリの通知音だ。見ると、愛からメッセージが入っていた。

何気なく眺めた奏太は、心臓を掴《つか》まれたような気がした。

『戻ってきて　心配　心細い』

彼女の、あまり多くを語らないメッセージ。だからこそ、たくさんの思いがそこに凝縮されている気がした。

世の中がにわかに不安定になっている。そんなとき、恋人の存在は大きな支えになるものだ。ひとりで仙台に暮らしていて、そのことは心から身に染みていた。

俺だってそう思う。今すぐにでも仕事を放り出し、彼女のいる静岡に帰ってしまいたいと。

でも、だからこそ悩むのだ。そもそもなぜ俺はここにいるのか、と。

——三十秒、じっくりと考えた後で、奏太はメッセージを送信した。

『もう少しだけ仕事したら帰る　それまで待ってて　ごめん』

彼なりに多くの気持ちと意味を込めた言葉だった。

けれど、愛からのメッセージは返ってこなかった。

＊

『……つまり、楽観論の方々は、この惨状を見てもまだ、動くべきではないと？』

『違う違う！　そもそも惨状そのものに信憑性《しんぴょうせい》があるんですかって言っているんですよ。さっきから私ね、ファクトの話をしているんです。逆にあなたね、これが本当に正しい映像だと思ってるの？』

『いや、どう見ても釧路でしょうここ。で、どんどんウォールに人が殺されてる。被害に遭ってるんですよ。どこがフェイクだっていうんです？』

『すべてですよ。ＡＩ技術で作られた画像や映像で山ほど人が騙《だま》されてる。その事実を抜きにしてどうして語ろうとするんですか。ていうかあなた、その目で見たんですか？』

『そりゃ見てはいませんが、まあ、話にはならないってことですかね。というか、ここで消えてってる人たち、おたくの関係者だって聞きましたよ。楽観論者の人たちが釧路にデモ行ったんでしょ？　そのときの映像でしょ？』

『まあ、そういう話は聞いてなくもないですけど』

『で、どうなんです？　連絡来てるんですか？』

『…………』

『黙ってても何もわかりませんよ。そういうふうに現状を認識しない、いまだファクトがどうのと言って現実を見ようともしない、おたくらのそういう姿勢を我々は批判してるんですよ。わかります？』

『わかるもわからないも関係ないでしょうが……チッ、ウォール脳が』

『は？　今何て言いました？』

『待って待って、これじゃ議論が進まないよ。悪いけど、司会権限で一度設問を変えます。……えーと、別の角度からの話で、経済指数が速報で軒並み前年を大きく割っている中、具体的な経済対策についてはいかにすべきか。……どうです？』

『そりゃ、全ての避難指示解除ですよ。人の行き来の復活。日常生活を取り戻す。それに尽きる』

『ウォールの危険があるのに、それはダメでしょう』

『あと一般人の通信規制解除ね。とにかくネットが使えないっていうのがどれだけ北海道経済に害悪だと思ってるんです？』

『それって人より経済を重視しろってこと？　人命軽視も甚だしい』

『経済が沈めば人も死ぬんだよ。人命軽視って、あんたがたが救えるって考える人は高々数千人でしょ？　経済はこれが十万人、百万人になる。どちらが大事かは火を見るより明らかだ』

『その試算、何か証拠でもあるんですか？』

『そう言うなら逆にウォールの存在について、何か証拠でもあるんですか？』

『映像でしょうが。証言もある』

『だ、か、ら。フェイク映像でしょ。証言だっていくらでも捏造《ねつぞう》できる。結局ね、どこまでいってもあやふやなんですよ、あんたがたの主張は。こちらは現に経済的停滞の危険性の話をしてるんだ。この危険性を回避するにはあらゆる規制を解除。以前の状態に戻す。普通に生活する。明確ですよ』

『話にならないな』

『いやいや話にならないのはあんたでしょうが。そもそもね』

『だから待って待って！これじゃあ討論の体《てい》をなしてないよ。もう収拾がつかないからCM入れましょう。いいですね？お互い、その間にクールダウンしてください。わかりましたか？はい……では一旦《いったん》CMに入ります！』

*

ようやく、第二回目の防災対策分科会が行われることが正式に決まった。

日時は七月二十三日。なんと三日後だった。初回の開催からすでに六日が経過し、ウォールに関する状況が劇的に悪化していることを示す新しい情報が続々と集まってきているにもかかわらず——北沢の感覚では、とにかく今すぐにでも開催して方針を決めなければならない段階であるにもかかわらず——分科会メンバーの腰は重く、現時点でようやく「次の開催がやっと決まった」ところだったのだ。

北沢は怒りにも似た焦りを覚えていた。防災対策を所掌する自分のところには、日々北海道の悲惨な実情が幾つも聞こえてくる。ウォールが接近しようとしている道央では極端な物資不足が生じ、暴動が発生するなど治安も悪化していること。逃げる人々が一斉に道南に移動し、渋滞した沿道や宿泊施設で暴力事件も頻発していること。その一方で、ウォールがすでに通過したと思われる道東からの情報が一切入っていないことも——。

そのすべてが、すでにのっぴきならない状況に陥っていることを示しているというのに、分科会はもちろん、司令塔となるべき危機管理担当の腰は重く、なかなか動こうとしなかった。もちろん、これらの情報は逐一彼らに入れている。にもかかわらず、六日を数えてやっと「開催が決まった段階」だと？

あまりにも、手をこまねいている。

しかし、公務員として仕事をする以上、所掌という矩《のり》を超えて出しゃばることも難しい。

以前、同じ内閣府で参与を務める down倉が「私は危機管理担当として企画立案を、北沢は防災担当で実務を所掌しており、いわば主従の関係」にあると発言したことがあった。

脅威の本質が明らかになっていない以上、まずは危機管理部署が主となって対応すべき仕事であることは間違いない。なぜなら、本質を見定めることも企画立案に含まれるからだ。具体的な対策を講ずる防災部署の出番はその後であり、現時点ではあくまで従の位置づけとならざるを得ない。

そして主の立場たる危機管理担当が分科会を切り回している以上、施策の主導権もまた危機管理担当に握られている。内閣府は最終決定権を持つ内閣の助言機関とされているが、当の政治家がしっかりしていなければ内閣は内閣府の傀儡《かいらい》になり得るし、事実、ほとんどの場合にそうなるのだ。

したがって、現時点で北沢にできることは、とにかく具体的な対策を広範囲に検討しておくことと、そしてこれらの原案を実行に移す際にキーマンとなる分科会のメンバーに理解を得ることだ。

幸い、オブザーバーという立場で参画している北沢は、単なる事務局の一職員ではなく、発言にもそれなりの重みがある。事態が急を要することを説得すれば、共鳴してくれる委員も何人かはあろう。

だが――。

「……いやだから、そんなに急ぐべきことなんですかね？」

委員のひとりである東京技術大学の山之井教授は、肩を竦《すく》めてからそう答えた。

「北沢さんの言い分はよくわかりました。立場として悲観的シナリオを重視しているということもね。ですが学者の立場としては、やっぱり物理的な解明がなされていないものを『ある』前提で議論には参加できないというのが素直な意見ですよ。まあ、あったとして放っておけというのが私の一貫した立場なわけですが」

「それはわかっています。もとより山之井先生が分科会で求められているのは学者としてのコメントだと理解しています。でも、それでも……この具体的な危機について、どうしてもご協力をいただきたいのです」

「おっしゃることはわかりましたけどね。でも、結論は同じ。賛同できない。以上です」

山之井教授は、首を大げさに振り、あからさまな拒絶の意を示した。

「結局ね、学者にとってはデータが命なんですよ。物理的性質、その具体的な数値、それがすべてです。しかし、あなたのところの調査員が持って帰ってきたデータなるものを私も見ましたが、あの数字が示す結論はつまり『ウォールとは空気である』の一点のみです」

「…………」

「物理学的に言い換えると、『空気が怖いからなんとかしたい、協力してくれ』と言われているわけですよ。安易に同調できないのは、北沢さんにもわかるでしょう」

「それは……そのとおりです。しかし」

それでも北沢は、食い下がる。

「もたらされる悲惨な結果はやはり、捨て置けないとは思いませんか」

「悲惨な結果ですか？　なるほど、そういうものが現に存在するのかもしれません。しかし私としては、こうしたネガティヴな要素もデータで論じたいところです。そうですね、何人亡くなっていますか？　怪我人の数は？　被害地域は？　被害総額は？　わからないのでしょう？　可視化されていないのでしょう？　定量的にカウントできないのでしょう？　カウントできないのであれば、それすなわち『ゼロ』です」

ある意味で、学者らしい。

しかしあまりにも極端だ——というか、頭が固すぎる、と北沢は感じた。

ふと思う。もし委員に選ばれたのが山之井ではなく、紺野雪子であったならば、きっと、話はもっと柔軟に進んだに違いない。彼女ならばもっと広い視野で物事を判断しただろう、そう思えてならなかった。

だが、そもそもは委員の人選をきちんと詰め切れなかった自分が悪いのだ。そう思いつつ、北沢は遂《つい》に説得を諦《あきら》めた。山之井教授とこれ以上話をしても、ウォールに対する楽観的な見方はもはや変わることがないように思われたからだ。

だから、丁重に礼を述べつつ、北沢は研究室を辞した。

東技大の古い建物。コンクリート打ちっぱなしの壁面にはまだらに黴《かび》が生えている。人がほとんどおらず、夏だというのに、やけに寒々しさを覚えつつ、北沢はとぼとぼと階段を降りると、中庭に出た。

途端に、むわっとした熱の塊のような空気とともに、強い日差しが顔に纏《まと》わりついた。

目を細めて、空を見上げる。雲ひとつない快晴だ。

ようやく、真夏が始まった。首筋にうっすらと汗が浮かぶのを感じつつ、ジャケットを腕に掛けシャツの袖《そで》を捲《まく》った。

ふと、少し足がふらついた。

「……睡眠不足かな」

この二週間、ほとんど家にも帰っていないし、ベッドにも横になれてはいない。

体力には自信はあるが、さすがに年齢《とし》ということだろうか。官僚になって十四年、まだまだ若いつもりだったけれど、無理はできないのかもしれない。だが――。

まだ、大丈夫だ。

無理をしてでも今は踏ん張るとき、何しろ日本の存亡が懸かっているのだから。

弱音を吐くなよ、俺――そんなふうに北沢が自分を叱咤《しった》しながら、次の委員を説得しに行くべく足を一歩前に踏み出した、そのとき。

「おや、君は北沢君じゃないか」

聞き覚えのある声。北沢は無意識に、顔を顰《しか》めた。

俺はこの声の主を知っている――つまり、今は一番会いたくない男。

「……埣倉さん」

「こんなところで奇遇だな。何油売ってるんだ」

内閣府危機管理担当参与、埣倉仁。経産省出身の先輩官僚だ。先輩とは言っても、出身母体は違うし、すでに六十を超えた埣倉とまだ三十半ばの北沢では親子ほどの年の差がある。役職もこちらは参事官、先方は参与と――似た名前だが、その位置づけは局長審議官級の後者のほうがはるかに上だ――大きく異なる。

埣倉は内閣府内の隣の部署でウォール対策の主担当を務める男であり、分科会を主催する責任者でもある。自身も北沢と同じようにオブザーバーとして円卓に着き、さまざまな発言をする立場だ。取り分け、北沢とは異なる極めて楽観的な立場から――。

「今、山之井委員にご説明に上がったところです」

「埣倉を信用するなと?」

「いえ、そんなことは……」

嫌みな言い方に、はぐらかすように語尾を濁した。

埣倉と北沢は、ウォールに対する評価において真っ向から対立している。悲観的予測に基づき今すぐにでも大規模な避難が必要と考える北沢に対して、背後に財界との繋《つな》がりがあり、経済への打撃を懸念する岙倉は「楽観派」の政府元締めでもあり、腰が重かった。

だが、北沢が岙倉に会いたくないのは、単に思想の違いがあるからだけではない。

「まあ、その表情から結果は推して知るべしだな。まだまだ君も経験不足。もう少し勉強したまえよ、ははっ」

「……はい」

年齢差ゆえか、事あるごとに岙倉は基本的に北沢を見下してくる。そのことも、北沢が彼を苦手な理由だった。もちろん、厳格な年功序列社会である官界にいる北沢が、それを表情や声色に出すことはないが——。

「しかし、こんな面倒ごとで、なんで君はいちいち僕らに反発するのかねえ。無理しなくともよかろうに、なあ？」

「…………」

「そもそも君、どうせ国交省からの出向で、腰掛け気分なんだろ？　門外漢が余計なことを言わず僕らに従っていればいいものを。その方が楽だぞ？」

「まあ、そうですね」

手前《てめえ》も経産出身の門外漢だろうが——罵倒《ばとう》の言葉が口から溢《あふ》れ出そうになる。

だが、それをすんでのところで喉奥《のど》に押し戻す。日本が危機に陥ろうとしているならば、こんなことで内輪揉《うちわも》めをしても仕方がない。

それに——腰掛け気分、という揶揄《やゆ》。

北沢には何も言えなかった。なぜなら、その指摘は正しかったからだ。

二年契約の出向。それが終われば古巣での仕事がまた始まる。今はその合間にある、休憩期間だ——ウォールが来る前はそんな心情であったことも事実だったのだ。

だから、からかわれても反論ができない。ただ、沈黙するしかない——。

やがて、ひとしきり高圧的な態度で、小馬鹿にするような言葉を随所に挟む立ち話を終えた汆倉が、清々した顔つきで去っていった。

彼が向から先は、今まで北沢がいた大学の建物だ。

きっと汆倉は、山之井教授に会うのだろう。分科会で楽観派に味方をしてもらうためのレクチャーだ。汆倉と山之井教授は意思を同じくする、いわゆる「ツーツー」だ。ここの牙城《がじよう》を崩すのはもはや無理だろう。

つくづく、委員が雪子でないことを悔やみつつ、はぁ、と大きな溜息《ためいき》を吐く。

なんだか、どっと疲れた。弱音を言っている場合じゃないのはわかっているのだが——。

——それにしても。

ふと、疑問を覚えた。さっき、彼女が所属しているはずの山之井研究室に、当の雪子の姿がなかったが、彼女は一体どうしているのだろう？　研究室で研究しているのではないのか？

首を傾げた瞬間、スマートフォンが鳴った。当の雪子からの電話だった。

「ナイスタイミング」

食い気味に電話に出た北沢に、雪子は怪訝《けげん》そうに訊《き》いた。

『何がナイスなんですか？』

「ちょうど君のことを考えていた」

『なんですか、それ』

「特に意味はない……それよりどうした？」

誤魔化す北沢に、雪子は語尾を待たずに言った。

『急いでお知らせしたいことがあって。……ウォールの正体が、突き止められたかもしれません』

＊

ウォールとは、何か。

はっきりしているのは、計測される物理的性質が空気と変わらないことだ。このことは、ウォールの組成が空気と同じであるか、またはウォールが存在していないことを示す。

一方で、ウォールは目視できる。半透明ではあるが確かに存在し、干渉縞《じま》を見せてさえいる。このことは、ウォールが存在していないという仮説を明確に覆す。

では、ウォールは空気なのか？　例えば、エアカッターのような高速の気流であり、これがために人体が被害を受けるのではないか？　この仮説もまた、ウォールが人体にのみ干渉するという選択的な性質の説明ができず、否定される。そのような選択性のある物質は、ウォールでなくとも存在しないし、少なくとも想定できないことになる。

つまり、ウォールは存在しているのに、存在し得ないのだ。

こんな、悪魔のような二律背反を説明する理屈が、果たしてあるのだろうか？

「……北沢さんは、ブラックホールってご存じですか」

『馬鹿にするなよ。これでも理系だぜ。超新星爆発の後で質量が凝縮して、光すら逃げられないほどの重力を持つようになった天体だろ』

確か最近、直接写真撮影されてたよな――と北沢は言った。

「ええ。重力によって時空が歪《ゆが》み、事象の地平面に隠れて目視ができなくなった天体のことです。写真撮影ができたのは、その周囲にある降着円盤ですね」

『で、そのブラックホールがウォールとどう関係するんだ』

「はい。どちらも時空の特異的構造なんじゃないかと考えているんです」

『特異的構造……？』

「空間が滑らかではなく、非線形の構造を持った部分のことです。ブラックホールに関しては特異点、ウォールに関しては時空の特異面といったほうがいいかもしれませんね。かつ、事象の地平面の外にある、目視可能な面であって……」

『理系などと粋《いき》がってごめん。ちっとも理解できない』

「一言で言えば、空間そのものが性質を変えないまま折り畳まれた状態になったもの、それがウォールの正体だということです」

『性質を変えないまま折り畳まれている……もう少し簡単に言うと？』

「そうですね。紙に人間の絵が描かれているとします。この紙を折り畳めば、当然人間の絵も折り畳まれるわけですけれど、人間の絵そのものが何か変わるわけではありません。紙を開けば、同じ絵が出てきますから」

『なるほど、ちょっと理解できた。その紙を空間に置き換えて考えるんだね』

「はい。そして特異面は、その折り畳んだ部分に生ずる歪みだというわけです。実際には高次元での物理現象ですから、歪みは三次元空間において、二次元の面となって現れますが」

『それが、ウォールの本質ってわけか』

「はい。ただ歪みそのものの厚さはプランク長さ以下……原子核よりもはるかに小さく、相互作用すら起き得ない薄さですから、これが一枚あったとしてもウォールにはなりません。しかしこれをS字に折り畳むとどうなるか」

『三枚重ねになる。……一定の厚みができる？』

「そのとおりです。表面に可視光線の干渉縞が現れていることから考えると、その厚みは数百ナノメートル程度と推定できます。要するに、とてつもなく薄い時空の特異面が、一ミクロンにも満たない幅の中で三枚重ねの状態になったものが、あのウォールなんです」

『……うーん、わかったような、わからないような』

北沢が、電話の向こうで唸《うな》った。

『ともあれ君の言うことが正しいとして……だとするとひとつ疑問が生ずる。なぜ、ウォールは人体に対してのみ選択的に作用するんだろう？　紙を折っても描かれた人間の絵に変化がないように、特異面は物質と干渉しない前提なんじゃないのか？』

「そのとおり、ウォールが一枚だとすれば、そうなります。でもさっき言ったとおり、ウォールは三枚重ねなんです」

雪子は、力を込めて言った。

「三枚重ねになったウォールには、厚みによる隙間が生まれます。この隙間が原因で可視光線が干渉縞を作ると考えられるのですが、裏を返すと、この隙間から物質にウォールが持つエネルギーが伝達していく可能性もあるんです」

『エネルギーが……伝達……？』

「ウォールは時空が歪んだ特異面ですが、歪みの分だけ、それそのものに極めて大きなエネルギーが内在しています。もちろん、物質を構成する素粒子とは相互作用せず、このエネルギーが物質に対して影響することもありません。でももし、三つの面が持つ二つの隙間のどちらにもぴったりと嵌《はま》ってしまう物質があればどうなるでしょう？」

『ちょい待ち、話がさらに複雑になってきた。ええと……それは……敷き布団を三枚に折り畳んだとき二つの隙間ができて、その隙間にぴったり嵌るネコがいる……みたいなイメージ？』

「とりあえず、それでオーケーです」

喩《たと》えの意外な可愛らしさに、思わず口元が綻《ほころ》んだ。

「どちらかの隙間だけではなく、どちらの隙間にも嵌るネコですね」

『ネコは大概そんな隙間には嵌りそうだが……仮にそんなネコがいたとして、どうなるんだ？』

「特異面とネコが共鳴します。するとネコに特異面の歪みのエネルギーが一気に流れ込んでいきます。結果としてネコは、ピコ秒単位で数百万度まで熱せられます」

『布団の熱でネコが焼け死んでしまうのか。可哀そうに』

「気の毒ですが、二つの隙間のどちらにもぴったり嵌った場合には、そうなります」

『そして、それが人体に対して起こっていることなんだね』

「そのとおりです」

『………』

一瞬北沢は押し黙る。だがすぐ、問いを続けた。

『ネコ……もとい人体だけが、今の理屈でウォールと共鳴する。ということは、人体だけが持つ何らかの物質がその原因となっているはずだけど、それは何だろう』

「人類だけが持つ物質。人類のみに固有の物質。おそらくそれは、ＤＮＡです」

『ＤＮＡ、遺伝子か！』

「はい」

雪子は、今度は静かにうなずいた。

「ＤＮＡは遺伝情報を持つ巨大な分子です。必然的に、その生物種に固有の形状を持ち、人類のＤＮＡは、人類しか持ち得ないものとなります。この人類のＤＮＡは、その形状がゆえに、特定の振動に対して特異的に共鳴します。つまり、固有の共鳴周波数を持っているんです。そして不幸なことにこの周波数が、ウォールの持つ二つの周波数のどちらとも一致してしまった……」

『だから、エネルギーが伝わってしまう』

「ええ。人間のDNAは、それこそ人体のあらゆるところに存在します。これがウォールに干渉した途端、莫大《ばくだい》なエネルギーが流入して、一気に数百万度にまで熱せられます。結果として、周囲の細胞もろとも一瞬にしてプラズマ化……つまり蒸発させてしまうことになるんです。これが、ウォールに触れた人体が消える理屈です」

『衣服に影響しないのも、それが理由ってわけか』

「はい。衣服には人類のDNAは含まれませんから」

『なるほどなあ……』

今度は随分と長い時間、北沢は絶句した。

やがて北沢は、ぽつりと零《こぼ》すように問いを続けた。

『……一体なぜ、こんなものが生まれたんだろうね』

「わかりません。近傍のブラックホールが誘発した現象かもしれませんし、あるいは超巨大質量の合体から生じた時空の歪みが波及して来たのかもしれません。もしかすると太陽活動や地球内部の構造の変動が影響した可能性もあります。ですが、いずれにせよ、人為的に作り上げることは不可能なものです」

『つまり、すべて偶然に生まれた自然現象である、と』

「そうなります」

『それが地球上に現れたことも？』

「はい」

『日本に向けてじわじわ近づいていることも？』

「はい」

『ついでに人間のDNAにのみ作用してしまうことも……？』

「はい。偶然です。すべて」

『だとしたら人類は、百万本に一本のクジを的確に引き当ててしまったようなものだね』

「その喩えでいくなら、一兆の一兆倍分の一くらいの確率になります」

『……まったく、強運にもほどがあるな』

北沢は呆《あき》れたように、乾いた声で笑った。

『よくわかったよ。ウォールが何なのか腑《ふ》に落ちた。その正体が時空の歪《ゆが》みとはね。素人にはわからないわけだ。……しかし君は本当に大したものだよ。その結論に、一体どうやって辿《たど》り着くことができたんだ？』

「北沢さんに直接ウォールを見る機会を貰《もら》えたお陰ですよ」

雪子は、一拍を挟んでその理由を答えた。

「一番の手がかりになったのは、ウォールと触れたときに一瞬閃光《せんこう》が走る現象です。おそらくあれは、極高温になったプラズマによるものだろうと推測しました。だとすれば、なぜ高温になったのかが問題になります。ウォールにそれほどのエネルギーが内在する理由は何か、あるいはウォールからどうやってエネルギーが伝わるのか。そして、なぜ人間に対してのみ選択的に相互作用するのか」

『それを考え続けて、君はその結論を導いたのか。……まいった』

電話の向こうで、北沢が感心したように長い溜息《ためいき》を吐いた。

『本当にすごいな。それだけでウォールの正体に辿り着くなんて』

「すごくなんか、ないですよ」

『謙遜《けんそん》しなくてもいいんだぜ？』

「いえ……そうは言ってもこれ、私だけの成果じゃないんです。北沢さんも含めて、多くの方々の助力があって初めて辿り着いた仮説ですから……」

閃光現象については、MIT時代に共同研究した研究者たちとリモートでディスカッションしながら考えた。三重の空間の歪みについても同様に、尊敬する女性研究者とのメールでのやり取りがヒントになった。DNAの着想も同じだ。彼らと共有した論文を読み込んで、そこから捻《ひね》り出した。もちろん、北沢からウォールを見る機会を貰えなければ、そもそも理解のきっかけすら与えられなかったのだ。

ニュートンはかつてこう言ったそうだ——私が彼方《かなた》を見渡せたのだとしたら、それはひとえに巨人の肩の上に乗っていたからだ、と。

巨人とは、偉大な先人たちと、その知見のこと。雪子も同じ、多くの支えと知見があってこそ、答えを出せたに過ぎないのだ。

「……皆さんがいなければ、私はこの成果を得られなかった。私自身はちっとも、すごいわけじゃないんです」

『いや、それは違うな』

しかし北沢は、即座に断言した。

『人が前に進めるのは、助けてもらえるからじゃない。自分で進む意志を持つからだ。そして君は意志を持ち、実際に前に進んだ。俺らがやったのは補助以外の何ものでもない。成し遂げたのは君なんだ。だから……胸を張れよ』

「ありがとうございます」

手放しで褒められ、思わずはにかむ雪子に、北沢は続けた。

『そうそう、謙遜なんかいらない。特に猪突《ちょとつ》猛進の君には似合わないよ。とにかく君は研究者としていい仕事をした。たくさんの人の力を借りることもその仕事のうちだ。

この点、自分の意見に凝り固まったどこぞの連中よりもずっといいよ。そうだな、例えば……』

「あはは、それが誰かは聞かないでおきます」

忌々《いまいま》しい顔をいくつも脳裏に浮かべながら、雪子は笑って答えた。

「でも、ウォールの正体がわかったとは言っても、まだ仮説です。気は抜けません」

『確かに。だが、より矛盾の少ない有力な仮説が現れるまでは、それが真説でもある。それに何より、君の仮説には説得力がある。これをもってすれば、分科会の委員も納得してくれる人がいると思う。心から感謝するよ。本当に君は、よくやってくれたとね。……とはいえ、だ』

北沢は、一拍の間を置くと、少し声のトーンを落とした。

『ある意味でこの仮説は、絶望的なものでもあるね』

「はい」

北沢の懸念に、雪子は神妙な顔つきで頷《うなず》いた。

彼もやっぱり気付いた。そう、仮説が正しければ、これは絶望的な帰結を導くのだ。

つまり――特異面であるウォールは原理的に破壊が不可能であり、かつ、人体である限り干渉が不可避であるという結論を。

これは、逃げる以外の方法がないことを示すのだ。少なくとも、現状では。

『まあいい。絶望的だということがわかっただけでも希望はあるんだ。やりようはあるさ』

北沢は、おそらく努めて明るい声を出しながら、唐突に切り出した。

『そうだ、君、三日後の分科会に参加してくれないか？』

「えっ？　私がですか？」

『ああ。君をオブザーバーとして捻《ね》じ込む。その場で今の仮説を披露してくれ。きっと、それで風向きが変わる』

「…………」

分科会には山之井教授が委員として参画している。その場に参加するというのは、つまり彼との対峙《たいじ》が不可避だということだ。顔を突き合わせて何を言われるかわからない場に、はたして私は行くべきなのだろうか。

しかし雪子は、深く考える前に頷いた。

「わかりました。行きます」

迷う余地はない。絶望的だということがわかっただけでも希望はある——希望とは、まさに雪子の仮説のことなのだ。

希望を前にして、逃げるという選択はあり得ない。

『ありがとう。本当に』

「いいんです。これが使命ですから」

『その使命感に報いるものが何もなくてすまない。でも……本当に、ありがとう』

電話の向こうで、深く頭を下げる北沢が思い浮かんだ。

ややあってから、北沢が言った。

『実は俺、ついさっきまで君のボスに会ってたんだ』

「えっ？　そうなんですか」

『説得しようとしたんだ。結果はダメだった。けんもほろろってやつだね。まあ、予想はしていたけれど』

「あー……」

『君にも会えるかなと思っていたんだけど……今、研究室には行っていないのかい？』

「ええ。実は……あまりそこにいる意味はないのかなと思って。というか、いっそもう辞めようかなと。大学のリソースが使えるメリットはあるんですが……」

世の中がこれだけ切迫してくると、そのメリットも生かせそうにはない。

むしろ、反りの合わないボスに仕えるデメリットの方が大きくなっている。

『そうか、勿体《もったい》ないな……いや、そうでもないか。君はどこにいても力を発揮するだろうからな。逆に学者にしておくのは惜しいくらいだ』

「そう言ってもらえたら嬉《うれ》しいです。もし無職になったら内閣府で雇ってくださいね」

『そうだなぁ。考えておく』

北沢は、気持ちよさそうにからからと笑った。

＊

『おとうさん！　今どこにいるの？』

スマートフォンの向こう、久し振りに穂波の声を聞いた。

ようやく繋《つな》がった電話。テレビ塔の下にうずくまり、電池の残量を気にしながら一時間掛け続け、やっと聞くことができた十一日ぶりの娘の声。

熱い目頭を押さえながら、尾田は答える。

「ああ、まだ北海道にいるんだ。電話できなくて、ごめんね」

『いいの、おとうさんの声が聞けて嬉しい』

「……うん、おとうさんもだよ」

『ねえ、いつごろ帰ってきてくれる？　穂波、おとうさんに会いたい』

「ああ、できるだけ早く帰るよ。まだちょっと掛かるかもしれないけれど、それまで大人しく待っててくれるかい？」

『うん！　大人しくして、おとうさん待ってる！』

「そうか。……穂波はいい子だ」

声が震えるのを必死で堪《こら》えつつ、「八神のおばちゃんに代わってくれるかい？」と伝えると、すぐに電話は春江に代わった。

『基《もと》ちゃん、あんた今どこにおんの？』

「……札幌です」

『札幌？　なんでそんなとこに？　あんた帯広におるんちゃうの？』

怒っているような声色の春江に、尾田はここまでの経緯を手短に伝えた。

帯広から占冠まで、仕事先の社長の厚意で連れて行ってもらったこと。そこから徒歩とヒッチハイクを繰り返しながら、千歳まで出てきたこと。期待していた飛行機はすでに飛んでおらず、仕方なく、電車が動いているかもしれないという最後の望みを掛け、札幌まで移動してきたこと。

だが——電車は当然のように止まっていたこと。

『そうやったん。大変やったね……でも基ちゃん、これからどうするん？』

「わからない。正直、途方に暮れてる。でも、止まるわけにはいかないから……なんとかして本州を目指す。それで、神戸に帰る」

『わかった。穂波ちゃんのことは心配せんでええからね。あたしがきちんと面倒見とくから。あんたはしっかり、帰ってきなさい』

「……はい」

春江の言い方に、尾田はくすりと小さな笑みを零《こぼ》した。

小さいころ、お袋の親友だった春江さんがよく面倒を見てくれた。彼女はよく「しっかりしなさい！」と小さかった自分を叱ったが、今聞いたのはまさに、あのときと同じ口調だった。

なんだか、少しだけ元気が出た。

くじけてはいけない。勝負はここからだ。ウォールが到達するまでの間に、本州に逃れる方法はまだあるはず。それを、なんとしても探し出すのだ。

――ウォールの存在は、道内ではすでに「公然の事実」となっていた。

それにより多くの死者が出ていることも、徐々に西に動いていて、北海道が蹂躙《じゅうりん》されるのが時間の問題だということも、正式発表はなくともも う誰もが知っていた。

だから、治安も急速に悪化していた。この三日間の道中でも、破壊されたコンビニエンスストアをよく見たし、ヒッチハイクもほとんど成功しなかった。

それでも札幌まで辿《たど》り着けたのは幸運が重なったからだ。社長にも、警戒しつつも車に乗せてくれたドライバーにも感謝しなければなるまい。だが、裏を返せばここからはさらに厳しい状況が待っている。本州に、そして神戸に行くなんて、奇跡でも起こらなきゃ、無理なんじゃなかろうか――。

『……基ちゃん？』

「あっ、ごめん」

春江の声に、はっと我に返った。

「ありがとう。春江さん、俺……頑張るよ。また、電話できそうなら電話する。それまで、穂波のことをよろしくお願いします」

それだけを言って、電話を切った。いつまでも電話をしていたかったが、それは現実逃避だ。そんなことをしている場合じゃないというのは、自分でもよくわかっていたのだ。

今は、穂波と春江さんが元気でいるとわかっただけでも、ありがたい。

大きく溜息《ためいき》を吐くと、天を仰いだ。

雲が垂れ込める暗い空模様を、テレビ塔の尖《とが》った先が突き刺している。

そんな不穏な光景を眺めながら、ふと、考えた。

もしここに親父がいたら、助けてくれただろうか？

だがすぐ、首を横に振った。仕事一辺倒の親父はお袋とすれ違いの末に離婚したんだ。その後お袋が身体を壊して亡くなったのは、親父のせいではないけれど――今さら、頼れるはずがないじゃないか。

そもそも、俺が親父を頼ってどうする。俺が、穂波に頼られなきゃいけない立場だというのに——。

そんなことを考えながら、しばらくの間、ぼんやりと空を見つめる。

ふと、タバコを無性に吸いたくなった。

そういえばタバコを止めたのは、あいつに言われたからだったっけ。パート先の大学生と浮気してそのまま俺を捨てたあいつは、娘の親権にもまるでこだわらなかった。

あれから俺は、くよくよ悩み続けてきた。けれどもういい加減、吹っ切れなければいけないのかもしれない——。

「……よし」

意を決すると、尾田は立ち上がった。

函館に行く。じっとしていても仕方がない。青森との連絡船が動いている可能性に賭《か》けるのだ。だが、その前に——。

「まず、タバコだな」

無意識に呟《つぶや》いた。その声色は、自分でも意外なほどに明るかった。

Ⅸ　七月二三日

「……とにかく、急いで対策を立てる必要がある」

免震重要棟——あの原発事故のときも指示の中心となった、福島第一原発の建物、その会議室で、それぞれのセクションの責任者を前に、彼らを束ねる所長である梶原は、静かに、しかし厳《おごそ》かに口を開いた。

「ウォールの性質は、今説明したとおり、平たく言えば人間には越えることができない巨大な壁だ。とてつもなく長く南北に延びていて、太平洋上を徐々に西進している。そして、だいたい八月四日ごろ1Fを通過する見込みだ」

「八月四日……その前後は廃炉作業を止めなければならないということでしょうか」

「一旦《いったん》はな。だが、放射性物質は待ったなしだ。俺たちのいうことなんか聞いちゃくれないから、作業はできるだけ止めないようにする」

「できるだけ止めないとすると、どんなふうにオペレーションすればいいんでしょう」

発言していた総務担当の職員が考え込む。梶原はその疑問に、即座に答えた。

「幸いなことに、ウォールは無機質には干渉せず、現状の一号棟ないし六号棟には一切影響を与えない。つまりだ、我々のミッションは、うまく機械を配置して、現場管理の空白時間を可能な限り短くすること。これに尽きる」

「ということは、あとはコントロールする人間ですね。つまり、我々が越えられない壁の向こう側にどうやって行くか」

「ああ。どうやれば越えられるかは情報がないが、壁の北側か南側、いずれかから回り込むことになるだろう」

「陸路を活用するなら北回りでしょうか」

よれた作業服姿の、現場を束ねる係長が発言すると、梶原はすぐ「いや、それは難しい」と首を横に振った。

「ウォールの端は北海道よりも北にある。そうなるとロシアの領海か領土を通らなきゃならないが、今の国際情勢からして現実的じゃない」

「だとすると、南端を回り込むと」

「そうなる。だが、どこまでが南端なのか、いまいち情報がない」

「てことは、具体的な作戦は南端の場所次第ということですね」

「ああ。空白時間がどれだけ短縮できるかも、そこにかかってるな。いずれにせよ、あらかじめあらゆる可能性の下で頭の体操はしておく必要がある。なんにせよ八月四日まであと二週間もないし、そもそもこの日付だって正しいとは限らない。一刻の時間も無駄にはできない」

「ですね！」

集まる部下たちの顔が引き締まった。

「とにかく取り掛からねばですね。えーと、まずは予算だな。現状どのくらい余裕があるか、本社と折衝してみる」

「あとは人だ。事情がある人間もいるだろうから、その選別もしなきゃならん」

「車と船も必要だな。その手配はこっちでやるから、後は任せる」

「燃料は俺のほうから関連会社に掛け合ってみる。まだ余裕はあるはずだ」

「協力会社にも話をしないといかんな。だがどのくらい助けてくれるか……」

——奏太の周囲で、人々がてきぱきと動き始めた。

深刻な現場に、さらなる深刻な脅威が迫ってもなお、彼らは冷静さを忘れてはいない。奏太は尊敬と同時に、ある種の感謝の念を覚えた。

この三日間、奏太は食らいつくように取材を続けていた。時に警戒され、時にあからさまに拒絶されつつも、それでも、少しずつ馴染《なじ》めてきたような気もする。それはきっと、彼らの懐の深さがゆえだろう。この修羅場に、部外者である奏太を受け入れてくれる彼らを、奏太は心からありがたいと思った。

だから彼は、取材メモを手にその姿を書き留める。慌ただしく動く彼らの間にあって、奏太は彼らのセリフ、表情、一挙手一投足を漏らすことなく、克明に記録し続ける。

それが彼らに対する、感謝の気持ちそのものであるような気がしたから——。

ふと視線を感じ、ちらりと梶原所長を見た。

口元を僅《わず》かに上げた彼が、こちらを横目に小さく頷《うなず》いていた。

＊

「すみませんが、今おっしゃった被害状況についてもう一度、詳しく説明いただいてもいいでしょうか？」

九日の間を置いて開催されることとなった防災対策分科会。その席上、分科会長は額に深い皺《しわ》を浮かべつつ訊《き》いた。

オブザーバー席に座る北沢が、立ち上がったままで「はい」と答えた。

「ウォールが通過しているとみられる釧路市、北見《きたみ》市から東側の全市町からの連絡が途絶えており、多くの目撃証言、またインターネット上に流れる映像情報から、すでに壊滅したと考えられます」

「……人的被害は？」

「当該地域の人口から推算するに……十万人ほどかと」

おお――と嘆きのようなどよめきが会議室を埋め尽くした。

大柄な北沢の背後に隠れるようにして控えていた雪子は、その陰からそっとあたりを窺《うかが》う。居並ぶ十人ほどの委員が、一様に深刻そうに口を真一文字に結んでいた。その中には、苦虫を噛《か》みつぶしたような表情の山之井教授もいて、雪子の存在に気付いたのか、時々攻撃的な視線を送ってきている。

予想外の数字を聞いたからだろう、しばし絶句していた分科会長は、やがて青い顔の下半分を手で覆いつつ、各委員に諮る。

「今の状況報告に対して、誰かコメントはありますか？　何でもいいのですが」

「……分科会長、よろしいでしょうか」

「はい、㮶倉オブ」

オブザーバー席――つまり、北沢の隣で、㮶倉が立ち上がった。

「今の北沢からのご報告について補足しますが、あくまでも未確認情報だということをお忘れなきよう。情報源もインターネット、あるいは伝聞によるものもありますので、その辺りはご考慮に入れる必要はあるかと」

「確かにその必要はあるでしょう。ただ……十万。十万ですよ？　ここまで数字が大きくなると、そのすべてが誤報というふうにも思えません。㮶倉さんから事前に聞いていた話とも違います。となると、もはや見て見ぬ振りもできないのではないでしょうか」

「それは……」

答えられないまま、夻倉は渋い表情で、ゆっくりと着座した。

「金尾委員、北海道民生会長の立場から、ご発言はありますか？」

「特にはありません。正直、もう北海道から何も情報が入ってこんのです。経済活動はほぼゼロ、あとは皆の無事を祈るばかりです」

「そうですか……では、山之井委員」

指名された山之井教授は、一瞬の間を置いてから、しかし強い口調で言った。

「極端な言い方になりますが、私の立場は、やはり信じられない。これに尽きる」

「数字を見てもですか？」

「ええ。その数字が確定しない限り、信じる対象とはなりません。信じられないものはゼロと同じです」

「では、北海道で起こっていることは何なのでしょう？」

「知りません。そもそも、ウォールの存在も知りようがないでしょうが」

半ば吐き捨てるような口調で、山之井教授は険しい視線を北沢に向ける。

「逆に教えてほしいくらいですよ。そこまで危険視するウォールというのは、一体どんな原理で、どんな作用をするものなんでしょうかね。理論的説明をお願いしたい」

「私もそこが肝要だと思いますね」

山之井教授の後を追うように、under倉が、力強い声色で同調した。

不思議なことに、沈黙していた分科会のメンバーたちも皆、山之井教授と under倉の二人に引きずられるように、頷き始める。まるで根拠のない意見に縋《すが》る彼らに、雪子は思った。

――正常化の偏見だ。

ウォールとは何か。その謎が解明されない限り、ウォールは存在しない。したがって、ウォールの危険性は注視するにとどまるべきである――言うまでもなく、そんな理屈はあり得ない。炎を前に目を閉じても熱が伝わるように、納得しようがしまいが、災害が存在する限り、それは必ず害をなしてくるのだ。

だが、人間には「正常化の偏見」と呼ばれるものが先天的に備わっている。

予期しない事態に対峙《たいじ》したとき、「何かの間違いだ」「考えたくない」「自分だけは大丈夫だ」という心理的作用が働いてしまう。正常性バイアスとも呼ばれる、人間の判断をしばしば誤らせる機能が今、この場も支配しようとしているのだ。

しかし、雪子にはわかっている。それは希望の皮を被《かぶ》りつつ、絶望しかもたらさないと。

今この場に必要なのはそれではない。絶望の奥に潜む希望だ。

「原理、ですか……」

強迫的な要求と、それに同調するような雰囲気。それらをすべていなすような短い一拍を置くと、北沢は、後ろにいる雪子を振り返った。

「ならば、ご説明します。紺野調査員、よろしいですか」

北沢が一歩下がり、オブザーバー席を空ける。

今しがた彼が座っていた円卓の一角に立つと、雪子はおもむろに口を開いた。

「ウォール調査を仰せつかりました、調査員の紺野雪子と申します。私がこれまでに収集した情報と、これに基づくウォール生成仮説についてご説明します……」

そして雪子は簡潔に、しかしできるだけ明快に、ウォールについて語った。

——ウォールとは、何らかの理由によって生じた三枚重ねの時空特異面であること。

——その隙間に人間のDNAが触れると共鳴し、莫大《ばくだい》なエネルギーが流入すること。

——結果として、ウォールに触れる人体が消えてしまうこと。

そして——これは、不可避であること。

やがて、彼女の説明を聞いた委員の誰かが、慄《おのの》くように呟《つぶや》く。

「信じられない。そんなものがあるなんて……」

その声を聞きながら、自らの仮説を述べ終えた雪子は、最後をこう締め括《くく》った。

「……ウォールが生成された原因はわかりません。しかし、ただひとつ言えるのは、ウォールは確かに存在し、人々を蹂躙《じゅうりん》しながら、こちらに近づいてきているということです。この確固たる事実に対し、分科会……いえ、日本政府としてできることは、直ちにウォールから距離を置き、逃げるということだけだと、調査員として進言いたします」

「嘘八百だ！」

突然、誰かが叫び、立ち上がる。

円卓の向こう――委員席で、山之井教授が顔を真っ赤にして雪子を指差していた。

「荒唐無稽《こうとうむけい》な嘘もいい加減にしろ！　そんな現象、存在するはずがない！」

「理論的な裏付けならば、私の方ですでに計算しており、ウォールの存在を許容する結果が出ています。少なくとも、明確に否定することはできませんでした」

その裏付けのために、この数日、さまざまな研究者に連絡を取りつつ、ほとんど寝ることもないまま調べ物と検証に費やしたのだ。

目の下の隈《くま》を消すために使ったコンシーラのことを思い出しながら、雪子は言った。

「だとしても、だ！　そんなものが偶然発生した？　しかも人間だけを殺す？　そんな最悪で都合のいいことがたまたま起こるわけがない！」

山之井教授が、唾《つば》を飛ばして喚《わめ》く。

反論しようとする雪子を、しかし横にいた北沢がそっと制した。

「ありがとう。君は座って」

「でも」

「大丈夫」

俺に任せろ――そう言いたげな目配せをしながら、北沢は雪子の代わりに再び立ち上がり、続けた。

「僭越《せんえつ》ながら災害とは、常に最悪のことが起こり得るものではないですか？」

「可能性の問題を言っている！　そんな宝くじに当たるみたいなことが起こるものか！」

「でも、現に宝くじに当選する人はいます」

「たとえ話だ！　き、君は……北沢君と言ったか、そこにいる調査員とやらの言うことを信じるのか？　単なる世迷言《よまいごと》だぞ？」

「世迷言かどうかは、説明の合理性で決まります。その点、合理性はあるかと」

「女の言うことが合理的なものか！」

山之井教授が怒鳴った。

北沢は、そんな彼をじっと見つめつつ――冷ややかに答えた。

「ならば、男が常に合理的だとでも？」

「貴様！」

そのとき、突然会議室の扉を開け、スーツ姿の若い男がひとり、会場に駆け入ってきた。

雰囲気から、内閣府の人間だろうか。手に書類の束を持つ彼は、全員の視線を浴びつつも、怯《ひる》むことなく北沢の下に早足で行き、書類を示すと、何事かを耳打ちした。

直後、北沢が眉《まゆ》を顰《ひそ》めた。

「……嘘だろ」

「すみませんが、北沢オブ、何か情報が入ったのでしょうか？」

分科会長が、怪訝《けげん》そうな顔で北沢を促す。

「もし意味ある情報でしたら、ご説明をお願いします」

「はい。実は今、情報をいただきました。ロシアと中国が……NPTを破棄したそうです」

「NPT？　まさか」

「はい。核不拡散条約《NPT》です」

北沢の答えに、一同は戸惑ったように顔を見合わせる。

「……北沢オブ、少し意味がわかりませんが、それは……今、ウォールについて議論しているこの分科会と関係があるのですかね」

「そうだ。分科会長のおっしゃるとおり、関係のない話は捨て置きたまえよ。NPT破棄？　大方ヨーロッパ情勢が原因で、中国もこれに同調しただけだ」

　忩倉も追従する。

　だが北沢は、すぐさま言った。

「私は、別の狙いがあると考えます」

「……と、いうと？」

「核によるウォールの破壊です」

　おお——と、会議室にどよめきが満ちた。

　驚きとざわめきが場を支配する中、北沢は続けた。

「ウォールの進路には日本だけではなく、ユーラシア大陸のロシアや中国の領土も含まれます。ウォールに対抗する措置として核爆弾の使用は大いに考えられるところですが、そうなればNPTが足枷《あしかせ》になりかねません」

「だから、破棄したと？　しかし、ウォールには物理的攻撃が効くのですか？」

　分科会長の問いに、北沢は「わかりません」と首を横に振った。

「現状、ウォールは人体以外の物質と相互作用を起こさないことがわかっています。したがって、核兵器を使ってもウォールは破壊できないと考えます。ただ、彼らがもしウォールを核物理学的現象だと認識しているならば、同じく核物理学的兵器である核兵器に効果があるのではないかと思うのは自然なことです」

「つまり、試しに撃ってみる」

「現実の脅威が迫れば、そうなるかもしれません」

「撃つとして、彼らは、どこに核を落とすでしょうか」

「ウォールが日本海に抜けたとき、あるいは、それより前に撃つ可能性も……」

「それは……ウォール以上の、現実の脅威ですね」

分科会長が頭を抱えると、それきり誰も、何も発言しなくなった。

ああ、今、正常性バイアスの呪縛《じゅばく》が解けたのだ——雪子はそう理解した。

彼らはようやく目を覚ました。だが同時に、これは新たな悪夢の始まりでもある。円卓に就く全員の青い顔を順繰りに見つめながら、雪子は現実と向き合う彼らのことが——もちろん、上司である山之井教授も含めて——少し気の毒になった。

だが、悪夢だと理解すればこそ、そこを脱する努力もできる。

絶望だとわかったからこそ、希望がある。北沢が言ったように——。

「……ご提案があります」

沈鬱《ちんうつ》な雰囲気に包まれた円卓で、なおもひとり立つ北沢は言った。

「今後、北海道、東北地方の太平洋側を最優先とした避難指示の発出、これはウォールという具体名を出しつつ詳細を示さないまま行うこと、次いで住民の避難方針の策定、さらには政治行政機能の東京から以西への移転についても進めるべきと考えますが、いかがでしょうか」

「…………」

誰も、何も答えなかった。ただ分科会長だけが、全員の雰囲気を見ながら答えた。

「反対は……どなたもなさそうですね。了承します」

「ありがとうございます。では、私のほうで今後の事務手続きを進めます。ちなみにこの分科会も、当該目的の遂行を視野に、一旦《いったん》再編成する形にしてよろしいでしょうか、分科会長」

「私もお役御免ということですね。……ええ、お任せします。私にはもう、無理だ」

「杳倉オブも、これでよろしいですね？」

北沢が、隣にいる杳倉を見た。

腕を組み、仏頂面の杳倉は、北沢を見ることもなく吐き捨てるように言った。

「……好きにしろ」

防災対策分科会は結局、「匙《さじ》を投げる」格好で終了した。

これを受けて北沢は、その日のうちに――おそらく事前に入念な準備をしていたのだろう――委員の再編成、再任命を行った。

解職されたのは、学者や、比較的職位の高い面々であり、新たなメンバーとなったのは逆に、職位は低くとも実情に精通した者、あるいは行政で実際に現場指揮に当たる立場の者だった。お飾りの分科会ではなく、現実に即応して結論を出せる実務部隊としての専門家集団を作るべきだ、という北沢の思いが如実に表れていた。

そして——解職された山之井教授に代わり、雪子がその席に新たに就くことになった。

「……電話したら言われちゃいましたよ、『僕は書類なんか書かないからな』って」

「えっ、それはまずい。委員就任に当たっての上長の承諾書は事務手続き上マストだ」

困ったように顔を顰《しか》めた北沢に、雪子は「大丈夫です」と言った。

「さすがに腹が立って、その場で仕事辞めるって言っちゃいました。『後任にはもっと従順な方をどうぞ』って」

「ははっ、勇ましいな」

「猪突《ちょとつ》猛進の面目躍如って？　あはは、そのとおりですね。とにかく私、もう東技大とは無関係です」

「わかった。フリーなら手続き上はまったく問題ない。でも……本当によかったのか？　せっかくのキャリアをここで止めてしまって」

「君ならどこででもやれるって言ったの、北沢さんじゃないですか」

「あー、まぁ……言ったな」

「それに北沢さん、考えるって言ったじゃないですか。無職になったら内閣府で雇ってくれるって」

「それも言った。うん。俺の責任だ。申し訳ない」

「冗談ですよ」

雪子は、笑いながら答えた。

「研究なんて、紙とエンピツがあればどこでもできます。それに今は研究より大事なことがある、そのために仕事ができれば十分です。そもそも北沢さん、委員として雇ってくれましたからね。約束はすでに果たしていただきました」

「あー、まあ、雇ったことになるのかなぁ？」

北沢が頭を掻《か》きつつ、首を傾げた。

その表情のコミカルさに和みつつ、雪子は続ける。

「それより北沢さんも大変じゃないですか、事務局長を仰せつかって」

「ああ、ただでさえ少なかった睡眠時間が、もうどこにも見当たらないよ」

「でも、出世ですよね。事務局長ってもっと年配の人が就くイメージです」

「まあ、形の上では大抜擢《ばってき》だな。だが実態は、トカゲのシッポさ」

北沢は、肩を竦《すく》めた。

「本来就くべき人間が就かずに、下の者を据えた。上手《うま》く行かなかったら切り捨てればいいって意図が見え見えさ」

「あからさまなんですね」

「半ば乗っ取った形だし、懲罰的な意味合いもあるんだろう」

「腹が立ちますね。それにしても政治家はどうしてるんでしょう」

「彼らにリーダシップを取れた前例があったと思うかい？」

「……確かに」

雪子は苦笑した。

「仕方のないことだよ。偉い人間が保身に走るのは本能的なものでもあるからね。それに俺としちゃ、どんな形であれ、こうなってよかったと思ってるんだ」

ふと北沢は、真剣な眼差《まなざ》しを浮かべた。

「これで、やっと仕切り直せた。メンバーも最高の人間を揃えられた。時間はないが、できることはまだある。俺たちの敵はウォールなのだと、やっと意思統一できたんだ」

俺たちの敵は、ウォール——その言葉に、雪子ははっとした。

自分たちが対峙《たいじ》すべき相手は、誰なのか。思想信条を異にする論客か？　核を用意しているという他国か？　上下関係で縛ろうとする先輩か？　それとも性別で虐げる上司か？

いや、そのどれもが違う。

戦うべきは、すぐそこまで迫っているウォール以外の、何ものでもないのだ。

自分ですら忘れ掛けていた本質――不意に恥ずかしさを覚えた雪子に、しかし北沢は力強く言った。

「まずは分科会の状況について官邸に報告だ。その後は各省庁の官房にアポを取って協力を仰ぐ。今は少しでも手足が欲しいときだからね。もちろん、君の力を当てにしてるぜ、雪ちゃん。これからもよろしく頼む！」

「……はい！」

顎《あご》を上げると、雪子も力強く返事をした。

＊

尾田の南行は、困難を極めていた。

札幌から函館へ。何もなければ特急列車で三時間半、車でも半日はかからないこの距離も、自らの足で行こうとすれば至難の道のりだ。体力の消耗はもっとも避けなければならない――そう判断した尾田は、札幌を出て早々、引いていたスーツケースの荷物のうち最小限のものだけをナップザックに詰め替え、残りはその場に置き捨て、歩き出した。

道中、最大の問題は、食料だった。

当初、手持ちの金で食料を入手しながら移動することを考えていた。帯広で暮らすためにおろしていた現金がかなりあり、これで賄えると踏んだのだ。だが実際は、そううまくはいかなかった。北海道の食料事情そのものが悪化しており、もはや手持ちの金ではどうにもできないほどに、すべての商品が高騰していたのだ。

それどころか、そもそも店が開いていないことが多かった。治安が急速に悪くなっていたのだ。方々で停電や断水が始まっているようだったし、札幌を出てすぐ、電波が途絶しスマートフォンも使えなくなってしまった。インフラに関わる人々にも、影響が出ているのだろう。

それでも、道行く人の中には、尾田の事情を聞いて、なけなしの食べ物を分けてくれる者があった。社長からもらった僅《わず》かな食料とこれらの厚意に縋《すが》りながら、尾田はどうにか食い繋《つな》ぎ、生き延び、そして函館へと少しずつ移動していた。

幸運だったのは、自転車が入手できたことだ。

札幌を出て半日ほど経ったころ、粗大ごみ置き場で見つけたオンボロ自転車は、まだまだ使えそうだったし、何より鍵《かぎ》が掛かっていなかった。近くに持ち主がいないことを確認した尾田は、心の中で「借りていきます」と頭を下げつつ、自転車を拝借した。お陰でその後の移動スピードは、格段に速くなったのだ。

そして、三日が経った。

初日に定山渓《じょうざんけい》から峠を越え、二日目には洞爺《とうや》湖を通り過ぎ、今はようやく太平洋を一望する長万部《おしゃまんべ》の海岸を走っている。自転車もチェーンが緩んできた気がするが、まだなんとか走れていた。

この調子でいけば、あと二日くらいで函館に着くだろう。パンパンになった足に鞭《むち》打《う》ち、尾田がペダルを踏みこんだ、そのとき――。

不意に、怒鳴るような声が聞こえた。

中国語だった。

誰かが中国語で叫んでいる？　無意識に見回す視界の片隅に、何かが見えた。

それは、民家の物陰で揉《も》み合う集団だった。

小さな子どもがひとり。その子を四、五人の男たちが取り囲んでいる。子どもは何かを大事そうに抱え、怯《おび》えている。

即座に理解した。子どもが今まさに、彼らに何かを奪われようとしているのだと。

一瞬、尾田は迷う。俺は一体、どうするべきか？

再び中国語と、今度は日本語も聞こえた。

事態は切迫している――どうする？

自問したその瞬間、男たちのうちのひとりが、こちらを見た。

目尻《めじり》が吊《つ》り上がったどす黒い顔。口を大きく開けて何かをがなり立てる。言葉は理解できない。それでも、明確な敵意が込められているのはわかった。だから――。

尾田は、逃げた。

何も考えず全体重を掛けてペダルを踏むと、重苦しい空気を裂き、その場を離れた。今の自分に、あの子を助けることはできない。なぜならそれで自分が危険な目に遭うかもしれないからだ。尾田は目を瞑《つぶ》ると、見て見ぬふりをする自分への後ろめたさと情けなさとともに、しかし決して後ろを振り返ることなく、全力で自転車を漕《こ》いだ。

そんな尾田の背を、あの子の叫び声が切りつける。

「救命《jiuming》！　救命《jiuming》！」

アハハハ、助けになんか来ねえよ、という醜悪な笑い声が、それを掻き消す。

それでも尾田は、振り返らなかった。

懇願する異国の言葉と、いたいけな子どもを弄《もてあそ》ぶ母国語、それらがすべてまったくの幻聴ででもあるかのように振る舞いながら。

X　七月二五日

「……つまり、ウォールの南端を迂回《うかい》するのですね？」

新しく任命された分科会長——彼はもと陸上自衛隊幕僚長であり、国土防衛と災害対応の専門家でもある——は、北沢の発案に対して即座に確認を求めた。

一昨日《おととい》再編成され、その日の深夜にも第三回が開かれた防災対策分科会は、すでに第六回を数えていた。下準備が整ったしゃんしゃんの会議ではなく、その場で実務者が意見を突き合わせていくという意味ある会合として機能し始めた分科会は、しかし、だからこそ昼夜を問わず開かれ、かつ真剣な意見のぶつかり合いをも厭《いと》わない激しい議論が展開される場ともなっていた。

「はい。各案を何度も叩《たた》きましたが、それしかありません」

「北端を回るのは、やはり難しい」

「ウォール北端はすでにロシアの領海に入っています。そこを回るのは困難かと。一時的に領空使用を求める方法はありますが……」

「そもそも航空機だけでとても輸送しきれるとは思えない」

「かといって全員が国外脱出するのも非現実的です。なにしろ一億人以上いるのですから」

「要するに消去法というわけですね。しかし……やむを得まいか」

委員のひとりである海洋研究所の主任研究員——こちらは、海上輸送のスペシャリストだ——が、苦々しい顔で頷《うなず》いた。

「ともあれこちらで輸送可能量を計算します。船舶の動員数は？」

「当省で試算中です」

同じく委員のひとりとして対面する国土交通省の企画官が素早く答える。

「自衛隊からは全面協力の答えをいただいています。民間船舶の貸し出しも進んでいます。後は日本船籍にならないタンカーなどですが、こちらも各地方整備局と、あと厚労省からも依頼を掛けてもらっています」

「試算されるまで時間はどのくらいかかる？」

「半日……いえ、三時間でなんとかし……」

「一時間だ！　燃料の確保問題もある、それ以上は待てん」

資源エネルギー庁の課長補佐が激しく机を叩いた。ノンキャリアであるという彼もまた、委員のひとりだ。

「無理を言わないでくれ、こっちは必死なんだよ」

「必死なのは皆同じだろ？　その上を行けよ！　国交省の能力はそんなものなの

か？」

「くそっ、好き放題言いやがって！　わかったよ、何とかしてやるよ！」

椅子を蹴飛《けと》ばしつつ、国交省の企画官が席を立った。

半ば喧嘩腰《けんかごし》の議論。しかし、それを窘《たしな》める者は誰もいない。

今はそれどころではないことを、むしろそうでなくてはならないことを知っているからだ。ここにいる誰もが——北沢や、雪子も含めて。

「……しかし、本当に可能なのか？」

だからこそ、民間シンクタンク出身の委員が再度、訝《いぶか》しげに疑問を呈した。

「いや、もちろんここまでの議論を蒸し返すつもりはない。だが今一度問いたい、本当にこれがベストチョイスなのか？」

「今さらだな。いくつも選択肢が貰《もら》えるほど恵まれた立場じゃないぜ？」

「わかってる。だが……今一度、慎重を期したいんだ。確認だけさせてくれ。本当に国民全員を順次、ウォールの南端を迂回して避難させる案しかないのか」

——ウォールは、人体への相互作用が避けられない。

しかも時空の歪《ゆが》みである以上、穴を開けることもできない。当然、破壊などできない。上は成層圏まで至り、南北に延びる長大なこの壁が日本を東側から通過していくとき、我々ができることは何か？

答えはひとつ。逃げるしかない。

これが、最初の分科会で掲げられた基本方針だった。

この基本方針を達成するため、すぐ、次々と課題が俎上《そじょう》にのぼった。

どこを逃げる？　いかなる手段を用いる？　どのような機器や燃料が必要になる？　人員はどこから確保する？　費用をどうやって捻出《ねんしゅつ》する？

これらの課題に対する解決策を、実務家集団は次々と発案し、議論し、決定し、その決定から生まれる新たな課題に対しても同じことを繰り返した。こうして二日間、尽き果てることのない課題の山に挑み続けた結果出した結論が、これだった。

——海路と空路を駆使し、全国民を、ウォールを迂回することにより避難させる。

荒唐無稽《こうとうむけい》とも言えるこのアイデアは、しかし、その他の手段が一切取り得ないというその一点において最後まで残り、そして唯一の希望となったのだ。

その希望を、彼らは最後に、お互いの意思をすり合わせながら確かめていく。

「まず一点目。ウォールが消える可能性はやはりない？」

委員が、雪子を見る。ただひとり、それを間近に見て仮説を構築した研究者である彼女は、即座に答える。

「おそらくありません。少なくとも、その前提でお考え下さい」

「止まる可能性は？」

「これもないものとしてください。奇跡と同じで、ないと考えたほうが建設的です」

「まあ、そうだよな」

委員は苦笑しつつ、続けた。

「ウォールの地下への伸びしろは？」

別の委員が答える。

「太平洋に展開している無人潜水艇が、水深三千メートルでウォールを確認済みだ。地下も似たようなものだろう」

「ということはトンネルを掘るのも無理か」

「そもそもこんな短期間で掘削はできねえよ」

「飛び越えることは？」

「無理。気球観測で高さ三十キロまであることがわかってる」

「となるとトポロジー的にやっぱり迂回案しかないわけだ。……了解。やっと心から理解できた。皆さん、確認に付き合ってくれてありがとう」

からからと委員が笑いながら、自ら疑問を引っ込めた。

これで、議論が着地した。このときようやく、雪子は彼が「重大な決断における最後のまとめ役」を引き受けてくれていたことに気づいた。

分科会長が、ほっ、と小さな溜息《ためいき》を吐きながら言った。

「……うん、ありがとうございます。皆さんの了解のもと、これで次の段階に入れそうですね。北沢さん、二時間後、次回の分科会までに、プロトコルの素案、準備しておいて」

「わかりました」

プロトコル――二日掛けてやっと、ここまできた。

雪子は、心の中で呟《つぶや》く。国民全員をどのようにしてウォールから避難させるか、そのプロセスを記した手順書《プロトコル》――これを世に出すときがやってきたのだ、と。

北沢はすでに、南回り案に対するプロトコルの叩き台を作り上げている。彼がほとんど寝ずに作り上げたものだ。ここに国交省からの報告と、いくつかの数字の補填《ほてん》と再計算を行えばそのまま素案になる。あとは決定し、実行するだけだ。

彼の苦労を間近で見ていた分だけ、雪子も深い感慨を覚えた。

「……最後の議題、首都機能移転の件です。一昨日決定した本件がどうなったか、北沢さん、ご説明を」

分科会長が尋ねる。北沢は弁舌滑らかに答えた。

「各省庁は大阪府、大阪市等の協力で移転作業を進めています。期間限定での避難になるので、こちらは問題がないかと。内閣府もすでに、京都の文化庁庁舎に間借りして移転を済ませています」

「あれ、北沢さんはいいんですか？」

「ええ。航海士が最前線で船に乗ってないなんてことはあり得ないですからね。……あっ、前任者の尕倉はもちろん、もう京都にいますが」

ははっ、とこれまでの経緯を知る委員たちが笑った。

「あとは国会です。議員の中には移動を拒む者があるようです。引き続き促していますが……まあ正直、あまり実務に問題はないかと」

「臨時閉会中ですからね」

「開会していても同じです。ゼロはいくつ足してもゼロですから」

今度は、すべての委員がどっと笑った。

その笑いが収まったころ、分科会長が言った。

「北沢さん、報告ありがとうございます。では、本会はここで一旦《いったん》閉会にします。次は二時間後、この場所で第七回を開きます。まだまだ大変ですが、ここからは体力勝負となります。皆さん、どうか……束の間の休息を」

会議室の隣にある、小さな書庫。

スライド式の書架が所狭しと並ぶスペースの、その僅《わず》かな隙間に、まるでテトリスのように長テーブルが置かれていた。

　分科会が終わるなり、北沢はこの小部屋に戻ると、テーブルにのそのそとよじ上った。

「ごめん、ちょっとだけ寝る。アラームはセットしておくけど、もし一時間経っても布団から出てこなかったら……」

「了解。蹴とばしに来ますね」

「ああ、遠慮なく頼むな」

　乾いた声でそう言うと、分厚い法令集を枕にして、北沢は横向きに寝た。大柄な身体の足先がテーブルからはみ出ている。聞けば、北沢はこのテーブルをずっとベッド代わりにしているらしい。一応、庁舎内にはきちんとした仮眠室もあるらしいが、彼は「硬いのがいいいんだ。柔らかい布団に寝たらもう二度と起きられなくなる」と苦笑しながら言った。

　目を閉じた北沢を眺めつつ、雪子も少し離れたパイプ椅子に腰掛ける。

　彼女も疲労していた。一応、二日に一度は自宅に戻るようにしていたが、それですぐに疲れが取れるものではない。とはいえ一方の北沢はもっと悲惨で、もう二週間以上泊まり込んでいるらしい。テーブルの下に散乱するカップラーメンの空き容器や、菓子の袋、空きペットボトルが、その凄《すさ》まじさを物語っていた。

　官僚は、一に体力、二に体力、三、四がなくて五に体力——以前誰かが言っていたことを思い出す。本当にそのとおりだ、と目の前の男を見て、雪子は実感した。

ふと——北沢が、ぽつんと零《こぼ》すように言った。

「……なあ、雪ちゃん」

「なんですか？」

「やっぱり、逃げるしかないのかな」

「どうしたんですか、突然」

「いやね……ちょっと怖くなってきた」

目を瞑《つぶ》ったまま、北沢は弱音のような言葉を吐いた。

「このままだとウォールは、一週間後には札幌を通り、二週間で千葉に上陸、三週間後には東京までやってくる。こんな短時間で、日本にいる人間をすべて逃がそうなんて、土台無理な気がする」

「………………」

「本当に、できるのかな。せめてその半分なら何とかなりそうな気がするんだけど」

ウォール、止まるか消えるかしてくれないかな——と、呟いた。

その声色は弱々しく、いつもの北沢らしさはない。さすがの彼も、今はぎりぎりの状態なのだ。そう察した雪子は、だからこそ、あえて笑い飛ばした。

「あはは、何言ってるんですか先輩。心配しなくったって、上手《うま》くいきますよ」

「そうかな」

「そうですとも。私たち、頑張ってるじゃないですか。頭を使って、身体も使って、それこそできることは全部している。最善を尽くしてるんですよ、私たち」

「しかし……どう足掻《あが》いたって、すべて無駄骨に終わるかも」

「終わりません！」

雪子は、強く力を込め断言した。

「大丈夫、成果は必ず出ます。私が保証します。……信じましょうよ、自分たちを」

「……ありがとう」

北沢は、ほっとしたような声色で頷《うなず》いた。

同時に、彼のシルエットが丸く緩んだ。張っていた肩からやっと、力が抜けたのだ。額に刻まれた皺《しわ》の深さも、少し和らいだような気がした。

それを見てから、雪子は言った。

「あの、北沢さん。こんなときになんなんですけど……ひとつお願いがあります」

「……何かな」

「太平洋に出ていいですか？」

「太平洋……？　どうしたんだ、いきなり」

「もう一度、ウォールの傍まで行きたいんです。それで、南端がどこにあるかきちんと確かめてきます。それがわかれば、よりプロトコルが精密になるはずです」

「それは、そうだが……君は委員でもある。ここを離れてもらうわけには……」

「わかっています。でもこの目でもう一度ウォールを見たいんです。お願いします。すぐ戻ってきますから」

「むう……」

唸《うな》るような声、そして短い沈黙――ややあってから、北沢は諦《あきら》めたように答えた。

「わかった。行ってこい」

「ありがとうございます！」

「だが絶対に帰ってこい。危険だけは避けるんだ。君は必要な人材だ。それだけは忘れてくれるな。頼むぞ……雪ちゃん……」

「もちろんです、任せてください」

頷いた数秒後、北沢は力尽きたようにすうすうと寝息を立て始めた。

ほんの僅かな時間。束の間の安息。かりそめの眠りに落ちた北沢が、少しでも心安らかでいられるよう、雪子は彼の身体にそっとタオルケットを掛けた。

「……おやすみなさい、先輩」

＊

函館まで四十キロメートルという案内表示を見た直後、乗り心地が急に悪くなった。すぐ、前輪が古釘《ふるくぎ》を踏みタイヤが機能しなくなったのだと気付いた。

周囲に自転車屋は見当たらない。当然尾田自身にパンクを修理する技術もない。それでも騙《だま》し騙し十キロほどは漕《こ》いでみたものの、やがてホイールが歪《ゆが》み、ブレーキも利かなくなってしまった。

尾田はそこで自転車を捨てた。

オンボロだったが、それでも百キロ以上の道のりを助けてくれた相棒。感謝するように道端にそっと置くと、彼は再び歩き始めた。

それが、今朝のことだった。

以後の半日は意地の徒歩だった。

もはや食料は尽きていた。長距離を漕ぎ続けてきた足は棒のようだし、野宿を繰り返した身体は満足な休息も取れず終始ぎしぎしと悲鳴を上げている。それでも彼は一歩一歩、函館を目指し国道五号線を南下していった。

昼過ぎに大沼《おおぬま》を過ぎた後、夕刻に函館山を見たころには、もはや満身創痍《そうい》だった。

足の裏にはマメがいくつもできていた。腹は空腹を通り越して吐き気すら覚える。知らぬ間にできていた擦り傷や青痣《あおあざ》が、腕と足に斑《まだら》模様を作っていた。

道端で拾った枝を杖《つえ》代わりに、函館の街を歩く。

雑誌でよく見た函館山のシルエットが、今は黄土色に煤《すす》けて見えた。

道の信号は消え、店にも明かりは灯《とも》っていない。窓ガラスが割られ、奥の暗がりが虚無への入口のように見えた。停まる車はどれも無人で、ことごとくホイールがない。それらの隙間を、真夏の生臭い潮風だけが通り過ぎていた。

「おうい……誰か……」

胸が締め付けられ、思わず助けを呼ぶ。

しかし、返事はない。誰もいないのだろうか？

この街はもう、無人なのか？

いや、違う。尾田は首を横に振る。ここにも人はいる。さもなくば、時折どこか遠くから聞こえる何かが破裂するような音、そして悲鳴のような金切り声は、一体、何だというのだろう？

——よろよろと、歩いていく。

ふと思い出したように、スマートフォンを見る。二日前に充電が切れたディスプレイは、ただの役に立たない黒いガラス板だ。そこに映る自分の顔が、まるで檻《おり》に閉じこめられた薄汚れた猿のように見えて、不意に、笑いが堪《こら》えきれなくなった。

「ウフフ……」

ああ、一体何なんだ。これは現実なのか？　それとも悪い夢の中なのか？

——やがて彼は、函館港に辿《たど》り着く。

札幌を出て五日。青森へのフェリーが出ているかもしれない、それに乗れば本州に渡れるかもしれないという期待と希望だけを携え越えた長い道のりの、その最後に——尾田は、フェリーターミナルのエントランスに貼られた、カレンダーの裏にマジックで書かれただけの簡素な案内を目にした。

『全フェリー欠航。当面就航予定なし』

尾田はひとり、呆然《ぼうぜん》とする。

船もなく、人影もない、廃墟《はいきょ》のようなフェリーターミナル。黄昏《たそがれ》たその入口で、打ち捨てられた案山子《かかし》のようにいつまでも立ち尽くしながら、彼は、うわごとのようにただ娘の名前だけを呟《つぶや》き続けていた。

「穂波……穂波……」

XI　七月二八日

「ウォール端部の分析について」——報告・文責　防災対策分科会委員　紺野雪子
昨日（七月二十七日）午前十一時、小職は陸上自衛隊の協力を得て太平洋上へと赴き、三度目の観測を実施した。その結果について、以下簡潔に報告する。

1　当日の気象条件
天候、快晴。気温、摂氏二十八度。風向、南南西。風速、毎秒三・〇メートル。気圧、一〇一二ヘクトパスカル。波の高さ二・五メートル。いずれも午前十一時時点でのもの。

2①　目視による観測
およそ北緯三十一度の地点から、徐々に南下しつつ、ウォールの外観について目視によりその変化を見る。ウォールに特徴的な三重の時空の歪みがもたらす干渉縞《じま》（以下「虹様縞」という。）は、北緯三十一度地点まで同様に外観の特徴をなす。
一方、北緯三十一度地点からは徐々に虹様縞の濃度が薄くなっていくことを確認。

これは北緯二十八度地点（すなわち、北緯三十一度地点からおよそ三百キロメートル南の地点）において完全に消滅し、ウォールの存在そのものが確認できなくなった。このことからウォールの端部は明確な境界線をなすものではなく、グラデーション状に徐々に消滅しているものと推測された。

2②　測定機器による観測

現場への着水は行わなかったため、ウォールから約一キロメートルの距離より透過度の測定を連続的に行った。

その結果、目視によるものと同じく、北緯三十一度地点以北における透過度七八パーセント（平均値）に対し、南下にしたがい透過度は上昇、北緯二十八度地点において透過度は百パーセントとなった。これは前記2①の目視観測と一致している。

なお、北緯三十一度から二八度までの間の透過度について、その変化率（増加率）は距離と必ずしも比例関係にはなかった。……（ア）

特に、北緯三十度地点において、目視により観測されない連続性を欠いた増加が見られた。……（イ）

前記（ア）（イ）については、後記3に詳述する。

2③　従前の観測との整合性

前記2①及び2②の事実は、従前より官民の観測艇等の報告から推定されていたが、今般、明確に確認されたこととなる。

3　ウォール端部の構造と疑問点について

前記2②（ア）ないし（イ）の観測結果につき、小職の分析と仮説を以下に記す。

まず（ア）について、比例関係にない透過度をグラフに示すとわかるとおり、ウォールの透過度断面は楕円《だえん》形をなしている。このことは、ウォールの時空の歪《ゆが》みが高次元において楕球状に形成されていることを示す。

例えば、楕球（仮にラグビーボールとする）を平面で切断するとき、その断面は楕円となる。同様に、高次元の楕球様を呈する時空の歪みを三次元空間において切断した断面が、楕円形のウォールとなって現出しているものと考えられる。（なお、楕円形なのはウォールの形状ではなく、時空に対する歪みの度合いであることに注意されたい。）一方（イ）について、唐突な透過率の非連続性が現れる。この非連続性は微小であり、目視では変化がほとんど観測されない。

しかし、時空の歪みが楕球状に形成されているならば、球面の連続性が失われることは考えづらい。だとすると、この非連続性は何によってもたらされたものなのかが問題となる。

4　北緯三十度安全仮説

この点、小職は以下の仮説を提唱する。

すなわち、非連続性は、時空の歪み面が三重から二重へと変化しているために発生している。

具体的には、高次元楕球の折りたたみモードがS字（三重）からU字（二重）へと減少していることが原因であると考える。この変化は、高次元においては連続的に変化するが、切断面においては特異点的な性質を示し、非連続的な性質変化として現れる。（滑らかな球の切断面が球と接する場合には、当該面が面積を持たない特異点となることと類似する。）

そして、これは重要なこととして、二重へと減少する北緯三十度地点以南において、ウォールは人体と相互作用しなくなると推測される。

その理由は、ウォールの人体への相互作用の機序、すなわち三つのエネルギー面が作る二つの隙間に、人間のDNAが干渉し共鳴するというメカニズムが働かなくなることによる。

言うまでもなく二つの隙間はウォールの三重構造により生ずる。これが二重になれば、当然、隙間の構造が変わる。つまり、上記干渉、共鳴も発生しなくなると考えられる。

以上を「北緯三十度安全仮説」として、小職は強く提唱する。

これは、ウォールは北緯二十八度まであるように見えるが、「北緯三十度」を境として、以南はもはや「安全」である、という「仮説」である。

5　北緯三十度安全仮説の効果

プロトコル策定において、海路を用いた避難経路の大幅短縮（少なくとも、北緯三十度から二八度までの往復にかかる四百キロメートル）及び燃料削減に貢献し、より多くの人員搬送を可能とする。

*

「……つまり、どういうこと？」

雪子の報告をひととおり読んだ北沢は、眉根《まゆね》を寄せて問い返した。

彼にしては不機嫌そうな態度。その理由はプロトコル策定作業が難航していたからだ。分科会はメンバーがそれぞれの仕事に全力を尽くしつつ、毎日のように顔を突き合わせながら立案と、修正と、破棄と、再構成とを何度も繰り返す。

少なくとも、七月中には作り上げたプロトコルを動かし始めなければ手遅れになる。とにかく時間がない。そんな焦りが、北沢を苛立《いらだ》たせているのだろうか。

雪子はまず、結論だけを述べた。

「昨日、この目で見て確かめたんです。北緯二十八度よりも北側の三十度地点が、安全に折り返せるウォールの南端になるって」

「ちょっと待て、プロトコルの策定に南端の確定が不可欠なのは確かだが、俺たちはそれをすでに北緯二十八度の地点として計算してきてる。理由は、その地点でウォールが目視されなくなるという確定情報があるからだ。それより北を回ると、つまり、ウォールに突っ込んでくってことになるんじゃないのか？」

「確かに、目視上はウォールがあります。でも、大丈夫、干渉はしないんです。なぜなら……」

「それはいい。報告書を読めばわかる」

北沢が、雪子の言葉を遮った。

「そうじゃなくて、俺が言いたいのは、今目の前に見えているウォールに突っ込んでいかなきゃいけないのか、ってことだ」

「まあ、そうなります。ですが、安全です」

「なぜ安全だって言い切れる？」

「それこそ、そこに書いたとおりです。三重のウォールは人間に干渉する、でも二重のウォールはそうならない。つまり見えていても人間に干渉しない。理論上、そうなるんです」

「理論上か。それ、君は実際に確かめたのか？」

「……はい？」

「干渉しないって、現実に確かめたのかって聞いてるんだよ！」

北沢が語気を荒らげた。

「三重だろうが二重だろうが、ウォールに突っ込むのは事実だろう？　しかも突っ込んでいくのは国民だ。本当にいいのか？　実際に確かめてもいないものを、オペレーションする側の俺たちが国民に強いるのか？」

「だから、理論上は安全なんですって！」

予想しなかった北沢の反応に、雪子も頭に血が上る。

「これで経路が大幅に短縮できるんですよ？　合理的な判断をすべきでしょう。安全とわかってるのにそうしないのは愚策です」

「愚策だと？　随分なことを言ってくれるな！」

北沢が報告書を乱暴に机に叩《たた》きつける。

「安全？　ああ、実際に安全なんだろう。俺もわからない理論を駆使する君の結論だ。そこを疑ったりはしないさ。でもな、国民が求めるのは安全じゃない。安心だ。それが担保されなきゃ、いくら理論上正しくとも、受け入れられることはないんだよ」

「受け入れられないから、指を咥《くわ》えて見てろって言うんですか？　安全な選択肢が選べるのに、安心を求めて死んでいく人々を前に黙っていろと？」

雪子は、持っていたファイルを北沢の前で開いた。

「これ、今私たちが立てている最新のプロトコル案です。ええ、北緯二十八度を迂回《うかい》点にするこれまでのやつです。見てください、この輸送量。十分足りていると言えますか？　どれだけかき集めたって時間も燃料も不足してる、これが現実でしょ？」

「…………」

「で、これに基づいて計算する輸送人数がこれです。……一億人弱。わかりますか？　日本の人口一億三千万人には満たないんですよ。この足りないところにいる人たちはどうなるんです？　救えないんですか？　助けられないんですか？」

「そんなことは、わかってる！」

北沢が突然、立ち上がった。

「そうならないために頑張ってるんだろう！」

「いいえ、わかってません！　北沢先輩、何もわかってない！」

北沢の激昂《げきこう》に、雪子も立ち上がると、また激しい感情で応じた。

「わかってたらすぐ私の案を採用するはずです。経路が短くなれば輸送量が増やせます。これで計算しても全員は救えないかもしれない、でもね、数は増やせるんです。犠牲者を減らせるんですよ！」

「…………」

顔を真っ赤にしたまま、北沢が口を真一文字に結ぶ。

何も言わず、彼はそのままゆっくりと椅子に座った。

ギイ、とパイプ椅子が悲痛な音で軋《きし》む。北沢はしばし、ゆっくりと深呼吸をしていたが、やがて雪子の報告書を再び手に取ると、静かに言った。

「……俺は、君を信じている。高校のときからそうだったよ。君が見てきたもの、考えていること、その正しさを疑っちゃいない。だから、できることならこれを採用したい。いや、すべきだと思う」

「だったらなぜ」

「これはね、俺の一存じゃ決められないんだ」

北沢は、フーと長い息を吐きながら言った。

「プロトコルは分科会で原案を了承する。その後、内閣府で承認し、閣議で最終決定となる。いくつもの壁があるんだ。この壁を越えるのに必要なことはただひとつ、理論の正しさじゃない。『それが安心できる手段なのか』ってところだ」

「安心できる手段……」

北沢の抑制された口調に、雪子も少しだけ冷静さを取り戻す。

呼吸を整えつつ、再び椅子に腰掛けた彼女に、北沢は諭すように言った。

「専門的には、実際のリスクが許容リスク値を下回るなら、その手段は採用するのが合理的なんだろう。だが、国民にはそんな専門的なことはわからないし、知らせる余裕もない。そんな中で彼らが考えるのはただひとつ、『安心できるか？』『実際のリスクはゼロか？』……これに尽きる」

「そうでないと、嫌な気持ちになるから……ですか」

「ああ。過去俺たちは、そんな事例を山ほど見てきただろう。国民が放射線に対してどんな意見を述べたか。人々がワクチンに対してどんな態度を見せたか。もちろん、十分に納得してくれる人もいる。そういう人が大多数だ。だが納得できない人もいる。たとえ科学的に正しく、許容されたリスクを下回っているとしてもだ。そして、たとえ少数であっても『これじゃ安心できない』という声が聞こえた時点で、プロトコルは終了する。そこをごり押ししたところで、納得されないものには誰も従わない。いや、従えないんだよ」

「だから……私の案は採用できないと」

「ああ。少なくとも、国民が納得できる程度に確実な安全性を担保しない限り、な」

北沢は、眉間《みけん》に深い皺《しわ》を刻みつつ、小さく頷《うなず》いた。

「さっきも言ったように、現状、これは俺の一存では決められない。だから……まず、分科会に諮ろう。委員の皆がどういう意見を持つかはわからない。だが、君の北緯三十度安全仮説に賛同する人も多いと思う。彼らの後押しがあれば、国民も従ってくれるかもしれない」

「………」

雪子は、それ以上何も言えなくなった。

北沢は雪子の仮説を支持している。彼女の正しさを確信し、賛同している。けれど、それだけでは国が動かないこともよく知っているのだ。

「次の分科会に諮ると言ってくれたのは、おそらく彼の最大限の譲歩なのだろう。

「次の分科会はあさってだ。それまでに準備してくれ」

「あさって？　って、ずいぶん先じゃないですか？」

これまで毎日、絶え間なく何回も開催してきたのに、なぜ急に間が空くのだろう。

首を傾げた雪子に、北沢は苦々し気な顔つきで言った。

「実は、妨害されてる。委員の何人かの所属が、承諾を断ってきてるんだ」

「えっ？　どういうことですか？」

「厺倉さんだよ。あの人が、委員の上司に直接掛け合ってるんだ。『分科会はもはや機能していないから、あんたの部下の任命承諾を解除してくれ』って」

「……呆《あき》れた」

世間はすでにウォールの存在を認知している。政府が細かい情報を開示せずとも、もはやウォールは公然の秘密として毎日のように人々の口の端に上っているし、すでにマスコミも国民も、政府の要請を無視して現地に行ったり、未確認の情報をこれみよがしに吹聴《ふいちょう》したりと、ある種のパニック状態だ。

そんな状態でもなお、足を引っ張ろうとしているなんて――。

「そんなことしてる場合なんですか？」

「もちろん違う。だが厺倉さんにとっては、そんなことでもせざるを得ないんだろうね」

北沢は、長い溜息《ためいき》を吐きつつ、大きく肩を竦《すく》めた。

「あの人の背後にいる楽観論者たち……その中には君の以前のボスも入っているが、そんな連中の抵抗は、それだけ根強いってことさ」

「どうして、そんな……」

「吐いた唾《つば》は飲み込めない。偉ければ偉い人間ほど、そういうものだ」

「でも、その唾の中には何十万人、いや、何百万人もの命が入っています」

「それがただの数字にしか見えていないから、彼らは偉くなったともいえる」

「…………」

「すぐに自分の思想信条を手放すことができない。いまだに楽観論にしがみつこうとするのも、ここまで来たら後には引けないからだ。彼らにとっては、もはや何百万の死より己のプライドのほうが大事だってことかな。そんな例、いくらでも世の中に転がってるだろ？　まあ、とにかくそんなだから、事務局としても対応に追われていてなぁ」

まったく、俺は誰と戦っているんだろうね――と、北沢は独り言のように零《こぼ》した。

その呟《つぶや》きに、雪子はようやく気付く。

だから北沢はあんなにも強く、私の仮説に抵抗したのか、と。

北沢は行く手を阻むあらゆる障壁と戦っていたのだ。それこそ、ウォールだけではない、あらゆる壁と――。

「……さっきは怒鳴って悪かったな」

北沢が、口元に笑みを浮かべて言った。

「こちらこそ、大人げなくてごめんなさい」

俺は誰と戦っているのか。そんなセリフを吐かなければならない北沢の立場、その難しさ、そして心情を慮《おもんぱか》りつつ、雪子は、自らの言動を反省しながら、静かに頭を下げた。

*

『福島の原発？　私、そんなの聞いてないよ』

電話の向こうで久し振りに聴く愛の声は、怒りに満ちていた。

『奏太は普通の記者でしょ？　なんでそんなところにいるの』

「記者だからここにいるんだよ。これが仕事だから」

『仕事って、幼稚園の避難訓練の取材とかって聞いてたけど、違うの？　それに、こんなときにわざわざ放射能もある危険な場所にいる必要ないでしょ』

「危険じゃないよ。きちんと管理できてる。だから……心配しないで」

地元である静岡にも、浜岡《はまおか》原子力発電所がある。だから原子力に対する興味や知識は、他の地域に住む人々よりもある。なのに、そんな言い方をするのか——愛に対する失望感を覚えながらも、奏太は説明を続けた。

「それに、皆気を遣ってくれるし、よくしてもくれてる」

『よくしてくれてるって、誰が？』

「1Fの人たち」

『イチエフ？　何それ』

「原発のこと。俺はこれを記事にしたくてここにいるんだ。ただそれだけなんだよ」

『でも帰ってこないんだよね。ウォールが近づいてるのに』

愛が、責めるような口調になった。

『今は仕事より自分の命じゃないの？　ウォール、もうすぐ本州に来るんだよ？　なのにこっちに帰ってこないのはなんで？　私たち、もしかしたらもう会えなくなるかもしれないのに』

「わかってる。俺だって君に会いたい。今すぐ帰りたい。でも……この仕事は、俺がやりたかったことで……」

『帰ってこない。その結果が全てだよね』

「違う！　どっちも大事なんだ！」

『違わないよ。これだけ言っても私のこと、理解してくれないんだもん』

「だから……」

不意に、二の句が継げなくなった。

理解してもらうための言葉が、見当たらなくなってしまったのだ。

愛の言っていることは、わかる。わかるけれど——もう、折り合えない。

『……もう話すこと、ないんだね』

冷淡な口調で、彼女は言った。

『いいよ。わかった。じゃあね』

「あ、待って、愛……」

そう言ったときには、すでにツー、ツーという電子音だけが流れていた。


免震重要棟に駆け込む。会議開始ぎりぎりの時間だ。

すでに梶原以外の1Fの幹部たちが集まっていた。だが場がざわついているし、会議には間に合ったのだろうか？

場の雰囲気を窺《うかが》っていると、作業服の男が話し掛けてきた。

「小野田さん、遅かったですね」

「あ、雨村《あめむら》さん。……あの、会議はまだ始まってないですよね？」

「大丈夫、これからですよ」

雨村が、口の端に小さな笑みを浮かべた。

彼は名前を雨村貞治《さだはる》という、三十代半ばの男だ。廃炉作業の現場班長を任されており、会議の場ではちょくちょく顔を合わせていた。

性格は穏やか、奏太に対しても慇懃《いんぎん》で、新聞記者だからといって態度を変えることはなく、取材にもいつも嫌な顔ひとつせず対応をしてくれる。仕事上は梶原から直接指示を受けていることが多く、責任者としてそれなりの信頼を得ているように見えた。

ただ、正直に言うと、奏太は少し彼のことが苦手だった。

「何かあったんですか？」

「あ、いえ、ちょっと電話が立て込んでまして……」

恋人と揉《も》めていた——とは、もちろん言わない。

「そうですか。……ご無理なさらず」

雨村が、瞬《まばた》きをしない少し灰色がかった瞳《ひとみ》で、奏太を見つめる。

その達観したような表情に、心を見抜かれたような気持ちになった奏太は、ふと、彼にまつわる噂を思い出す。

それは——雨村がある宗教団体と関係しているという噂だ。

かつて、反社会的な事件を起こし世間を震撼《しんかん》させた宗教団体があった。事件以降、この団体は教主が変わって大人しくなり、現在は体質も変わり落ち着いたと言われている。

その一方で、未《いま》だに昔の過激な教義を引きずっているという話もあり、決して油断はならない、というのが社会全体の見方でもあった。

雨村はその宗教団体の、信者であるらしい——。

「……どうかしましたか？」

「あ、いえ、何でも」

思わず、誤魔化すように視線を逸《そ》らす。

奏太にはわかっている。彼自身が何かをしたわけでもないし、何かをされたわけでもない。取材をしていてもごく普通の人間であるし、そこに何ひとつ危険を感じることはない。

だが――それでも彼には、得体の知れなさが付きまとってしまうのだ。

まったくの善人と感じる彼に対して、奏太はどんな態度を取ればいいのだろうか。

「……所長が来ましたよ」
雨村の言葉に、奏太ははっと我に返ると、メモ帳を用意し、背筋を伸ばした。
見上げた先で、梶原が大股《おおまた》で会議室に入ってくるのが見えた。
一瞬で私語が消え、空気がぴんと張りつめる。ひとつの目的に向けて規律が取れた
人々が彼の所作を見つめる中、梶原は、所長席に就くと、おもむろに口を開いた。
「……皆、ごくろうさん。毎日の業務に邁進《まいしん》してくれていること、心から感謝する。
今日は、ここ数日練ってきたウォール対策について、最終方針を皆に伝えたい」
ごくり、と誰かが固唾《かたず》を飲む音が聞こえる。
緊張感に包まれながら、梶原は続けた。
「ウォール上陸、そして1F通過の予定は八月四日。つまり七日後だ。急な状況の変

化はあるかもしれないが、それは確定だと思ってくれ。そして、ウォール通過時は１Fに人を置くことはできず、その間は管理することもできなくなる。だが幸いなことに、１Fの状況は極めて安定している。現場保全さえ万全にしておけば、注水のみでしばらくは放っておいても大丈夫だということもわかった。……これを踏まえて、我々のすべきことは次のとおりだ」

——八月三日、ウォールが通過する前日に、１Fの現場保全を完璧《かんぺき》にして退避する。

——別動隊を編成し、先んじてウォールの東側に抜け、待機する。

——ウォールが通過した直後、別動隊が速やかに１Fに入りオペレーションを再開する。

「……以上だ。二十四時間監視態勢を敷いている１Fで目を離すのは本来ご法度だが、我々に人的被害を出すのも得策じゃない。したがって、できるだけ放置する時間を短縮できるよう今後さらに詰めていくことにする。……以上が概要だが、質問は？」

梶原の促しに、誰かが手を挙げた。

「別動隊の編成はどのように行うのでしょうか？」

梶原が速やかに答える。

「大きく人員を二つにわけて別動隊に投入する。人選は各責任者に任せる」

「ウォールの東側にはどうやって行くんですか？　壁を回り込むのでしょうか」

「いや、壁は越えない」

「じゃあ、どうやって……？」

首を傾げた部下に、梶原は悪戯《いたずら》っぽい笑みを浮かべた。

「反対側から地球を一周する。時間はかかるが、それが確実だ」

「……マジすか」

呆《あき》れたような所員たちをからかうように、梶原は続けた。

「人の金で地球一周だ。楽しそうだろ？」

「ははっ、確かに」

笑い声が上がった。

「だが、飛行機も船も利用できるのは最小限だ。とにかく時間が掛かる。別動隊にはあさってにも福島の港から出発してもらうことになるんだが……」

「別にいいっすよ！　楽しい旅行は長いほうがいいですからね。できれば八十日間あったらよかったんですが」

軽口が飛ぶ。いつもの雰囲気に、所員たちの顔つきが明るさを取り戻す。

やがて梶原が、一同を制し、言葉を継いだ。

「俺たちのオペレーションに間違いはない。準備さえ万全ならば、何の問題もないだろう。だが、だからこそ気を抜くなよ！　不測の事態はいつでも想定される。準備に漏れ落ちがあれば途端に1Fは破綻《はたん》するんだ。人事を尽くしてこそ天命を待てる。このことを忘れるなよ!」

「はい!」

全員の返事が、気持ちいいくらいに唱和した。

最後に、思い出したように誰かが質問した。

「梶原所長、このオペレーションに何か名前をつけないんですか?」

「名前? そうだなあ……」

数秒考えた後、梶原は言った。

「『1Fを救う《save 1F》』……で、オペレーションS1F、なんてのはどうだ」

「S1F作戦ですか、いいっすね!」

なんだか格好いいぞ——と、再び皆が、子供たちのように沸いた。

その一部始終に立ち会う奏太の横で、雨村が言った。

「いいネーミングですね」

「……ええ」

オペレーションS1F。それは梶原所長のアイデアで名づけられた——。

雨村の言葉に頷《うなず》きながら、奏太はそうメモ帳に筆を走らせる。自らの殴り書きのような文字を見ながら、確かにこれはシンプルでいいネーミングだな、と思った。

XII　七月三〇日

彼女から雪子のところに電話が入ったのは、分科会が始まる一時間ほど前のことだった。

『……紺野さんですか？　突然お電話してすみませんが、川藤です』

少し焦ったような声色。誰だったっけ、と一瞬訝《いぶか》るが、本人の名乗りですぐ思い出した。

そう、川藤優璃——山之井研究室の臨時講師の女性だ。

一週間前、半ば研究室を足蹴《あしげ》にするような形で職を辞してしまい、雪子は彼女と挨《あい》拶《さつ》をすることもなく職場を去ってしまった。ウォール対策でそれどころではなく仕方がなかったとはいえ、せめて一言くらい話をしていけばよかったかと、後ろめたさを覚えていたのだ。

「ああ。私、突然辞めちゃってご挨拶もしなくて……ごめんなさい」

『はい。びっくりしました』

優璃は、心配げな声色で続けた。

『さっき研究室に行ったら、紺野先生の机がなくなっていて……あれっと思って山之井先生に聞いたんです。そしたら「辞めたよ」と。「嘘っ！」って慌てて電話しました。何かあったんですか……あっ、今お時間、大丈夫でしたか』

「ええ、大丈夫」

と言いつつも、実はもうすぐ分科会が始まる。雪子は簡潔に説明した。

「ウォール対策の件で、私、山之井先生と対立したんだ。しかもその後、山之井先生が務めていた分科会の委員の席を奪う形になっちゃって。で、自分から辞めたの」

それがけじめだと思ったからだ。もちろん、勢いもあったが。

『そうだったんですか。……そういうご事情なら、納得っていうか、ほっとしました。私てっきり、無理やり解雇させられたのかと思って』

「だとしたらもっと派手に暴れてる。でも、どっちかというと清々してるんだ。初めからこうすればよかったと思うくらい。……心配させちゃったね」

『あ、いえ、一方的に話しにくいことを伺って申し訳ありませんでした』

優璃は恐縮したように言うと、一拍を置いてから再び訊《き》いた。

『それにしても紺野先生、ウォール対策に関わってらっしゃるんですね』

「そうね。実際に現地に行ったり、調査したりしてる」

『だとすると、あの……こんなこと聞いていいのかわかりませんけれど、やっぱりウォールに触れると死ぬっていうのは、事実なんですか？』

「……ええ」

ほんの少しだけ迷い、雪子は頷いた。

プロトコル案の策定が決定し、つまり国民の一斉避難が現実味を帯びたと同時に、北沢は「ウォールは危険である」と抽象的な事実を正式発表した。それでもウォールに触れると人体が消えることまでは述べなかった。たとえそれが「公然の秘密」だったとしても、はっきりとさせないことに意味がある、なぜなら確定した瞬間に人は恐慌状態になるからだ——と、北沢は言っていた。

優璃は『ああ、やっぱり……』と続けつつも、冷静に訊いた。

『……わかりました。それを前提として質問なんですが、ウォールが人間だけに危害を加えるというか、相互作用する仕組みを、紺野先生はどういうふうに捉《とら》えてらっしゃるんでしょうか』

「ああ、それは……」

研究者らしい問い。雪子は手短に、ウォールの原理を説明する。

もちろん詳細な部分や理屈までは話せない。だが、同じ研究者である優璃は、さすが雪子の説明をすぐさま理解すると、『へえ!』と素《す》っ頓狂《とんきょう》な声を上げた。

『そんな原理だったんですか。三枚重ね、二枚重ねの時空の歪《ゆが》みって……ちょっと待ってください、これってノーベル賞ものじゃないですか』

「かもしれないね。まあ、今はそんなこと言ってる場合じゃないけど」

『確かに。それにしても、人類共通のDNAに共鳴してエネルギーが伝わる、だから人間にのみ加害性を持つ、しかもその性質は重ね合わせの枚数によって変わる、か……なるほど……でも、だとすると、私たちにとってはこれ、厳しい現実が待っているってことになりますね』

優璃の声のトーンが、さらに一段落ちた。

やはり彼女もすぐに気づいた。原理的にはウォールへの対抗策がただひとつ、逃げることしかないという厳しい現実に。

「そうね。残念だけど……でもこればかりは仕方ない」

『そうですね……』

優璃は、思いつめたような数秒を置いてから続けた。

『これ、弟にも伝えなきゃ……あっ、すみません。長い電話に付き合っていただいてありがとうございます』

「ううん、私も気晴らしになったよ。ありがとう」

実際、分科会を前にしての緊張が、会話のお陰で少しほぐれた気がしていた。

いつもの明るい声に戻ると、優璃は言った。

『色々解決したらですけど、紺野さん、一緒にご飯食べに行きましょう。絶対ですよ』

「……それでは、第九回防災対策分科会を開催します」

分科会長の宣言で、会議が始まった。いつもの円卓には、第三回以降任命された分科会長をはじめとするいつものメンバーが着座している。彼らのどの顔にも疲労の色が浮かび、この数日間は彼らも寝る間を惜しんでウォール対策に邁進《まいしん》していたことが窺《うかが》えた。

一方、円卓には空席も目立った。

それは以前、北沢が言っていた「妨害」のうち、なぜか突然所属から遠方への異動を命じられたり、当日の建物内への入構が許可されなかったりと、物理的に参加を阻まれたメンバーたちの席だった。北沢は何も言わなかったが、忝倉を筆頭とする楽観論者一派が、なりふり構わない実力行使に出ていたのは、雪子にも容易に推測できた。

だが、北沢はすでに手を打っていた。

「すみませんが、遠方の委員の皆様はリモートをオンにしてください」

北沢の指示に、円卓の片側に置かれたスクリーンに、不在のはずの委員たちの姿が次々と現れた。

リモートによる分科会への参加――今の時代、インターネット接続環境さえあれば遠隔でも会議に参加はできる。スクリーンに映る面々は、公共のリモートワークスペースから繋《つな》ぐ者、自宅のパソコンで接続する者、中にはスマートフォンでアクセスしていると思《おぼ》しき者もあった。

だが、どんな形であれ、双方向の議論ができるならば分科会は成立する。世間を今も混乱させている感染症による就業環境の変化は、しかし、むしろ今や沓倉たちの妨害を易々と乗り越えるためのツールとなっていたのだ。

そして抜け目のない北沢は、万が一の事態も予測し、あらかじめ要綱を改正し、このような形でも会議を開けるように準備していたのだ。

多忙な中にあっても、決して備えを忘れない。雪子は改めて、北沢の実務能力の高さに感心した。

「……ありがとうございます。委員全員にご出席、または接続いただきましたので、この分科会は有効に成立していることをお知らせいたします」

高らかな勝利宣言を述べると、しかし北沢はすぐ険しい顔つきで説明を始めた。

「さて、前回からしばらく間を置き恐縮ですが、分科会を開催いたします。本日はまず、委員の皆様にお諮りしたい事項があります。それは、紺野委員報告を踏まえた、プロトコルにおける輸送ルートの確定についてです」

「承知しています。紺野先生の報告書もあらかじめ読んできました。この場では要点のみご説明ください」

分科会長の促しに、北沢は「かしこまりました」と一礼すると、滔々《とうとう》と述べる。

「論点はただひとつ、紺野委員が調査の上で提唱された『北緯三十度安全仮説』を輸送ルートに当てはめてよいかどうか、その是非です。具体的には、現時点で北緯二十八度線に設定しているウォール南端を、北緯三十度まで近づけてよいかどうか。これを採用することでルートをより有利なものに変更できる可能性があるため、皆さんのご議論をいただきたいと考えています。……紺野委員、補足がありましたらお願いします」

「はい。それでは私からは、仮説について簡単にご説明いたします……」

北沢の促しを受け、雪子は立ち上がると、静かに説明を始めた。

すなわち、ウォールは三重の時空の歪みであるが、その辺縁においては二重になっていること。

二重になっている部分にもウォールが存在しているが、理論的には、この部分に限り人体と相互作用を起こさないと考えられること。

そして、ウォールが三重から二重になる境目は、実地の観測データから北緯三十度地点にあると確定できるので、国民の輸送ルートに際しても、ここをウォール南端の折り返し地点とすればよいこと――。

「……このような北緯三十度安全仮説を採用するメリットは、北緯三十度を迂回《うかい》点としてルート短縮が図られることにより、国民全員をウォールの東側に避難させるメドが立つこと、これに尽きます。裏を返せばこの一点において、私はこの仮説の採用を強く進言します」

「ちなみに、この仮説を採用しない場合……つまり迂回点を従前どおり北緯二十八度とした場合、どのくらいの国民が救える試算になりますか？」

「一億人弱。約八十パーセントです」

「八割、ですか……」

分科会長が溜息《ためいき》混じりで呟《つぶや》く。八割しか救えない——裏を返すと二割を見捨てなければならないという試算に、他の委員も悲痛な表情を浮かべた。

ややあってから、分科会長が問いを続ける。

「採用のメリットはよくわかりました。では、これを採用するべきではない理由は？」

冷静な分科会長の質問にも、雪子は一拍を置いて答える。

「物理的にはありません。したがって私としては今すぐ採用すべきと考えています。しかしながら心理的には、ウォールそのものを突き抜けなければならないという嫌悪感を国民に与えます」

「確かに、人体を消失させるウォールに突っ込めと指示するのは、強い抵抗感があるでしょうね。できれば見た目で区別できればいいのですが、三重のウォールと、二重のウォールとに外見の違いはあるのですか？」

「ありません。強いて言えば透過率ですが、これを見た目のみで判別することはできないと思います」

「そうですか。では、これがもっとも重要な質問かと思いますが」

分科会長が、息継ぎをしてから尋ねた。

「二重のウォールは、本当に安全ですか？」

「安全です」

雪子は断言する。しかし分科会長は、険しい表情のまま更なる問いを投げた。

「安全だと、紺野委員は実際に確かめたのですか」

「……いいえ」

雪子は、一拍を置いて首を横に振った。

「あくまでも観測データからの推測です。理論的な正しさは確信していますが、実際に確かめたわけではありません」

「そうですね、どのように実験したにせよ倫理上の問題が伴いますから、確かめるのは困難でしょう。とはいえ、実証を経た理論ではない、ということにはなるわけだ」

「……はい。おっしゃるとおりです」

嘘を吐くわけにはいかない。雪子は素直に頷《うなず》いた。

分科会長は一度小さく「うーん」と困惑したように唸《うな》ると、各委員に向けて問い掛けた。

「皆さんはいかがでしょうか。北緯三十度安全仮説は大変に魅力的な仮説です。これを採用すれば国民全員を救える可能性がある。一方、採用する場合には国民側の心理的障壁をどうクリアするか、あるいはそもそも本当に安全なのかどうか確かめる必要がある。……何か、ご意見があればお願いします」

「確かに、国民が理解できることがまず第一の条件だろうと思います」

委員のひとりが、手を挙げた。

「負担を強いる施策は当該者の納得性とパッケージである必要があります。それがない中で強行すれば『独断専行』との批判を招きます」

『おっしゃるとおりだ。しかしそれで二割の国民を見捨てるというのは、個人的には受け入れがたい』

また別の委員が、リモートで意見を述べた。

『たとえ一身に批判を浴びたとしても救うべきは救う、それが本来あるべき姿なのではないでしょうか』

「それはそのとおりだが、実際、避難を強制するとして従ってもらえなければ意味はないぞ？　納得性が低いというのは、個々人の動機づけに大きく影響するんだ」

『理屈をもって説得はできないだろうか』

「難しいだろうな……これまでの日本における実績は、困難だった実例だらけなんだから」

「可能だとしても時間が必要でしょうね。ウォールへの対応には圧倒的に時間が足りない。せめて三か月……いや、一か月でもあればやりようはあるんだが……」

「すみません、紺野委員に質問ですが」

また別の委員のひとりが、雪子に問うた。

「透過率の非連続性以外に、ウォールが辺縁部において三重から二重へと性質変化する根拠となるデータはあるのでしょうか？」

「ありません。そもそもウォールから計測できる特徴的な物理量はほとんどないのです」

「そうですか。あとひとつでも仮説を補強する数字があるとよかったのですが……」

委員の言うとおりだ、と雪子は思った。

せめてもうひとつでも数字が揃えば、少なくとも納得性は高くなる。

ただ一方で、雪子が仮説に自信を持っていたことも事実だった。計測できるものが透過率しかない中で、その非連続的な変化には必ず意味があるはずなのだから。

その意味を見逃さず生かすこと。さもなくば人々は救えないのだ。

——やり取りが白熱し、絶え間のない質問の応酬は一時間に及んだ。

質問のすべてに雪子は明快に答え、また一定の理解も得られたのではないかと手応《てごた》えを感じていた。だが一方で、雪子は自分でこうも考え始めていた。

私は間違っていないはずだ。だが、そんな私が間違っている可能性も忘れてはならない。

だとすれば、判断するのは私であってはならない。

それを決めるのは、私ではない第三者であるべきだ。

——やがて、議論は十分に煮詰まったと判断したのか、分科会長が場を制しつつ、静かな口調で言った。

「……そろそろ皆さんも結論は出たかと思います。時間も押していますので、ここで決を採りますがよろしいでしょうか」

円卓が静まり、一同が頷いた。

「それでは、分科会規約にしたがい、ここにいる委員十三名の過半数の同意が得られた場合に紺野委員の北緯三十度安全仮説を採用したいと思います。それでは……同意の方、挙手を」

委員が——手を挙げ、または手を挙げなかった。

その数を、分科会長がカウントし、述べた。

「同意六。反対七。過半数に満たなかったため、北緯三十度安全仮説は採用せず、北緯二十八度線を迂回地点とするプロトコルを作成したいと思います。よろしいですね？」

「…………」

雪子の提案は採用されないと決まった。その結果に一同は沈黙した。

ややあってから分科会長が、少し戸惑ったようなトーンで雪子に問うた。

「紺野委員、確認です。……本当にいいのですか？」

「何がでしょうか」

「今の採決で、あなたは手を挙げなかった。もしあなたが挙手していればこの仮説は採用されます。なぜそうしなかったのかはあえて問いません。しかし、最後にひとつだけ確認します。……本当に、いいのですね？」

「…………」

しばし黙考し、雪子は答えた。

「はい。私は、提案者である私以外の総意にしたがいます」

「わかりました。では事務局、今の発言と採決結果を議事録に残してください」

「……承知しました」

北沢が頷いた。心なしかその声色は、少し震えていたような気がした。

雪子の提案は採用されることなく、分科会は次の議題へと進んでいった。

「先ほどの議論に基づき、北緯二十八度地点を迂回《うかい》するルートによる国民輸送プロトコルの策定を提案します。本プロトコルは徴発できるすべての船舶、航空機、バスなどの陸上輸送と、投入できる燃料、動員できる人員を元に避難可能人数を算定しています。その人数は……九千七百五十万人」

「日本の全人口ではない」

「はい。北海道ですでに亡くなったと見込まれる方、またご自身の事情で避難を拒否される方もあろうかと思いますが、それでも、すべての国民の避難が予定されないプロトコルとなります」

「つまり、救えない国民をどう決定するかが論点となるわけですね」

「そう……なります」

誰を見捨てるのかという、苦しい決断――もちろん北沢にはすでに腹案がある。

「事務局案を配布いたします。お目通しください」

北沢が一枚の紙を配る。彼が用意したこの十グラムにも満たないペーパーに記されているのは、しかし、誰の命を諦《あきら》めるのかという極めて重い問題だ。

雪子はその責任の一端を当事者として実感しつつ、ペーパーを手にした。

「では、説明します。実際の避難においては、避難対象者に対しあくまでもシステマティックに優先順位を付し、これにしたがい順番にプロトコルに乗せていくことにします。対象者の選定基準はまず年齢、性別、既往症の有無、それから……」

不意に、北沢が黙り込む。

「……どうしましたか？」

「すみません……揺れていませんか？」

不審げに北沢が眉《まゆ》を顰《ひそ》めたその瞬間——雪子も足元が僅《わず》かに震動していることに気付く。

最初は、ほんの僅かな揺らぎ——だがそれは瞬く間に小舟に乗っているような振幅となり、さらに勢いを増していった。

「地震だ！　皆さん机の下に！」

北沢が叫ぶ。そのころにはすでに大きな揺れが——二〇一一年のあの日に感じたのと同じ、時計の振り子を思い出させる周期の長い不穏な揺動が、ゆうらゆうらと会議場を支配していた。

＊

尾田が函館に来て、もう六日になる。

正直、尾田は不思議でならなかった。見知らぬ街を徘徊《はいかい》し、暴漢暴徒に怯《おび》えながら、雨水を飲んで渇きを癒《いや》し、略奪に遭った後の誰もいない商店から食料を見つけ出しては腹を満たす。何の情報も得られず、ただ函館山の不穏な稜線《りょうせん》を見上げ続ける毎日に、それでも彼はこの六日間を生き延びた。とうに死んでいてもおかしくないだろうに「どうしてまだ生きているのか」が不思議でならなかったのだ。

まだ、生きている。それどころか、マメだらけだった足の裏の傷さえ塞《ふさ》がり始めている。身体はだいぶ細くなったが、むしろ贅肉《ぜいにく》が削《そ》ぎ落とされ、必要な筋肉だけが残っている感じだ。自分の生命力の意外な強さに驚きつつ、一方で彼はこうも思っていた。

それでも俺は――ここで、命を落とす。

ウォールが近づいている。函館に残る数少ない人々――友好的な人もいたし、厭世《えんせい》的な人もいた、当然敵対的な人もいた――から聞いて、それが不可避だということがわかっていた。一方で、もはや函館から津軽海峡を渡る術《すべ》がないこともわかっていた。

港には小型船どころか、ゴムボートすらない。自衛隊や警察が助けてくれるんじゃないかと期待したが、すべて最前線に駆り出されているのか、姿を見かけることすらなかった。終《しま》いには青函《せいかん》トンネルを徒歩で渡ることも考えたが、「暴徒が車ごとなだれ込んで爆発事故が発生し、煙に巻かれて何千人も死んだらしい」という情報を聞いて、諦めた。

結局、俺のゴールはここだったのだ。町の片隅でぼろ雑巾《ぞうきん》のように横たわり、何も映らないスマートフォンを見つめながら、尾田はまた思う。

俺は、このまま死ぬのだ。誰にも見つけてはもらえないまま、ひとり知らない町でウォールに飲み込まれて生を終えるのだ。

そう思った後で頭に浮かぶのは、山ほどの後悔だった。

――ああ、北海道になんか来なければよかった。

――ああ、こんな仕事に就かなければよかった。

――ああ、根室の噂を聞いてすぐ、神戸に戻ればよかった。

そうすれば――そうしさえすれば、俺は、娘のもとに戻れたのに――。

「……穂波」

無意識にまた、娘の名前が口を衝《つ》いて出る。

他の誰でもない彼女の名前。それは、自分と血を分けたただひとりの娘。

せめて――せめて、穂波だけは無事であってほしい。そして、可能ならば――。

また、会いたい。

尾田はそんな叶《かな》わぬ願いを胸に抱きながら、また空を見上げた。

せせら笑うような函館山が、彼を見下ろしていた。

夏の夕刻。不気味な雲が一直線に、赤い光を放っていた。

まるで悪夢のように気持ちの悪い光景だ。あるいは、これが本当にただの夢であったらいいのに。そう恨みながら、乾いた口に溜息《ためいき》を含んだ、その瞬間――。

地鳴りのような鈍い音とともに、突如、地面がゆらゆらと、まるで生き物のように波打ち始めた。

＊

奏太は、１Ｆから一旦《いったん》、拠点にしているいわき市の借家に戻るため、車に乗った。社用車ではなく、移動のために自腹で調達した格安の中古車だ。エアコンが壊れたオンボロだが、エンジンは快調そのもの、奏太は窓を全開にして国道を疾走する。

窓越しに見上げるのは、のどかな空だ。夕刻に差し掛かり、鳥がＶ字に隊を成して飛んでいるのが見える。ウォールが迫る中、北海道だけでなく岩手――明日には本州にウォールが上陸するという——にも避難指示が出され、今も続々と人々が動いている、そんな慌ただしい状況なのだとはとても思えない。

岩手だけではなく、この福島の住民、滞在する人間たちにも、高齢者を優先した関東の港や空港の傍への移動指示が出されていた。

だが奏太は、それらに従うつもりはなかった。俺は1Fを見届ける。当事者として、何があったのかをつぶさに伝える——そう決めたからだ。

幼少期、奏太の心を揺さぶったのは、東北を襲ったあの災害だった。テレビを通じてその惨状を目の当たりにした奏太は、しかし同時に、あるひとつの思いを抱いた。

俺はいつか、人のために仕事がしたい。

その漠然とした思いは、やがて警察官になろうという志に繋《つな》がり、そして巡り巡って、こうして新聞記者になるに至った。記者の仕事はもちろん、事実を伝えることだ。けれど間接的に、その詳細な事実こそが人のためになり、人を救うことがある。だから俺は、この仕事を選び、そして今、1Fに残ることを選んでいる。

不意に、梶原が言った言葉を思い出す。

——傍観者は要らない。足を引っ張るだけだからな。だが当事者は必要だ。

そう、当事者だからこそわかることがある。

当事者だからこそ伝えられるものがあるのだ。

そのためだったら、あるいは命を懸けてもいいとすら、今は思う。

奇妙に昂《たかぶ》った気持ちのまま、人気《ひとけ》のない片側一車線の道をただ遠い山並みに向けてアクセルを踏み込んだ、まさにそのとき――。

いきなりハンドルが何かに取られ、勝手に回った。

「うわっ？」

パンクした！　そう思い、ブレーキを踏む。それからハンドルを両手でしっかり握り締めると、ゆっくり車を路肩に停めた。

よかった、とりあえず事故にはならなかった――。

しかし、止めたはずの車がまだ激しく暴れている。エンジンはすでにアイドリングなのに、なぜ？

――地震だ！

ようやく気づいた。木々も建物も、道端の信号機も、見えるものすべてが揺れている。

しかも、大きい。かつて経験したことのない揺動に、奏太は運転席の狭い足元に身体を潜り込ませると、目をぎゅっと閉じる。開けた窓から、ドロドロと太鼓を叩《たた》き続けているような轟音《ごうおん》と、何かが裂けるメリメリという不穏な音がする。

しばらく身動きが取れないまま、車のサスペンションが苦し気に軋《きし》む音を聞き続け、やがてそれが収まったころ――。

ゆっくりと車の外に出た奏太は驚いた。

周囲の様子が一変していた。

古い建物が潰《つぶ》れている。電柱が倒れ、信号機も傾いている。道路のアスファルトにも、さっきまでなかった大きなクラックが入っている。姿の見えない動物たちの警笛のような鳴き声がどこからか聞こえてくる。

その様子に、奏太は戦慄《せんりつ》した。

地震は、尋常ではない大きさであったのだと。

それからしばらくの間、奏太はこれからどうすべきか考えた。一旦家に戻るか、それともまた1Fにとんぼ返りするか、あるいは――。

誰もいない道の片隅で逡巡《しゅんじゅん》していると、不意にスマートフォンが鳴った。

『……小野田さん、大丈夫ですか？　今どちらにいらっしゃいますか？』

電話の主は、雨村だった。

「すみません、国道を走っていたところで……ああ、楢葉《ならは》町《まち》の、もうすぐJヴィレッジの辺りです」

かつて、原子力事故対応の最前線となっていたJヴィレッジも、今では全天候型トレーニング施設としての本来の役目に戻っている。

『所長からの指示で小野田さんの安否確認をしています。お怪我は？』

「大丈夫です。ご心配をお掛けしてすみません」

『そうですか、とりあえずはよかった』

安堵《あんど》した口調で、雨村は続けた。

『今、震度六強の地震がありました。震源は太平洋沖です。津波警報も出ています。高さはそうでもないようですし、国道でしたら距離もあるので大丈夫だと思いますが、できるだけ海岸からは離れたほうがよいかと』

「わ、わかりました」

津波に町が飲まれていくあの映像は、奏太の脳裏にも鮮烈に焼き付いている。少しでも海から離れなければ。背筋に無意識の震えを覚えながら、奏太は車に乗り込むと、再びアクセルを踏んだ。

通話しながらの運転は交通違反だ。だが今は非常事態だから――と心の中で言い訳をしつつ問う。

「1Fの様子は？　皆さんは大丈夫ですか？」

『皆、無事です。情報収集中ですが、人的被害はほとんどないかと思われます。ただ……率直に言うと、状況がいいとは言えません』

「と、いうと？」

『設備に大きな被害が出ています。建物の中には崩落、倒壊したものもあります。また、放射線モニタリングの数字が大きく上昇しています。正直……クリティカルな状況かもしれません』

致命的《クリティカル》──。

雨村の抑制された口調が、むしろ事態の深刻さをよく伝えてきた。

『いずれにせよ、小野田さんもご自身の安全を第一に考えて行動してください。少なくとも、津波のおそれがなくなるまでは』

「……わかりました」

大きく頷《うなず》くと、電話を切る。

そして、再び両手でハンドルを握った、その瞬間──またスマートフォンが鳴った。

電話に出るや、つんざくような大声で捲《まく》し立てられる。

『あっ、やっと繫がった！　そうくん、今までどこで何してたの？　本当に心配してたんだよ、お父さんもお母さんも……』

「え、えーっと……もしかして姉ちゃん？」

『そうだよ、ゆう姉ちゃんだよ！』

泡を食ったような声は、ゆう姉ちゃん──八つ年上の姉のものだった。

年が離れているせいで、姉弟《きょうだい》というよりは親子のような関係性ではあったが、ちゃきちゃきとしていて頭脳明晰《めいせき》、何より優しい自慢の姉だ。

『この間から電話は繋がらないし、メールしても返事ないし、何かあったのかもしれないって皆心配してたんだよ、本当にもう！』

電話やメールが来ているのは気付いていた。けれど、忙しさにかまけて、なんだかんだ返信するのを先延ばしにしていたのだ。

ウォールが近づいていて避難指示まで出ているさなかに何の連絡もしないのであれば、家族に心配されて当然だ。せめてきちんと無事の連絡くらいは、すべきだったか――。

「本当にごめん……」

反省しつつ、心から謝った。電話口の姉は『わかってるならいいけど、お母さんにも今日中にちゃんと連絡するんだよ！』と念を押しつつ、続けた。

『それはともかく、今おっきな地震があったみたいだけど、そうくんは平気？』

「無事だよ。ゆう姉ちゃんは？」

『こっちも無事。でもかなり揺れた。そっちは？』

「めちゃくちゃ揺れた。でも車にいたから平気だったよ。津波もとりあえず大丈夫」

『津波？』

「あー、うん。実は俺、今、福島にいるんだ」

『福島？　なんで？』

「取材。福島第一原発の」

『原発……』

　絶句したような間があった。

　避難指示に従わず福島に残っていたことも、1Fの取材を続けていることも、奏太は誰にも言っていなかった。心配を掛けたくなかったし、余計な口を挟まれたくもなかったからだ。だが今になってみれば、やはり家族にだけは言っておくべきだったのかもしれない。さもなくばもっと心配させてしまうから──そんな後悔が頭を過《よぎ》ったとき、しかし、意外にも姉は落ち着いた声で訊《き》いた。

『それってさ、そうくんがやりたいことなのかな？』

「うん。1Fの人たちがウォールと戦うところを、記録に残さないといけないと思って」

　そして、それを多くの人にも伝えたくて。

　危険なことはわかっている。そもそもこれから日本がどうなるかだって定かじゃない。でも、だからこそ自分が当事者となり、見て、知って、知らせなきゃいけないことがあるんだ──。

　奏太の言葉に姉は、一拍の間を置いてから言った。

『……わかった。大変だと思うけど頑張ってね。でも無理しちゃだめだよ？　ウォールもどんどん近づいているって、知ってるでしょ。だから約束して？　引き際だけは間違えないって。あと、そうくんのことを、そうくん以上に心配している人たちがいること、これも絶対に忘れないでね』

「うん、わかった。……ごめんね、ゆう姉ちゃん」

姉の優しさに、じんわりと心が温かくなった。

「絶対に無理しない。約束する。本当にありがとう」

『わかればよろしい。まったく……世話の焼ける弟じゃのぅ』

おどけた口調で姉は笑った。たぶん、わざと明るく振る舞っているのだろうと思った。

『……あっそうだ、そこで取材を続けるのなら、言っておくことがあるんだけど』

姉が、思い出したように言った。

「何？」

『これから言うこと、もしかしたらそうくんの役に立つことがあるかもしれない。だから、よく聞いてね』

姉は咳払《せきばら》いをすると、神妙な口調で続けた。

『お姉ちゃんね、ウォールに関する重要な情報を先輩から聞いているんだ。実は……』

そして姉は、ウォールについていくつかのことを、ごく簡潔に述べた。

それは、まったく解明されていないと思われていたウォールが持つ奇妙な性質についての、驚くべき事実だった。物理学的に難解なことも含まれていたが、それでも大枠はなんとか理解できた。奏太は自分が理系であってよかったと思いつつ、一言一句忘れまいと頭に焼き付けた。

『……実証はしていないけれど、理論的には間違いないって先輩はおっしゃってた。そうくんが原発にいるなら、もしかしたら役に立つかもしれない。だから、伝えておくね』

「ありがとう。絶対に忘れないよ」

情報の価値までは、奏太には測れない。けれど、聞く人が聞いたならば何か重要なことをこの情報から拾い上げてくれる——そんなふうに、思えた。

「ところでゆう姉ちゃん、その先輩ってどんな人？　姉ちゃんと同じ学者さん？」

『うん。尊敬する大先輩だよ。紺野雪子さんっていう人なんだけど……』

＊

「……今のは？」

埃《ほこり》が舞う会議場で、皆が不安そうに辺りを見回す。

揺れは収まった。だが、まだ自分の身体が揺れているような気がする。胸のむかつきを覚えながら、机に手を突き、雪子は立ち上がった。

北沢が、素早く会議場の前方、円卓の傍に置かれた大きな液晶テレビをつける。

テレビでは、曲がったネクタイを着用したアナウンサーが、険しい表情で臨時ニュースを報道していた。

『……さきほど、午後四時三十八分、福島県沖を震源とする地震が発生しました。気象庁によりますと、マグニチュードは八弱と推定され、東日本大震災の余震と見られています。最大震度は福島浜通り震度六強、スタジオのある東京でもかなり揺れました。なお、これに併せて津波警報、津波注意報が太平洋沿岸の各地域に発令されています。予想される高さは一メートル程度ですが、太平洋沿岸にお住まいの方は、命を守る行動を取っていただきますようお願いいたします。繰り返します。午後四時三十八分、福島県沖を震源とする地震が発生しました……』

「冗談だろ……」

誰かが、おそらくは無意識に口にした。

その呟《つぶや》きが、危機の上にさらに危機が積み重なった現状に対する絶望の含みを持つように、雪子には感じられた。

XIII

八月一日

気が付くと、尾田は見知らぬ場所で横たわっていた。

ぼんやりとした意識のまま、じっと天井を見つめる。木目が露《あら》わになった焦げ茶色の天板が並んでいる。風合いからしてかなり古そうだ。その僅《わず》かに開いた板の隙間から、天井裏の黒い闇がこちらを覗《のぞ》いていた。

徐々に、頭がはっきりとしてくる。

身体を起こして周囲を見回した。狭く、古い六畳間だ。砂壁に襖《ふすま》、木枠のサッシにくすんだガラス。明かりになるものは、外から差し込む淡い光だけだ。

少し蒸し暑さを感じたとき、ようやく、布団に寝かされていたことに気づいた。

「……ここは？」

疑問が、無意識に口から漏れる。

ここはどこだ？　なぜこんな所に？　いや、そもそも俺は何をしていたんだっけ？

ゆっくりと記憶を思い返す。

俺は確か——函館にいた。そこから先に進むことができなくなって、何をするでもなく、自暴自棄になっていた。

それから――そうだ、大きな地震があった。

地面が揺れて、建物がミシミシと音を立てていた。怖くなった俺は慌ててその場を離れ、街を出た。だが疲れ切った身体が言うことをきかなくなり、そのまま少し郊外にある納屋のような場所でへたりこんだのだ。

記憶はそこまでしかない。おそらく、その場で眠ってしまったのだと思う。

だとすると――ここはどこなのか？

立ち上がってみる。怪我はしていない。身体も普通に動く、というかむしろ軽快だ。久し振りに柔らかな布団で眠れたからだろうか。

部屋には、簡素ながらも生活感があった。床には埃も積もらず綺麗《きれい》に掃除してあったし、そもそも畳が張り替えたばかりのように新しい。一方で、小さな本棚があって、そこには何冊もの絵本が収められていて――。

「……起きたか」

突然声を掛けられ、はっとして振り返る。

開いた襖から、男がひとり、覗いていた。年齢は六十くらい、黒く焼けた肌に短髪の、体格のいい男だ。

じっと見つめる男の目を見返す。何かを喋《しゃべ》らなければならない気がしたが、喉《のど》の粘膜が張り付いて声が出ない。そのまま数秒、ただ無言で向かい合う。

「あんた、どこから来たんだ?」

男が、尋ねた。

「こ……神戸」

今度は、かすれ声ながらもようやく返事ができた。

男は、「そうか、神戸か……」と独り言のように呟くと、くるりと背を向け、薄くなった後頭部を見せた。

「腹減ってるんだろう? メシ、あるよ」

ぶっきらぼうにそれだけを言うと、襖の向こうに姿を消した。

尾田は無言で、男の後を追うように、ふらふらと部屋を出た。

身体を休めていた部屋の隣、台所と食事室が一体化した狭く薄暗い空間で、男は、三浦正人《みうらまさと》と名乗った。

函館で漁船を持ち、細々と漁をして暮らしているのだという。同じく漁師だった父を継いでの家業だが、当の父もすでに亡く、もう身内もいないから、ひとりで暮らしているのだ——と、三浦は方言交じりの朴訥《ぼくとつ》とした話し方で言った。

「……あんたがうちの納屋で倒れていてな。行き倒れかと思ったが、息があったんでびっくりしたよ」

「面目ない。こんなに、がっついてしまって……」

空の食器を前に、尾田は深々と頭を下げた。

白飯を食えたのは何日ぶりだろうか。冷や飯におかずもなく、付け合わせのたくあんと冷たい汁だけの食事。それが、こんなに旨《うま》いものだとは——一心不乱に食事をすると、尾田の身体にも活力が染み渡ってきたような気がしていた。

だが同時に、助けてくれた三浦への申し訳なさが湧き上がった。

「見も知らない自分を助けてくださって、感謝してもしきれません。本当に、ありがとうございます」

「いいって。困ったときはお互いさまだ」

三浦は、くっくっくと喉に引くような声で笑うと、胸ポケットからタバコを取り出した。

「……あんたも吸うか？」

「いいんですか」

「ああ。三級品だけどな」

三浦から一本、タバコと火を貰《もら》う。深々と肺に入れたニコチンが、驚くほど心地いい——。

煙をくゆらせつつ、三浦が問うた。

「……尾田さん、神戸から来たと言ったか」

「ええ」

「なんでまた、こんなときに北海道に来たんだ」

「仕事で帯広にいたんです。でもウォールが来るので、逃げて……」

「あそこからここまで、歩いて来たのか」

「はい。ああ、車に乗せてもらえたり、自転車も使いましたが」

「だとしても、とんでもねえ距離だな」

根性あるな――と感心したように、三浦は煙を吐いた。

尾田は、自らの旅路を思い返しながら続ける。

「どうしても神戸に帰りたくて。その一心でここまで。本州への連絡船があると思ったんですよ。でも、出ていなくて……」

「だいぶ前に運航中止になったな。事故があったんだよ。人が殺到して」

「そうだったんですか」

「あのとき死人が出てな。それで船は出なくなった。漁船も同じだ。船を動かそうもんなら北海道から逃げたい奴らに集《たか》られたり、下手すりゃ奪われたりだ。俺の船も気づいたらなくなってた」

「盗まれたんですか？　ひどい話ですね……」

「いつまでも船をほったらかしにしてた俺が悪かったんだがな。それに、ただ皆ウォールから逃げてえ一心だったんだろ。そう考えると、一方的には責められねえよ」

トン、と三浦はタバコの灰をガラスの灰皿に落とした。

「まあ、よく使ってくれる人がいりゃ、船も本望だろうよ」

自嘲《じちょう》するような言い方。尾田はふと、問うた。

「三浦さんは、船で逃げようとは思わなかったんですか？」

「逃げる？　ああ……そう考えた瞬間もあったかもな。だが今さら逃げるのも馬鹿らしい気がしてな。逃げたところで助かるかはわからねえし、この土地以外で暮らせる気もしねえ。それに、こういう終わり方が相応《ふさわ》しいんだよ。俺のような奴にゃあな」

三浦の言い方には、どこか自分の人生を諦《あきら》めたようなニュアンスがあった。

これ以上、興味本位で立ち入ってはいけない気がして、それ以上尋ねるのを止めた。

「…………」

不意の沈黙が流れた。

台所の流しの上にある小窓が、風に吹かれてカタカタと鳴る。

根本まで吸い切ったタバコを、灰皿に押し付けて潰《つぶ》すと、三浦は言った。

「そういや、ウォールは札幌まで来てるそうだ」

「えっ、もうそんな近くまで……」

十日ほど前に尾田がいた街。もうそこまで来ているのか――。

「噂も来やしねえからわからんが、無事じゃあ済んどらんだろうな。政府もやっとこさ本腰入れ始めたみたいだが、避難できたのもほんの僅《わず》かとも聞いとるし……大方、皆ウォールにやられちまったんだろうな」

「………」

社長は、逃げられただろうか？

占冠まで連れて行ってくれた親切な彼の顔が、頭を過《よぎ》った。

「まあ、他人事《ひとごと》じゃねえか。ここも時間の問題だ」

「本州にも、上陸したんでしょうか」

「ラジオではそう言ってたな」

「えっ、ラジオ……入るんですか？」

「ああ、入るよ。青森からまだかろうじて電波が来てるんだ」

そう言うと三浦は、冷蔵庫の上に置かれた木箱を指さした。

「中学生のとき自作した五石《ごせき》ラジオだ。まさか、こんなときに役立つとはな。何しろ電気もガスも止まっちまって……ああ、メシが冷めてて悪かった。いちいち火起こししなきゃなんなくてよ、まとめ炊きなんだ」

「いえ、食わしてもらっただけでもありがたいです」

「礼には及ばねえよ。メシってのはやっぱり、誰かと食うもんだしな」

ははは、と二本目のタバコを手に笑った三浦は、不意に真顔になった。

「……で、あんた、これからどうするつもりだ？」

「これから、ですか……」

しばし黙考し、それから答えた。

「神戸に、帰ります」

「帰れるのか？」

「わかりません。でも俺は、最後にもう一度、どうしても娘に会いたくて……」

三浦が、驚いたように目を丸くした。

「あんた、娘がいたのか。何歳だ？」

「七歳です」

「……まだ小さいな。名前は？」

「穂波です。稲穂の穂に、波しぶきの波」

「穂波……」

「こんなときに娘をひとりぼっちにしているのが、本当にかわいそうで。だから俺、あの子に会いたい、会って抱き締めてやりたい。だから……そのためにもう少しだけ、足掻《あが》いてみようかと思っています。まあ、だめだとは思いますが……」

それでも、やってみなければわからないじゃないか。久々の栄養が、尾田に前向きな力を与えていた。

「そうか。娘、か……」

三浦がふと、思いつめたような表情で下を向く。

ややあってから、三浦は顔を上げないままで、ぽつりと言った。

「あんた、「賭けごとですか？　ギャンブル好きか？」

賭《か》けごとですか？　ええと、まあ、競馬くらいなら……」

「そうか。じゃあ、俺に賭けてみねえか？」

「えっ？　三浦さんに？」

「ああ」

何のことかわからず、目を瞬《しばたた》く尾田に、三浦は目線だけを上げた。

「実は、船を一艘《そう》隠してるんだ。船というか、ほとんどただのボートだけどな。漁の合間に海釣りの客を沖に連れていくための船だ。エンジンも積んでる。燃料も少しはある……」

「す、すみません三浦さん、何をおっしゃってるんですか？」

「尾田さんはよ、前に沈んだ遊覧船のニュースって、聞いたことがないか」

「えっ、遊覧船、ですか。ええと……あっ、北海道の観光船の話なら覚えています。

確か五、六年前にオホーツク沖で数十人が犠牲になった事故がありましたよね」

「その船に、俺のかみさんと娘が乗っていた」

「……えっ？」

突然の話に、尾田は返す言葉を失う。

沈黙する尾田に、三浦は真上に立ち上るタバコの煙を見つめながら、淡々と続けた。

「かみさんとは若いころ結婚したんだが、なかなか子どもに恵まれなくてな。それでも四十半ばでやっと娘が生まれたんだ。すくすくと成長してよ……幸せだったなあ。仕事も頑張ろうと思った。けれどな……あれで二人とも、冷たい海に沈んじまった」

「………」

「二人の身体はまだ見つかってねえ。何とか見つけてやりてえが、俺にはどうしようもねえ。まあ、仕方ねえよな。それでも……船が沈んだあの日から、二人を抱き締めたいと思わねえ日は、一日たりともねえんだ」

「そんなことが……」

何かを言おうとして、言葉が閊《つか》える。それ以上、三浦に掛ける言葉が見当たらない――。

だが三浦は、「気なんか遣うなよ」と薄い笑みを浮かべると、タバコを挟んだ指を尾田に向けた。

「俺にゃもう無理だ。だが、あんたは可能性がある。穂波ちゃんを抱き締めてやることができる。なぜなら、あんたも穂波ちゃんもまだ生きているからな。だから……あんたが俺に賭けるなら、尾田さん、俺があんたを本州まで連れて行ってやる」

「えっ、本州まで？」

「ああ。俺の船なら行けるかもしれねえ」

光が宿った力強い瞳《ひとみ》で見つめながら、三浦が言った。

「ただ、燃料が足りるかどうかわからん。そこは賭けだ。だが賭けてくれるなら、尾田さんを絶対に大間《おおま》の港に運んでやると誓う。……どうだ、乗るか？」

「それは……嬉《うれ》しいです、けれど……」

戸惑いつつ、尾田は訊《き》いた。

「でも、仮に大間に着いたとして……三浦さんは、どうするんですか？　函館には帰れないんですよね？」

「ああ、帰れねえな。だが、いいんだ。どうせ俺には、もう帰る場所はねえんだから」

「…………」

「それに、これは俺の使命だと思ったんだよ。あんたの娘の名前を聞いたときにさ」

「穂波の名前を……？」

訝《いぶか》る尾田に、三浦は静かに答えた。

「俺の娘はよ、三浦保奈美《ほなみ》というんだ」

「えっ！」

息を飲んだ。まさか娘の名前が同じだとは思わなかったからだ。

もちろん、偶然に決まっている。けれど――。

「これはきっと、娘が引き合わせた……俺はそう思う」

そう言うと三浦は、嬉しそうに口元を綻《ほころ》ばせた。

「だから、何としてもあんたに、穂波ちゃんを抱き締めてやってほしいと思っているんだ。俺の……保奈美の分までな」

＊

「一体、どうすりゃいいんだ……」

そう呟《つぶや》くと、梶原は、部下たちを前に頭を抱えた。

沈鬱《ちんうつ》な雰囲気の会議室。彼らの後ろでじっと会議の成り行きを見守っていた奏太にも、梶原の抱える葛藤《かっとう》が痛々しいほどに伝わってきた。

オペレーションＳ１Ｆの実施。これに向けて、梶原たちは着々と準備を進めてきたはずだった。あらゆる事態に備えて計画を練り、そのすべてに対応できるよう差配してきたのだ。だが、自然がもたらした試練は、彼らが絞ってきた知恵と、講じてきた策の、さらに上を飛び越えてきた。

震度六強の大地震。

そんなものが今、このタイミングで発生するなんて、誰が思うだろう？

そして、これが放射線事故の再燃を現場にもたらすとは、誰が考えるだろう？

おそらくは地下で安定していた溶融燃料が、地震により構造変化を起こし、再び反応を始めた。これにより再び放射性物質がばらまかれ始めている。そんなことになるなんて、一体誰に予想できただろう？

しかし、現実は残酷だ。今も刻一刻と、再び放射線の恐怖が迫ってきている。かつてのような水素爆発、あるいは核反応の危険はないとはいうが、しかしこのまま放置していれば、水蒸気爆発に伴う放射性物質の放出が発生し、この地域一帯はかつての事故よりもさらに過酷な環境に曝《さら》されてしまう可能性がある。

それこそ、一度はぎりぎりのところで防いだ東日本の壊滅という悪夢が、再び目の前に迫っているのだ。しかも、悪夢はそれだけじゃない。

――ウォールだ。

奴が遂《つい》に、本州、宮古《みやこ》市に上陸しようとしている。その姿は、すでに沿岸から目視できるほど近づいてきているらしい。

上陸地点とその時刻、これらはほぼ予想されていたとおりだった。つまり、このままでいくと1Fもまた、その予想どおり三日後にはウォールが通過する。

それまでに、この1Fをなんとかできるのか？

いや、そもそも自分たちはまだ現地で対応ができているが、放射線量の推移によっては速やかな退避が必要になる。ウォールのことを考えながら、その時機の判断もしなければならない。それは、いつなのか？

俺もいよいよ、退避しなければならないのだろうか？

だが今は、悩んでいる場合じゃない。

「……考え込んでいても仕方ない。一旦《いったん》、整理しよう」

答えの見えない問い。堂々巡りの迷宮から逃れるように、梶原は矢継ぎ早な問いを部下たちに投げた。

「今、放射線量はどうなってる？」

「だいたい三ミリシーベルト毎時。しかし、上昇傾向です」

誰かが即座に答えた。それが誰かを確かめることなく、梶原はなおも続ける。

「放置できるか？」

「いいえ。現時点で常時管理してようやく抑え込めて、これです。仮に放置すれば、放射線量の爆発的な増加と、その後の放射性物質の放散が免れません」

「てことは、放置が前提のオペレーションS1Fは遂行不可能だ」

「そうなります」

「だが裏を返せば、常時管理さえできればまだ救いようがあるってことだ。……そういえば、別動隊はどうなってる。あいつら、戻ってこられそうか？」

「それが……」

一拍の間を置いて、答えが返ってくる。

「今、インドの空港にいるのですが、こちら側に引き返す飛行機が手配できず、すぐには戻れない状態だそうで」

「無理か。てことは、今いる人間だけでなんとかしろってことだな。……こりゃまた……シビアだな……」

梶原は、肩で大きな溜息《ためいき》を吐いた。

別動隊には人員の半分を割いており、残る半分だけでこの難局をクリアしなければならない。

それがどれだけ難しいことか――焦燥が、梶原の額に玉の汗となって浮かんでいた。

だが彼は、決して諦《あきら》めることなく、言葉を継いでいく。

「今いる人間をさらに半分にしたとして、その人員で1Fを維持することはできるか？」

「ぎりぎり……いけると思います。余計な作業を省いて監視と適切な注水に集中すれば……」

「わかった、その線で行こう。メインミッションは監視と注水を途切れさせないこととし、それ以外のことは後回しにして作業をする」

「どうやって、途切れさせないようにするんです？」

「ここの人員を東班と西班に分ける。西班は引き続きここで作業、東班はウォールの向こう側に回って、ウォール通過とともにすぐ作業をバトンタッチする」

「てことは、すぐ二班を編成しないといけないですね」

「ああ。三十分以内に頼む。それから一時間以内に、東班は出発だ……」

「ちょっと待ってください、それじゃあ無理です！」

誰かが、梶原の決定に待ったを掛けた。

「無理？　なんでだ？　説明しろ」

「時間が、間に合いません」

異議を唱えた者は、計算機を片手に答えた。

「東班はウォールの南端を迂回《うかい》して東側に行くことになりますが、航空機の調達がすぐにはできないんです。そうなると使えるのは船だけですが……」

「船じゃ、だめなのか」

「北緯二十八度で回ると、現地の到着が著しく遅れるんです。これじゃ、ウォールが通過時には間に合いません」

「どのくらい遅れるんだ」

「一日……いえ、最短でも半日は遅れます」

「そんなにか……」

たった半日。しかし、その僅《わず》かな時間でさえ、1Fをコントロール不能にし、壊滅的な状況にするには十分な時間となる。

このあまりにも過酷な現実を、奏太は、梶原や他の人々の表情からありありと悟った。

「もっと早い船の調達はできないのか？」

「できるかもしれませんが、時間がかかります。少なくとも一日が必要です」

「それじゃあ間に合わん！　出発は一時間後だ、これは変えられない。畜生……何か方法はないのか？」

ドン、と梶原がテーブルを拳《こぶし》で叩《たた》いた。

しかし、悲愴《ひそう》感に満ちた問い掛けに答えられる者は、誰もいない。

議論はいよいよ袋小路に追い詰められ、今のこの窮地を打開する何らかの方法も見つからないまま、ただ沈黙するしかなくなってしまったのだ。

「…………」

沈鬱な静けさが、会議室に満ちる。そこには何もないがゆえに、鼓膜がキンと鳴るような不快感と、「もうおしまいだ」という諦めだけが、一同を支配しようとしていた。

だが、そのとき――。

緊張感の中で彼らの様子を見守っていた奏太の頭の中に、一瞬、光がフラッシュした。

それは、いわば奇妙なひらめきだった。しかし、そのひらめきは奏太に、実に不思議な気付きをもたらした。

もしかして――まさか――あのことを、俺は――今こそ言うべきではないのか。

「……あの」

だから奏太は、重苦しい沈黙を破り、口を開く。

そのか細い言葉に、まるで光明に縋《すが》るかのような表情で、全員が振り向いた。

たじろぎながらも、奏太は続けた。

「実は、北緯三十度より南なら、ウォールは素通りできると聞いたのですが」

「なんだって？」

梶原が、訝《いぶか》し気に眉《まゆ》を顰《ひそ》めつつも、少し腰を浮かした。

「もうちょっと詳しく教えてくれ。それは本当か？」

「ええと、あくまでも聞いた話なんですが……」

奏太は、姉である川藤優璃——学生結婚した彼女の旧姓はもちろん、奏太と同じ小野田だ——から聞いたウォールの性質について、誤りがないように注意しながら、訥々《とつとつ》と述べた。

奏太が話し終えると、梶原が目を丸くして訊《き》いた。

「それは事実なのか？　北緯二十八度から三十度の間ならば、ウォールは通過できる。なぜなら、ウォールを構成する時空の歪《ゆが》みの構造が他の場所とは異なるから。ウォールが存在するように見えても、人間とは相互作用しない……小野田さん、それは事実で間違いないのか？」

同じ質問を二度、梶原は口にした。それほど驚いているということなのだろう。

奏太は、一拍を置いてから「はい」と力強く頷《うなず》いた。

「『この性質は、実証していないけれど、理論的には間違いない』とのことです」

「言ったのは誰だ」

「紺野雪子さん。俺の姉が尊敬する研究者です」

「……誰か、紺野先生について調べろ」

梶原が全員に問い掛ける。ややあってから、誰かが答えた。

「ネットで調べた限りですが、きちんとした方のようです。専門は素粒子物理、MITから帰ってきたばかりで、東技大にも籍を置かれています」

「能力は十分な人だな。じゃあ、その説を採用して北緯三十度で回ったとして、1Fの到着は間に合うか？」

「ちょっと待ってください。ええと……はい……はい！　たぶん大丈夫です！　ウォールが通過する直前にギリギリ到着します！」

誰かが計算機を叩きながら叫んだ。

「間違いないか？　ならば答えはひとつだ」

ドン、と机を両手で突くと、梶原は立ち上がった。

「打開策が他になきゃあ、この仮説に賭《か》けるしかない。俺は、今の小野田さんの情報を信じてみたいが、皆はどう思う？」

梶原の言葉に、異を唱える者はいなかった。

それを見た梶原は、再び「よし！」と大きく首を縦に振った。

「東班は北緯三十度回りの航路を取りウォールを迂回、そのまま1Fの東側に行け。そしてウォール通過と同時に西班から東班に1Fの監視と注水作業をバトンタッチする。上手《うま》くいけば、これで最悪の事態だけは免れる」

「おお……」

感嘆にも似た溜息が、一同から漏れる。

だが、そのとき——誰かが呟《つぶや》くように言った。

「でももし、小野田さんの情報が間違っていたら？」

一瞬、全員がはっと静まり返る。

東班は、奏太の情報に基づき北緯三十度でウォールに突っ込むことになる。だがもし彼がもたらした「その地点であればウォールは人体と相互作用しない」という情報が間違っていたとしたならば、どうなるか。

結果は、言うまでもない。

その可能性を改めて認識し、息を飲んだ一同に、しかし梶原は落ち着いた声色で言った。

「腹を決めろ。間違っていたとしても、やるしかない。それしか、日本を救う可能性はないんだからな」

「日本を……救う」

それは、ある意味ではヒロイックに過ぎる表現だったかもしれない。

しかし、まさに今この場所においては、そんな言い回しこそが怖気《おじけ》づきそうになる人々の背を後押しする勇気の源となった。

「どうだ、お前ら。不服か？」

ニヤリと口角を上げ、挑発するように問うた梶原に、彼らは口々に叫んだ。

「いいえ！　不服なもんですか」

「どうせ瀬戸際なんだ、できることは全部試さねえと！」

「面白いじゃないですか。やりましょうよ！　やってやりましょうよ！」

「救いましょうよ！　この日本を！」

声を上げ、拳を上げ、そして気勢を上げた。

失敗する可能性があるということは、成功する可能性もあるということ。その可能性がある限り、1Fは、日本は救われるかもしれない。そんな絶望の中に生まれた希望に、彼らはすべてを賭けようとしていたのだ。

歓声に沸く一同を、一度静かに両手で制してから、梶原は低くよく通る声色で言った。

「よし。小野田さんの話を踏まえた新たな作戦……新オペレーションS1Fを開始する。皆、今すぐ取り掛かれ！」

「ハイッ！」

全員の声が、シンクロした。

男たちが腹の底から出す轟《とどろ》くような音圧が、奏太の背を震わせる。それは、涙が出そうなほどに心をも震わせる音色だった。

*

「あいつら、一体どういうつもりなんだ！」

電話を切るや否や、北沢が苛立《いらだ》たし気に拳で机を叩いた。

ドンという鈍い音とともに、山と積まれた書類がバウンドする。刻々と変化していく情報を逐一印刷したペーパー、クリアファイルに挟まれた写真の数々、そして未決の書類。今にも崩れ落ちそうなそれらを、雪子は慌てて整えながら訊いた。

「どうしたんですか、北沢さん」

「どうもこうもねえよ。原発の情報を一切寄越さねえんだ、あの馬鹿ども！」

北沢がまた、感情を爆発させた。

――福島県沖、マグニチュード七・八の地震。

一昨日の夕刻に発生した最大震度六強の大地震は、司令塔である北沢がいる現場にも、大混乱をもたらしていた。

人々の避難をどうするか、海上輸送をどうオペレーションしていくか。それらですら手一杯なのに、地震の対応まで考えなければならないなんて、これ以上どうしろというのか——というのが現場の本音だった。

だが、もはや弱音は吐けない。東京では慌ただしい避難とこれからへの不安に伴う混乱の最中にあったし、都市部での暴動や事件めいたものも数多く報告が上がってきている。動員できる人数も限りがある中で、巣の中で無秩序に蠢《うごめ》く蜜蜂《みつばち》のような彼らをどうやって救っていくのか、その効果の最大化だけを考え続けなければ、むしろ自分たちが混沌《こんとん》に飲み込まれてしまいそうだった。

この状況で雪子は、このところ睡眠はおろかほとんど食事もとっていないという北沢の身を案じ、彼の仕事を手伝うべく彼の下に参じていた。

「いや、君は正規職員ではないし、さすがに手伝ってもらうわけには……」

北沢は固辞した。だが雪子は詰め寄った。

「大丈夫です。あ、守秘義務の問題ですか？　それなら私、まだ内閣府に雇用された調査員としての身分は解除されていないですし、クリアされているかと」

「そうかもしれないが、でも……」

「頭を使わせろって言ってないです。本当に使い走りでいいんですよ。メシ買ってこい、肩揉《も》め、みたいな。それとも私じゃ役に立たないとでも？」

「そんなことはない。君は役に立つ。それは嫌というほど知ってるが……」

「なら決まり。仕事、遠慮せずなんでも命令してくださいね！」

半ば無理やり認めさせる形で、雪子は北沢の仕事場に押しかけていたのだ。

最初の数時間こそ、北沢は少し遠慮を見せたが、やがて雪子の働きぶりを見て順応し、半日後には部下のひとりとして平然とこき使うようになっていた。

最初は遠慮していた癖に、結局人使いが荒いんだよな、と苦笑しつつ、むしろ望むところでもあった雪子は、北沢と一緒に力を振り絞って働いたのだった。

だが、そんな雪子たちの健気《けなげ》な奮闘を、地震の深刻さはあっさりと超えてきた。

恐れていた津波こそ、大規模なものは発生しなかった。

だが、その代わり、また——あの爆弾が炸裂《さくれつ》したのだ。

「……福島第一原発の放射線量が、急上昇しているだと？」

昨日、部下が慌てて持ってきたその情報を手に、北沢は目を丸くした。

「待て待て、あそこには深刻な津波がきていないはずじゃないのか？　ましてや廃炉作業中で稼働もしていないんだろう？　なのに、なぜそんなことになってる？」

彼の部下が、眉間《みけん》に皺《しわ》を寄せて説明する。

「詳しいことはわかりません。ただ、廃炉作業中でも、以前の事故でメルトダウンし堆積《たいせき》した放射性物質が、不安定な状態で敷地内に取り残されています。先の地震で、これが再び漏れ出したか、何らかの反応を起こしたのが原因じゃないかと見られています」

「最悪だ……」

　北沢が、片手を額に当てた。

「今後の予測は」

「放射線量が少なくとも毎時十ミリシーベルトに達します。幸いなことにあの地域の避難は、そもそも人が少なかったこともあって、ほぼ終わっています。が……原発職員の安全が懸念されます」

「対応できるのか」

「不安定な状態の廃炉を効率的に冷却し続けられれば、ワーストケースは避けられるかもしれません」

「ワーストケースってのは、どういう状態だ」

「高い放射線量が長く続き、さらには水蒸気爆発による放射性物質の放出が始まります。結果として、該当地域が人が住めない場所となります」

「該当地域ってのは、福島のことか」

「いいえ。……東日本全域です」

「それは、今だけでなく、ウォール後も？」

「はい。ウォール後が存在するのならば、ですが」

「…………」

致命的な現状に、しばらくの間、北沢は言葉を失った。

だが、すぐに気を取り直し、質問を続ける。

「……もう少し詳しい情報はないか」

「原子力担当の統括官のところにはあるようです。しかし……」

「教えてくれないのか」

「はい。『管轄外の人間には言えない』と」

「クソがっ！」

北沢は珍しく、毒づいた。

だが、正しい怒りだと雪子は思った。なにしろ正確な情報がなければ、避難や海上輸送を行うことができないのだ。場合によってはプロトコルに大きな変更を余儀なくされる可能性もある。

まずは情報が必要だ。だから北沢は、原子力担当の人間との折衝に注力した。

だが、結果として十分な情報は北沢のところには入ってこなかった。十分どころか、シャットアウトされてしまったと言ってもいいくらいだった。

危急存亡の今、なぜ、こんなことになっているのか？

セクショナリズム、いわゆる「縦割り行政」の弊害が、最悪の形で現れているのかもしれない。あるいは、いまだ燻《くすぶ》る楽観論者が、どこかで暗躍しているのかもしれない。ただはっきりと言えるのは、硬直化したシステムの中で、硬直化した人間たちが、硬直化した意識の下、何よりも堅牢《けんろう》な壁となって行く手を遮っているということ。だからこそ、腹立たしいのだ。壁《ウォール》を乗り越えるための奮闘努力にすら、さらに高い悪意の壁が立ち塞《ふさ》がることが――。

感情を爆発させた北沢が、電話を切ってからも、ずっと奥歯を噛《か》み締めている。額に青筋が立っている。怒りを堪《こら》えている表情だ。

このままだと、また爆発するかもしれない。そう思った雪子は――。

「畜生、ふざけんなっ！」

大声で叫んだ。

金切り声が裏返っているのが、自分でも滑稽《こっけい》だと思えるくらい、喉《のど》から叫んだ。

突然「キレた」雪子に、周囲の人々が驚いたような顔で雪子を見る。

北沢も、怒りを忘れ、「何事か」とでも言いたげに目を丸くしていた。

雪子はひとつ、ゆっくりと深呼吸をすると、それから思い切り両手を打った。

――パン！

一際大きな音が響く。静まり返った事務室に、その余韻が消えたのを確かめると、雪子はわざと、底抜けに明るい口調で言った。

「さあ！　どこかのアホは放っておいて仕事しましょう！　私たちの仕事を！」

「……くっ」

北沢が、苦笑しながら答えた。

「そう、そのとおりだよな。感情的になっても仕方ない。俺たちは……俺たちのやるべきことをやる。ただそれだけだ」

北沢の言葉に、その場にいた一同もまた、何かが吹っ切れたような表情になり、慌ただしく仕事を再開した、そのとき——。

「速報です！」

ひとりの職員が、事務室に駆け込んでくると、大声で言った。

「ウォールが本州に上陸しました！　上陸地点は岩手県、宮古市です！」

「……遂《つい》に、来たか」

北沢が、覚悟を決めるように、静かに呟《つぶや》いた。

XIV
八月四日

一言で言えば、これは、畏怖《いふ》だ。

洋上に聳《そび》え立つウォールを船の窓越しに見つめながら、奏太は無意識に身震いした。

天まで届く壁。太平洋を果てなく東西に分かつ境界線。無限に巨大なこの構造物は、無垢《むく》と感じるほどの美しい無数のマーブル模様を表面に描き出している。

その横を、奏太たちを乗せるシーボートが粛々と、全速力で太陽に向かって走っていた。

波は高い。南方に発生している台風の影響なのだという。次々とやってくる小高い丘のような大波を乗り越えながら、東班の五十人たちは、ウォールを迂回《うかい》すべく、そのすぐ横を平行に、もう丸一日以上南下し続けていた。

船酔いで内臓が裏返りそうになるのを必死で堪えながら、奏太は、彼と同様、潮が斑《まだら》模様を作る窓から外をじっと見つめ続けている雨村に問うた。

「今、どのあたりですかね？」

「そうですね。もうすぐ、例の地点だと思います」

雨村はいつものように、淡々と答えた。

例の地点とは、北緯三十度――ウォールがあるようには見えるが、すでに人間への相互作用力を失っていると予測されている地点のことだ。

奏太は、呟くように言った。

「……雨村さんは、ウォール、通り抜けられると思いますか」

「どうでしょう。でも私たちにできるのは、小野田さんが伝えてくれたことを信じることだけです」

「ああ、そうですね。俺が言い出したことなのに……すみません」

嘘とも真《まこと》ともつかないウォールの性質を皆に伝えたのは、他でもない奏太だ。

その言葉を信じてくれた雨村たちの前で、当の自分が不安がるとは。自らの言動を恥じた奏太に、泰然自若の表情で雨村が答えた。

「こういうときは、誰しもが不安になるものです。それに、小野田さんがついてきてくれていることが、皆の力になっています。それは本当に、心から感謝しているんですよ」

「そう言っていただければ、嬉《うれ》しいです」

そんな、ありがたがられるほどの存在じゃないんだが――と、奏太は気恥ずかしさに俯《うつむ》いた。

――東班に同行したい、と梶原所長に申し出た瞬間、梶原はびっくりするほど顔を真っ赤にして怒鳴った。

「何言ってんだ、ダメに決まってるだろ！　あんたをそんな危険な目に遭わせられるか！」

あんた部外者だろ？　なのにここまで1Fの皆についてきてくれたんだろ？　それだけでもありがたいのに、これ以上無理をさせるわけにいくか！

激怒という仮面を被《かぶ》りながら、行間でありありとそう述べる梶原に、しかし奏太は、飛び切りの笑顔で怒鳴り返した。

「いや、だからこそここまで来て逃げるわけにいかないんですよ！　所長が何を言っても俺、ついていきますからね！」

そう言ったときの、梶原の憤怒の中に垣間見えた嬉しそうな表情を、奏太は一生忘れないだろう。

そして彼は、なし崩し的に東班に同行することになった。奏太のことを心配こそすれ、拒絶する者は誰もいなかった。そして彼はありったけの機材と、文房具を携えて、シーボートの片隅に潜り込んだのだった。

後悔は――ないわけでは、なかった。

乗り込む直前、一瞬だけ繋《つな》がった携帯電話で、奏太は愛に別れを告げた。

「今までありがとう。俺のことは、もう忘れて」

身を案じてくれていた彼女を切り捨てる。あまりにも身勝手だということはわかっていた。でも、それ以上に、自分のわがままに振り回すことが、彼女の人生を台無しにしてしまう――そんな気がしてならなかった。

愛だけじゃない。無理はしないと約束した姉にも、両親にも、奏太はわがままを突き通し続けている。もちろん、これは俺の選択だ。俺が危険な目に遭ったとしても、俺は納得するし、その覚悟で選択している。裏を返せば、これは俺の権利でもあるのだ。俺は、自らに与えられた権利の下で覚悟し、ウォールに臨むのだ。

けれど、俺の愛する人たちは違う。俺の身に何かが起こったとき、彼らが悲しみ嘆くとしたら、それはすべて俺のせいなのだ。俺には、彼らをそうさせてしまう権利など、微塵《みじん》もないのに――。

「ところで小野田さん、私が信仰者であることはご存じですよね？」

不意に、雨村が問うた。僅《わず》かに逡巡《しゅんじゅん》した後、奏太は頷《うなず》いた。

「……はい」

信仰者――すなわちある宗教団体の信者であること。

彼自身がそう積極的にカミングアウトしたわけでもなく、奏太はその事実を周囲の囁《ささや》くような噂でしか聞いたことはない。

だが、だからといって知らないと嘘を吐く必要はない。

奏太の返事に、余計な気は遣われていないとわかったのか、雨村はなおも続けた。

「私の信仰の教義で、こんなことが書かれています。『神はこの世界において、最後の審判を行われます。しかし我々は、それを待ってはいけません。なぜなら、それはまさに今も下されているからです』」

「どういう意味ですか」

「さて、どういう意味でしょうね。実は私にもよくわかりません」

雨村は、小さく肩を竦《すく》めた。

「この信仰に関わる家に生まれた私は、物心ついたころからずっと、この教義を聞かされて育ちました。私自身も、これを説く教主の教えを忠実に守りながら、敬虔《けいけん》に生きてきたつもりです。世間を騒がせる事件があっても、私の気持ちは変わらなかった。けれど……お恥ずかしいことに、この年になってもまだ、教えの真意はわからないままなんです。神とは何なのか。最後の審判とは何なのか。それがまさに今も下されているというのは、どういう意味なのか」

「つまり雨村さんは、信仰から何かを理解できたわけじゃないと？」

「厳しい指摘ですね。でもそのとおりです」

雨村は口もとに微笑みを浮かべた。

「だから、しばしば考えるのです。私にとって、信仰とは何なのだろうかと。この信仰は私にとってただの気休めなのだろうか。信仰を続けることで、私は何を得られるのだろうか。あるいは、信仰そのものに意味はあるのだろうか……。でも、いくら考えても答えは出ません。私は結局、わからずじまいなのです」

「わからずじまい……ですか」

「ええ。何ひとつ。まったくと言っていいほど、ね」

雨村が、今度はなぜか少し楽しそうに口角を上げた。

奏太は、少しの間を置いて問いを続けた。

「それでも……何もわからずとも、続けてしまうものなんですか。信仰というのは」

「どうでしょう。それすら自分でもよくわからないんです。でも……もしかすると、何ひとつわからないからこそ、続いてしまうのかもしれませんね」

わからないからこそ、続いてしまう――その言葉に奏太はふと、どこかで仄聞《そくぶん》した、人生をひたすら苦行に捧《ささ》げるインドの信仰者を思い出す。

彼らは死ぬまで自分の身体を痛めつける。その痛みと苦しみから何かを悟ろうと試みるのだ。だが、彼らが実際に悟れたという話はとんと聞かない。誰も訊《き》かないからわからないだけかもしれないが、はたして彼らは悟ることができたのか。それとも、できなかったのか。そして、もし後者だとすれば――。

彼らの人生とは一体、何だったのだろうか？

「……あと十分で迂回《うかい》点到着！　全員、準備を！」

延々と続いていた胃腑《いのふ》の不快感すら忘れ、深く考え込む奏太の耳に、突然、自ら東班のキャップとなり指揮を執っていた梶原が大声で叫ぶ声が聞こえた。

顔を上げると、船に乗り込んでいた東班の全員が、険しい表情で、船の行く先を見つめていた。


――シーボートが少しずつ、ウォールへと近づいていく。

七色に輝く異形の壁が、すぐ目の前にあった。大海のスケールが距離感を歪《ゆが》ませていたが、おそらくそれは、ほんの数十メートル先まで近づいているように思えた。

やがて船は、ウォールのすぐ傍で静かに旋回し、舳先《へさき》がウォールと反対側に向いたところで、ゆっくりと停まる。

エンジン音が止む。同時に、びゅうびゅうと潮の混じった風が頰を叩《たた》きつける。

船の手すりを必死で摑《つか》みながら、しかし奏太は、その光景をなんとかしてカメラに収めようと試みる。だが、大波の揺れにどうしても画面がブレてしまう。数十秒格闘して、それは諦《あきら》めた。

代わりに脳内の銀板に、焼き付ける。今見ているものを決して、忘れまいと――。

「これからウォールに突入する」

船室に操縦士以外の東班全員を集めると、梶原が発破をかけた。

「小野田さんがもたらしてくれた情報に基づけば、ウォールはすでに人体と相互作用を起こさない。上手《うま》く潜り抜けて、あのヴェールの向こう側に行くことができさえすれば、俺たちは再び1Fをコントロールできる。1Fが最悪の状況となることを防ぐことができるんだ。だが、そのためには俺たちに覚悟が必要になる。……あの壁に自ら飛び込んでいく覚悟が」

「…………」

全員が、じっと聞き入る。

船は静かに、時速〇・八キロメートルでウォールと等距離を保ちつつ西に動いている。

だが、エンジンを切れば、船はその場にとどまり、逆に動いているウォールの中を通ることになる。

相互作用を起こさなければ、自分たちは無事だ。

だが、もしまだ相互作用を起こす性質を失っていなければ、どうなるのか？

この人たちは、どうなるのか？

——だめだ、そんなことは考えるな。嫌な想像に慌てて首を振る奏太の横で、梶原が、東班の全員の顔を順繰りに一瞥《いちべつ》してから、静かに言葉を継いだ。

「最後に、皆の意見を聞いておきたい。もし、あの壁に飛び込んでいくことが意に添わないのであれば、その意見を無視したくはない。……どうだ。誰か、言っておきたいことはあるか？」

「……ひとつ、いいですか？」

梶原の問い掛けに、ひとり、手を挙げる男がいた。

「雨村か。何でも言ってくれ」

「では遠慮なく。所長はこれから、この船であのウォールを突き抜けようとお考えなのですよね」

「……そうだ」

「それは、ここにいる全員の総意だと考えていいのでしょうか」

「そう理解している。……いや、もしかしてお前は、そうしたくないと考えているのか」

「いえ。そうではありません」

雨村は、一歩前に出て続けた。

「ただ今一度、皆が認識しておくべきことはあると思っています」

「……と、いうと？」

「もし情報が間違っていたならば、どうなるか。そうなれば言うまでもなく、私たちは全滅することになるでしょう。このことに対して、私はこう思います。そのことに何の意味があるでしょうか？　あるいは、それは私たちにとって悲壮的な満足感は得られるかもしれませんが……でもやはり、無駄死にだと言わざるを得ないのではないか？」

「無駄死にか。辛辣《しんらつ》だな。だが、正しい」

ふっ、と梶原が皮肉めいた笑みを口元に浮かべた。

「だからウォールには突っ込むな。この作戦は止めろ。撤退しろ。そう言いたいのか？」

「いえ、そうではありません。私もここまできてチャレンジしない選択肢はないと考えています。そもそも撤退を進言するなら、出発前にしています。私が申し上げたいのは、ただひとつ……提案があります」

「提案？」

「ええ。無駄死には避け、しかし作戦は遂行する。つまり……万が一の場合を想定して、つまりもし情報が正しくなかった場合に備えて、私というカナリアを使ってみませんか？」

「カナリア？　まさか……お前……」

「ええ。私がひとりで救命ボートに乗り、あのウォールに突っ込みます」

梶原が、目元に深い皺《しわ》を寄せて訊く。

「お前、自分自身の身体で安全を確かめるってのか」

「ええ。言い出しっぺですし、私が引き受けるのが筋でしょう」

「それはわかる。わかるが……しかし……お前、本気なのか……?」

部下をカナリアとして、その命を引き換えに仮説の正しさを確かめる。

そのことの是非を判断しかね、いつまでも答えを出せずにいる梶原に、雨村は落ち着いた声色で言った。

「最後の審判を、待ってはいけない。なぜなら、それはまさに今も下されているからだ。……私はそう教わり生きてきました。このことを所長に……いや、皆に理解してもらおうとは思いません。でも、それでも私は行くのです。自ら審判を受けるために」

「審判……」

梶原が、沈黙した。

一秒でも惜しいこのとき。忍び寄るウォールに追われながら静かに揺れる船で、梶原はたっぷり一分、口を真一文字に結び、考え続けた。

だが、やがて彼は、一同をぐるりと見ると、決意したような表情で訊いた。

「雨村の提案に、反対する者はいるか」

「…………」

誰も、反対する者はいなかった。それを確かめると、梶原は雨村の目をじっと見つめながら訊《き》いた。

「頼めるか」

「……はい」

雨村は、真剣な――しかし、少し嬉《うれ》しそうな表情で、大きく首を縦に振った。

＊

草薙芳花@Flower_Glass623

横浜の港に向けて避難中。バスぎゅうぎゅうづめ。荷物もひとつ置いてけって言われて泣く泣くターミナルに放置。何なのこれ。でも死ぬよりましか。#ウォール

HAMBAAAGMAN @hambaaagman

俺はまだ信じていないから北海道に残ってるけどこれマジなのかってちょっと思い始めてる、そんな気もするけどここ見てるとほっとするんだ。俺は負けねーから。#ウォール

火薬@bomberman7070707
まだ陰謀論信じている人がいることに驚く。けれど信じたくなる気持ちもわかる。地震も来てもうカオス。テレビもネットも政府も言ってることバラバラだしこれで何を信じろって?#ウォール

ルート7　避難準備中@rooooooot7
名古屋は落ち着いている。ウォールが来るという人もいれば、来ないという人もいる。でも僕は最悪のケースに備えてスーツケースに荷物をつめる。これが無駄になれと思いながら。#ウォール

東西南北　大笑い@E79ws2pXL0a45Qm
地震で原発終わってるって噂ほんとならアーメン#ウォール

かおりん　夏の海だいすき@gotosum_mervacation
仕事行ったら店しまってたんだけど!　これってお給料もらえないってこと?　いや避難しろ!#ウォール

原翔@supasiiba123
もう本州に上陸した？　こりゃ時間の問題かね？#ウォール

SPACE　POLICE@Ecilop_Ecaps
ここもいつまでもつんかね。データセンタが生きてれば使えるのかな。まー電気が来なくなったらいよいよ終わりやね。#ウォール

とろろ踏み　間もなく1億@money_2_and_2_money
ぶっちゃけ四国にいたら壁も放射能もあんま関係ないしそれより株も為替もだだ下がりなんで儲けさせていただいてアザスが本音#ウォール

全てはITXの陰謀@metmetmetmetmetmetmetm
↓もそも科学的根拠が示されぬ物をさも有る物として播り込む遣り口其の物が嘗てよりの政府の手口で有る。政府の裏にはITX（インターネットテクノロジーエクスプロージョン）則ち選別を企む者が有るのだ。其の証拠は至る処に有るが殆どの者に残念乍ら探す事は出↓#ウォール

バタフ&ライ@YosikotakedA
正直もう諦めてます。なのでウォールを待たずしてさようなら。皆さん本当にありがとうね。ここまで生きてこれただけでも感謝。ありがとね#ウォール

おまけ豚　松大M1@Pig____298
さっきサブちゃん行ったら燃えてなくなってた。逃げる前にトントロ大盛食べたかったよ。ところでヒコーキには豚も乗ってOK?#ウォール

愛のお砂糖@47PINGPONG
なんとかおばあちゃんと一緒にフェリー乗れました！　人は凄いけどちょっと安心。食料はあるけど配給制限されててカップ麺ばかり。食べられるだけマシなのかな。皆も無事でいて#ウォール

ヒポクラテス@Hippocrates_
怖いさみしい#ウォール

目潰しは最後の必殺技@_standbymeforlove_
いやだから災害連れてきた東日本民は責任取って死ねやって話。俺らに迷惑かけるのやめてくんね？#ウォール

一ノ瀬ユーカリ@koalagataberu
隣の県まで壁来てる。こんなことしてる場合じゃないのわかってるけどこんなことせざるをえないのどうしたらいいんだろ。ネットでなんとか平静保ってる気がする。ここがなくなったら間違いなくあたしめちゃくちゃになる。#ウォール

シカバネ@charlotte998
さようなら。北海道から、みんなの無事を祈ってる#ウォール

＊

救命用のゴムボートが一艘《そう》、ウォールに向かって近づいていった。
大海の広さに比べればあまりにも心許《こころもと》ないそれに、男がひとり乗り込んでいる。
自分の背の高さよりもはるかに高い波が、ゴムボートを翻弄《ほんろう》する。男が投げ出され

まいと身体を低くすると、波しぶきがその背に叩《たた》きつけられる。奏太ははらはらした。もし波が消えたとき、あそこに男がいなかったらどうしようかと。だが男は、きっと不屈の精神で船底にへばり付いていた。そして、オールを手にし、その場を流されまいと海面を掻《か》き始めた。

男を乗せたゴムボートは少しずつ船から離れ、そして少しずつウォールへと近づいていく。

男が感じる音も、臭いも、味も、痛みも、奏太には――いや、船から彼を凝視する誰にもわからない。わかるのはただ、あそこに男がいるということだけ。その無事を祈りながらも、男がどうなるのか、その一部始終を見逃すまいと、固唾《かたず》を飲んで見守り続けている。

ウォールまで、あと十メートル。

ウォールまで、あと五メートル。

あと、二メートル。一メートル。そして男が、七色に輝くあの美しくも禍々《まがまが》しいウォールに触れようとした瞬間――。

ゴムボートが、大波に煽《あお》られた。

ボートの底のオレンジ色が閃《ひらめ》き、すぐ波間に消えていく。

白いしぶきが一面を舞い、ボートごと男の姿を掻き消した。

「おい、どうなったんだ！」

誰かが焦ったように叫んだ。

「転覆した？　消えたのか？」

「わかりません。大波でどうなったのか……」

「捜せ！　まだあの辺りにいるはずだ！」

落ち着きを失った声色で、人々が腰を浮かせた瞬間──。

「……あっ！　いたっ！」

誰かが再び、波の向こうを指差した。

同時に奏太も、彼の姿を見つけた。

大波が過ぎ去った後の、ほんの束の間の、数秒にも満たない、けれど穏やかな水面《みなも》。ゴムボートがゆらゆら浮き、そこに男が中腰で立ち、こちらに向かって大きく手を振っていた。

「おお、あいつ生きてるぞ！」

「雨村……雨村ぁ！」

「よくやったぞ雨村！　待ってろよ、今行くからな！」

男たちが、喜びに満ちた歓声を上げた。

奏太も思わず、カメラを構えるのも、メモを取るのも、何をするのも忘れて叫ぶ。

「……雨村さん！　雨村さーん！」

雨村はしかし、東班の面々が乗るシーボートに向かって、静かに手を振っていた。

その姿は確かに、七色に輝くウォールの向こう側に見えていた。

XV 八月六日

いる。

国道七号線を、尾田の乗るタクシーが定速で走り続けていた。

秋田県、にかほ市――彼にとって縁もゆかりもない町に、夏の日差しが降り注いでいる。

車は燃費を抑えるため、時速六十キロを保っていた。エアコンも切っているから、酷《ひど》く蒸し暑い。それでも、助手席から見える外の景色は爽《さわ》やかで、一面の田んぼは風にそよぎ、稲が作るゆったりとしたさざ波が、どこか涼しげだ。

だが――そこに働く者の姿はない。

見えるのは、点灯しない信号、放置された車、自転車、トラクター、街道沿いの荒らされた店、あるいは燃えて燻《くすぶ》る家屋ばかり――市街地に入ってもその状況は変わらず、より荒廃した街並みも、痛々しさを増していた。

こんな景色がいつまで続くのかと思うと、うんざりする。

それでも、ここまで、来られたのは、間違いなく奇跡だ。

そう――まず俺は、紛れもなく生きている。メシも食えているし、睡眠も取れている。何より本州に戻ることができ、さらに少しずつだが、神戸に近づいてもいる。

尾田はこの、人との出会いが繋《つな》いだ奇跡ともいうべき幸運に感謝しながら、じっと、ここに至るまでの厳しい道中を思い返していた。

あの後すぐ、尾田は、三浦とともに津軽海峡を渡った。

燃料は足りた——というより、十分すぎるほどで、準備していた量の半分以下で済んだくらいだった。

「これじゃ賭《か》けにもなんなかったな」

三浦は笑ってそう言ったが、経験を持つ漁師が燃料の量を読み違えたとは思えない。おそらくは、津軽海峡のあの驚くほど穏やかな水面《みなも》、風向き、そして海流の具合、それらが複合して三浦の読みを上回るほど有利に働いたのだと思った。

まさに幸運だったのだろう。裏を返すと、燃料が足りなくなった可能性だってあったはずだ。船が壊れることも、天候が荒れることだって、あったかもしれない。

でもそうはならなかった。尾田はたまたま、大間の港に辿《たど》り着いたのだ。

さまざまな幸運に心から感謝しつつ、尾田は問うた。

「三浦さんは、これからどうするんですか？　よければ、俺と一緒に行きませんか？」

三浦はしばし考えてから、呟《つぶや》くように答えた。

「ありがとう。だが俺は、函館に戻るよ。帰る場所はねえ、なんて大見得を切ったが、やっぱ故郷だしな。死ぬなら慣れ親しんだ畳の上がいい」

そうですか、と答える代わりに、尾田は精一杯の笑みを返した。

三浦の船が、波間の芥子粒《けしつぶ》になるまで見送ると、尾田はこれからのことを考えた。

尾田のリュックには、三浦がくれた握り飯と味噌《みそ》が入っていた。これだけあれば数日は食うに困らないだろう。

だが、もたもたしていればウォールが本州に上陸し、そのまま大間も飲み込まれる。ウォールが来る前になんとか、移動手段を確保して、速やかに南下しなければならない。

だが——できるのか？

「やるしか、ねえだろ」

尾田は、考えるより先に動き出した。

そもそも、もう失うものはないのだ。絶望を振り返るより、希望に前を向く以外に何ができるだろう？　野垂れ死ぬ運命だった俺が、今、海峡を越え、穂波と同じ本州に立つことができている。あとは、その距離を縮めるだけじゃないか。

開き直ると、尾田は当てもなく一歩を前に踏み出した。

そして、その当てどなさが彼に、やがて新たな出会いをもたらした。

きっかけは、大間の街を少し山側に入ったところにある民家の、屋根付きのガレージだった。

ガレージのシャッターはぴったりと閉じられていた。だが、僅《わず》かな隙間をそっと覗《のぞ》くと、中に一台のタクシーが停まっていることに、尾田は気付いた。

タクシーはかなり古い型のものだった。とはいえ遠目にもしっかりと手入れされており、ボディもピカピカに磨かれている。内装もきちんと整えられ、白いレースのシートカバーが几帳面《きちょうめん》に掛けられていた。

おそらく、大事に整備されているのだろう——運転することも、できそうだ。

一瞬、良からぬ考えが頭を過《よぎ》る。このタクシーを拝借するわけにはいかないだろうか？

これこそ、今の俺に必要なものだ。車があれば当然、それだけ早く神戸に近づくことができるのだから。

もちろん、運転するには車のキーがいる。それはおそらく、この家のどこかにあるだろう。家探しをすれば見つけられるかもしれないし、仮に人がいたとしても、無理やり奪ってしまえばいいのだ。そうすれば、俺は神戸に戻れるかもしれないじゃないか——。

――いや、ダメだ。

尾田はすぐさま否定した。それはやはり、人としてやってはいけないことだからだ。そんなことをすればもはや穂波に合わせる顔がなくなってしまう。「お父さんは無理やり車を奪ってここまできたんだよ」と彼女に言えるだろうか？　もし神戸に帰ることができても、手放しでは喜べない。

それこそ、ゴミ捨て場に放置されていた自転車とはわけが違う。たとえ自らの目的を達成するためだったとしても、穂波にとって胸を張れる父親であるには、それは越えてはいけない一線だ。

仕方がない。諦《あきら》めよう――そう思い、踵《きびす》を返したとき。

「誰か、いるのですか？」

ガレージの中から、不意に声を掛けられた。

今一度振り返り、隙間から中を覗くと、女性がひとり立っていた。

尾田よりもやや年上、三十半ばくらいだろうか。少しやつれた印象があるが、すらりと背の高い綺麗《きれい》な女性だった。

彼女は、黙ったままの尾田に、か細い声で再び問うた。

「あなたは、どちらさまですか？」

一拍の間を置いて、尾田はほとんど無意識に答えていた。

「あの、お車を……貸していただけませんか」

ウォールが近づき、人心が荒廃し、町は無法状態となり、誰もが避難するか、あるいは家に閉じこもる中、道をうろつき家のガレージを覗き込む、怪しい男。

普通なら、そんな男に声を掛けようとはしないだろう。ましてや、男が口にする唐突かつ不審極まりない申し出に、応じようなどと思うはずもない。

だが、彼女はなぜか尾田に声をかけ、家に上げた。

いきなり車を貸してほしいと言う見ず知らずの尾田を、仏壇が置かれた和室の応接間に通すと、彼女は卓袱台《ちゃぶだい》を挟み、正面に正座した。そして、尾田に話をするよう促したのだ。

「なぜ、あの車が要るのですか」

だから尾田は、一生懸命、話した。

帯広に仕事で行ったこと。しかしウォールが現れ、帰れなくなったこと。人の厚意に縋《すが》りながらも、札幌と函館を経由し、津軽海峡を渡ってここまで辿り着いたこと。

それでもまだ、地元である神戸まではほど遠いこと。だから、何らかの移動手段を使って、神戸まで帰りたいと考えていること。いや――。

「俺は帰らなければいけないんです。神戸には娘が待っていますから」

「ええ。七つになります。彼女が神戸にいる。俺を待ってるんです。だから俺は、どうしてもあの子のところに帰ってやらなければいけない」

「娘さん、ですか」

「そうだったんですね……」

そう言って頷《うなず》いたきり、女が黙り込んだ。

廊下からコチ、コチと、壁掛け時計が時を刻む音が聞こえてくる。

無意識に数えたカウントが四十を超えたとき、女はぽつりと言った。

「……私は、工藤《くどう》むつみといいます。この町の生まれです」

青森特有の、アクセントが逆になるイントネーションで、彼女——むつみは続ける。

「ずっと、この町で育ってきました。高校を出て、水産加工の会社で働いていたときに夫と知り合い、すぐに結婚しました。十五年も前の話です。当時、夫はタクシー会社で働いていましたが、その後独立して、個人タクシーの運転手になりました。大間はマグロで有名でしょう？　観光客もそれなりにいますし、観光タクシーのようなことをして、結構収入もあったんです。私も仕事を辞めて、専業主婦になりました。子どもはできませんでしたが、幸せに過ごしてこられたと思います」

「あのタクシー、旦那《だんな》さんのものなんですね」

「ええ」

こくり、とむつみは頷いた。

「では、お借りするためには旦那さんにお聞きしないといけないでしょうか」

「それには及びません。彼はそこにいるので……」

そこ、と言いながら、むつみは後ろの仏壇を振り返った。

「四年前です。くも膜下出血でした。なんというか、あっという間の話で……」

「そうだったんですか……」

改めて、仏壇に飾られた写真を見る。自分よりも少し年上に見える、目尻の下がった優しそうな男の顔が写っていた。

無意識に手を合わせ、首《こうべ》を垂れた。

ふと、あのタクシーが綺麗に手入れをされていたことを思い出す。きっと、彼女にとって、あのタクシーは亡き夫の形見のようなものなのだろう。夫の思い出が詰まった大切な車。だからこそ夫を喪《うしな》ってからの四年間、むつみはあのタクシーをきちんと整備し続けていたのだ。

だとすれば、彼女があの車を手放すことはないし、きっと借りるのも難しいだろう。

やはり諦めるしかない、か――。

そう肩を落としたからこそ、次にむつみが言った一言に、尾田は心からびっくりした。

「私と一緒でよければ、あの車で行けるところまで行ってみませんか」

「……えっ？」

思わず目を瞬《しばた》いた。その仕草が面白かったのか、目元に笑い皺《じわ》を浮かべながら、むつみは続けた。

「さっき、困ったような顔でタクシーをじっと見つめるあなたを、ガレージの隙間から見て、私、夫が以前こんなことを言っていたのを思い出したんです。『タクシーってのは、人を運ぶのが本分なんだ』って……あのときの私は、夫がなんでそんな当たり前のことをしみじみ言うんだろうって不思議だったんです。でも、あなたを見ているうち、はっと気づいたんです。夫はきっと、タクシーで人を行きたい場所に連れていく仕事に誇りを持っていたんじゃないかって」

「………」

「あのタクシーには、今も夫が乗っています。だからやっぱり、お貸しするわけにはいきません。ごめんなさい……でもあなたの話を聞いて、私が夫の代わりに連れて行ったらいいんじゃないか。そんなふうに思ったんです。……それでは、だめでしょうか？」

「だめなものですか！　いえ、そう言っていただけるだけでもありがたいです。是非お願いします！」

尾田は恐縮しながらも深く、深く、頭を下げていた。

それから——むつみが運転するタクシーは、尾田を乗せて大間を出発した。

むつみは少し大きめの白手袋をして運転席に座った。年季の入ったそれもきっと、夫の遺品なのだろう。むつみは慈しむようにキーを捻《ひね》ると、エンジンを掛け、車を出した。

「とりあえず日本海側に出て、そこから西を目指して、行けるところまで行ってみましょう」

コラムシフトを操作しながら、むつみは言った。

「ガソリンは満タンです。予備もありますし、うまくすれば東京までは行けるかも……」

「ちょっと待って、工藤さんはここに戻ってこないのですか」

「戻ってこられればいいんでしょうけれど、たぶん、無理だと思います。ウォールがもうすぐそこまで来てるみたいですしね」

確かに、本州に上陸したという話を聞いた気がする。東側にある下北《しもきた》半島がウォールに蹂躪《じゅうりん》されるのも間もなくなのだろう。

「ガソリンがなくなったら、そのとき考えます。うまく避難ができたらしますし、できなくても、この車と一緒に夫に会いに行くだけです」

「………」

妻子を喪い、希望を失っていた三浦。むつみもまた夫を喪い、悲嘆に暮れている。彼、彼女にとって、ウォールとは何なのだろうか。人間を飲み込む恐怖そのものなのか。それとも、再び愛《いと》しい人と会うための扉なのか。

どれだけ考えたところで、所詮《しょせん》他人には彼らの心の内はわからない。だが確実に言えるのは、尾田に手を差し伸べてくれたということだけだ。

だから尾田は、言った。

「ありがとうございます。では、行けるところまで……よろしくお願いいたします」

むつみは、口元に笑みを浮かべると、タクシーの表示を「賃走」に変えた。

＊

「……それは本当か！」

北沢に、がっしりと肩を摑《つか》まれた。

唾《つば》が飛んできそうな距離。だが雪子は構わず、北沢よりも大きい声で返した。

「本当です！　北緯三十度地点、船が迂回《うかい》できたそうです！」

「どこの船だ？」

「福島第一原発の作業班が乗るシーボートです！　放射線事故の管理のために向かっていて……って、北沢さん、痛い」

「あっ悪い、ごめん」

肩に食い込んでいた手を離すと、北沢はすまなそうに首を垂らした。

そのしゅんとした所作に、昔実家で飼っていたゴールデンレトリバーを思い出しながら、雪子は続けた。

「その船に記者がひとり同行していました。私の知り合いの弟さんですが、彼らを通じて情報が入ってきたんです」

「情報の確度は間違いないんだな」

「はい。私が請け合います」

──川藤優璃に伝えた雪子の仮説。それは、福島第一原発の取材を続けている彼女の弟、小野田奏太のもとに届けられ、原発の職員と共有された。

そして彼らは必要に迫られ、その仮説を採用した。

北緯三十度地点で、彼らはウォールに突っこみ、東側へと抜けようとしたのだ。

「ということは……君の北緯三十度安全仮説も？」

「ええ、正しかったんです！」

雪子は、飛び上がって手を叩《たた》いた。

雪子のもとに電話が入ったのは、つい先刻のことだ。姉弟を経由して戻ってきた情報は、北緯三十度地点で人間とウォールが相互作用を起こさなかったという事実——すなわち、彼らが無傷であり、雪子の仮説が正しかったという証拠だった。

「これで、船や航空機の迂回点を北緯三十度に置くことができます！　さっき、ウォールの向こう側に船が通過するムービーも送られてきました。画質は粗いですが、説得力はあるはずです」

「そうか、証拠もあるのか」

「はい！　ですから今すぐ分科会を招集して、プロトコルを変更しましょう！」

雪子は勢い込みつつ、北沢に提案した。だが、北沢は——。

「…………」

しばし、何かを考えこむように沈黙した。

「どうしたんですか、北沢さん？」

「……分科会は、開催しない」

「えっ、何言ってるんですか？　分科会を開催しなきゃ、プロトコルが変えられないじゃないですか！　だめですよ、そんなの！」

プロトコルは避難の根幹を支える方針だ。

これを変更しないというのは、従前どおり北緯二十八度を迂回点とした、つまり国民の二割を見捨てる避難方針を維持するということになる。

それはおかしい！　と食って掛かろうとした雪子を制すると、北沢は言った。

「いや、プロトコルは変える。分科会には諮らない。俺の独断でやる」

「独断？」

「ああ。分科会を開く数時間も惜しい」

驚きに声を失った。だがその驚く暇さえも与えず、北沢は動き出す。

「君はその情報をすぐ委員全員と共有してくれ。『プロトコルは変える。分科会は開かないが、意見があればほしい』と北沢が言っていると伝えるんだ。その上で、俺がプロトコルを独断で改定する。今ならまだ間に合う。国民全員を救える」

国民全員を救える——その言葉に、雪子の背筋に感動にも似た戦慄《せんりつ》が立ち上った。

「わかりました。今すぐ皆に伝えます！」

「あっ、それと」

「なんですか？」

「君は、もっと先に行ってくれ」

「もっと、先……？」

もっと先とは、どういう意味だ——考え込みそうになる雪子に、北沢が言った。

「時間がない！　動きながら考えろ！」

「はい！」

そう、考えるのは後だ。

今は人々の命が懸かっている——心を切り替えると、雪子は踵《きびす》を返し、走り出した。

XVI 八月七日

そこは、一見して西側とまったく同じように見えた。

だが、陸に上がって黙々と1Fを目指す一向に同行しながら奏太が感じたのは、確かに、ここはすでに自分たちがいた西側とは明らかに異なる世界なのだということだった。

西側には、人間がいた。それが良きにつけ、悪しきにつけ、いずれ到達するであろうウォールに対峙《たいじ》し備え、迎え、逃げ、立ち向かい、戦い、あるいは諦《あきら》めるという意思が存在する世界だった。

だが、ウォールを越えた東側は、違った。

そこには、何の意思も存在していなかった。

ウォールに備えた後の、迎えた後の、逃げた後の、立ち向かった後の、戦った後の、あるいは諦めた後の、結果のみが存在する世界だったのだ。

痕跡《こんせき》は残っていた。ありあわせの資材で組み上げたバリケードや、積みあがった土嚢《のう》、幾台ものバスが通過したタイヤの跡や、武器のようなもの、激しい炎で焙《あぶ》られ黒ずんだアスファルト、そして、まるでその場で脱ぎ捨てたかのような衣服――人間の活動、あるいは人間そのものの残骸《ざんがい》とも呼べるものは、多少なりともまだ、そこかしこにあった。

けれど、当の意思がどこにもないのだ。

そのことがもたらす、果てしない違和感——。

この世界を形作っていたものが消えてしまっているという事実。その不気味さに、徒歩で港から1Fまでの長い距離を歩いた後、奏太はひとり問い掛けた。

——この世界は、復活できるのか？

言い知れぬ嘔吐《おうと》感に襲われ、思わずその場でしゃがみ込む。

だが——。

「小野田さん、大丈夫か？」

「疲れたら休んでてもいいぞ」

「無理すんなよ」

そんな彼を心配し、東班の人々がひっきりなしに話し掛けてきた。

まさにこれから1Fの常時管理を西班から引き継ぎ、廃炉から溢《あふ》れ出す放射線を抑え込むというミッションに挑もうという彼らが、長い航海の疲労感など微塵《みじん》も見せることなく、笑顔で奏太を気遣ってくれたのだ。

そのことに彼は、気力を振り絞り、再びペンを執った。

この人たちが持つ本質的な強さを書き留めなければならない。そう思ったのだ。

そして、八月四日。

予測されていた時刻、ウォールは1Fをゆっくりと通過した。

半透明の壁の向こうで、人影が車に乗って退避するのが見えた。ウォールが近づくぎりぎりまで戦った西班の彼らの無事を祈りつつ、ほんの数分の間を置いて、東班の面々がそれぞれの作業場に散っていった。大地震によってダメージを受けた1Fの管理を、注水を、不測の対応を止めないために――。

やがて、一夜が明けた。

1Fは表面上、平静を保っていた。

だが数分おきに、さまざまな状況が目まぐるしく変わっていた。放射線量は大きく上下し、その箇所も一定ではなかった。その都度臨機応変な対応が求められ、彼らには休む暇もなかった。作業する面々の被ばく線量もコントロールしなければならない中での、難しい作業――だが梶原は、数多《あまた》のトラブルにも冷静に、的確に指示を出し、1Fは壊滅の危機を免れたのだった。

奏太もまた睡眠は取らず、ただひたすら見たものを写真に収め、思ったことを書き留め、あるいはそのどちらも決して忘れまいと心に刻み付けていった。

飛び抜けていこうとする時間の中、ふと、彼はまた自らに問うた。

——この世界は、復活できるのか？

昨日は吐き気を催した自問。けれど今日は、自信を持って答えられた。

「できるに決まってんじゃん」

無意識に、けれど力強く呟《つぶや》きながら、奏太は、目の前で汗と泥まみれになって働く男たちをファインダーに収め続けた。

＊

道中、尾田は時々おかしなものを見た。

それは、東に向かってひれ伏す人々。

家の前で、道端で、あるいは広場に集まって——ひとりで、数人で、あるいは集団で、東の空に向かって膝《ひざ》を突いている人々がいるのだ。

彼らはまるで祈りを捧《ささ》げるように、口々に何かを唱え、畏怖《いふ》の表情を浮かべながら、身体を地面に沈めるような土下座をしている。

今までの土地では見られなかったもの。だが、道を進むにしたがい、その姿を頻繁に見掛けるようになってきた——。

「あれは、何なんだろう……？」

無意識に、尾田は疑問を声に出していた。

「……あれ、『愛信教《あいしん》』ですね」

その呟きを、ハンドルを握るむつみが、ややあってから拾った。

「愛信教……？」

「愛の信教会《まこと》ですよ。ご存じないですか？　三十年位前に……」

「ああ、そんなことがありましたね」

尾田は、かつて世間を震撼《しんかん》させたあの事件を思い出す。

まだ平成の初めのころ、愛の信教会という宗教団体が日本各地でテロを起こした。無差別に行われた酷《ひど》い事件で、これにより多くの人が犠牲となった。首謀者である教主は間もなく逮捕され、教団は瓦解《がかい》したと思われたが、別の幹部がその座を引き継ぎ、教団は存続することとなった。

体質が変わり、今は穏健な団体となっています——とは、当の団体の自己認識に過ぎず、いまだ公安はマークしていたし、当時の過激な思想を持ち続けている熱心な信者も少なからずいると言われ、決して油断ならないというのが世間の見方だった。

「今の教団は確か、このあたりに本部があるんです。だから信者をよく見るんでしょうね」

「詳しいですね」

「実は私、知り合いに信者がいて、一時期勧誘を受けていたことがあるんです。勉強会？　っていうんですか、そんなものにも参加したことがあって……」

「えっ、本当ですか」

「もちろん、お付き合いで仕方なくですよ。何度か勉強会には行きましたが、その後入信は丁重にお断りしました」

苦笑いとともに肩を竦《すく》めつつ、むつみは続ける。

「愛信教では神に五体投地で祈りを捧げるんです。手のひらを横にする独特の方法なんですが、あの人たちもそのやり方に倣っていました。なので、愛信教だとわかるんですよ」

「へえ……」

細かい様式の違いが、宗教の違いを表す。そういえば仏教ですら、宗派によって数珠《じゅず》の持ち方が違うことを、尾田は思い出した。

「でも、こんなときでも神に祈るんですね。敬虔《けいけん》というか、なんというか……」

苦笑する尾田に、しかしむつみは真面目な顔で答えた。

「……『神はこの世界において、最後の審判を行われます。しかし我々は、それを待ってはいけません。なぜなら、それはまさに今も下されているからです』」

「なんですか、それ」

「愛信教の教えです。勉強会で何回も繰り返し唱えるんで、覚えちゃって……でも、あの人たちを見ていてふと思い出して。きっとあの人たち、この教えを実践してるんだと思います」

「ウォールを、最後の審判だと思ってる？」

「おそらくは。大地震も来ましたし、そのときがやってきたと信じているのでしょうね。しかも彼らは、それを待ってるだけじゃいけないと教えられています。だから祈ってるんでしょうね。あんなに必死に……」

むつみが無意識にアクセルを踏み込んだのか、エンジンがぶぅんと唸《うな》った。

背中に慣性力を感じながら、尾田は答えた。

「祈る、ですか……待っているだけじゃダメだとしたって、祈る他にも何かすることがあるんじゃないでしょうか」

「生きる目的があれば、もちろんそうしてるでしょうね。でもきっと、あの人たちにはそれがない。だから、祈るんです。私には、そんな彼らの気持ちがよくわかります。だって私も、同じようなものでしたから」

「……………」

重い沈黙が、尾田とむつみとの間に流れた。

その息苦しさの中で、尾田はふと考える——今、日本にいる数多の人々は、何をしているのだろうか、と。

必死になって避難している者がいるという。政府の避難指示があり、ウォールを避けるための飛行機や船が用意されている、その情報を信じ港に向かっている者が多いと耳にした。

一方で、自暴自棄になり暴れる者もあるという。確かに物騒な噂は後を絶たないし、実際にそんな現場も尾田は目撃してきた。暴れずとも、神や教義に縋《すが》りひたすら祈り続けるだけの者、家に閉じこもりじっとそのときを待っているだけの無気力な者もいるだろう。それもまた、自暴自棄のひとつの表れのような気がした。

そんな自分はと言えば――ウォールを前に、足掻《あが》いている。

神戸に残した穂波に会うために、彼女を最後にもう一度だけ抱き締めるために、必死で足掻き続けている。

そして、尾田は知っている。そんな自分のために、家を貸し、船を貸し、車を貸し、食事を与えてくれる人々がいることも。

だから、思う。ウォールを前にして、人々は千差万別な姿を見せているのだと。

だから、訝《いぶか》った。俺たちは一体、何が違うのだろうか？

さまざまな言動の違いは、内在する何が原因となって生まれているのだろうか？

性格だろうか、それとも、環境だろうか。

感覚だろうか、それとも、知識だろうか。

怒りだろうか、それとも、哀しみだろうか。

希望だろうか、それとも、絶望だろうか。

だが、そこにいかなる違いがあろうとも、待ち受ける運命はシンプルな二者択一だ。

すなわち——生きるか、死ぬか。

ウォールという存在が詳《つまび》らかにするのは、言わば、相容《あいい》れない二つの結果を前にした人間が見せる多様な走馬灯だ。尾田には、そんなふうに思えて仕方がなかった。

——やがて車は、長岡《ながおか》から国道十七号線に入り、東京に向けて南下を続けていく。

一昼夜が掛かったものの、ガソリンを節約する運転は、意外なほどスムースで、車は八百キロ近い距離を走破し埼玉へとやってきた。

だが、さすがにここまで来れば燃料も尽きてくる。

さらに、路上に放置された乗用車が邪魔をし、東京を目前にした浦和《うらわ》で、道に車が列をなし、遂《つい》にそれ以上先に進めなくなってしまった。

一見すると大渋滞だ。だが、エンジン音は一切しない。どの車にもテールランプは灯《とも》らず、その運転席には誰も座っていない。

運転していた者、あるいは同行していた者は皆、動けなくなった結果車を降り、どこかへ行ってしまったのだろう。陸路で西へと赴いたのか、それとも避難のために港か空港へと移動したのかはわからないが――。

「……どうやら、私の役目もここまでみたいですね。ガソリンも、ほとんどなくなっちゃいました」

黄色い警告ランプが点《とも》ったメーターを見ながらそう言うと、むつみはエンジンを切り、その代わりカーラジオだけをつけた。

鳥のさえずりをバックに、ノイズ混じりのニュースが聞こえる。

『……関東近県にお住まいの方にお知らせします。ウォールは本日午後三時十五分、千葉県犬吠埼《いぬぼうざき》に上陸しました。付近の住民でまだ残っている方は速やかに警察または自衛隊の指示にしたがい、避難をお願いします。政府の発表では、国民全員がウォールを回避できる避難方法はすでに示されています。必ず救助されます。どうか希望を捨てず、落ち着いて、諦《あきら》めることなく、命を守るために行動してください。繰り返します。ウォールは本日午後三時十五分、千葉県犬吠埼に上陸しました……』

「ここにウォールが来るのも、時間の問題のようですね」

むつみが、カーラジオを切った。再び静寂が満ちる。

都心のベッドタウン。ウォールさえなければ、人々が賑《にぎ》わい、生活を送り、笑顔で行き交う時間帯。しかし今や人の気配と呼べるものはない。ただ――自分たちだけを除いては。

「……尾田さんは、出発しなければですね」

ややあってから、むつみが切り出した。尾田は「……ええ」とゆっくり頷《うなず》いた。

「ここからが俺の正念場です。正直、体力が持つかどうか自信がありません。……でも、神戸まで六百キロを切るところまで来ることができたんです。あとは、根性でなんとかなると思っています」

「そうですか。私も、健闘をお祈りしています」

「でも、工藤さん……本当によかったんですか。自転車までお借りしてしまって」

「ええ、もちろん」

むつみは口角を上げると、車を降り、トランクを開けた。

尾田も慌ててタクシーの後部へ駆け寄り、トランクから折り畳み式の自転車を下ろした。

「買ったはいいものの、長いこと使っていなかったんです。ほら、大間って寒くて雪が降るでしょう? 使う機会がなかったんです。物置でいつまでも埃《ほこり》を被《かぶ》っているくらいなら、尾田さんに使ってもらえれば、この子も本望ですよ」

「しかし、これ一台しかないのでは」

「いいんです。もう」

尾田の言葉を制すると、むつみは言った。

「言いっこなしです。私がすでに決めたことですから。貰《もら》ってください」

「……そうですか」

　ガソリンがなくなったら、そのとき考える。うまく避難ができたらするし、できなくても、この車と一緒に夫に会いに行くだけだ――むつみは前にそう言った。だから、彼女次第ではここに車を捨て、自転車に乗り換えて、より安全な場所を探して移動することもできるはずだ。

　でも、もうむつみにはそのつもりはないようだった。

　彼女は、夫の形見であるタクシーとともに、最期の時を過ごすつもりなのだ。

　意思は、固い。その気持ちが痛いほどわかったからこそ、尾田はそれ以上触れず、ただ一言だけを返した。

「では、お借りします」

「ええ、どうぞ。空気もしっかり入れておきました」

「何もかも、助かります」

　尾田は、食料を詰めたナップザックを背負うと、自転車に跨《また》がった。

　折り畳み式だが、造りはしっかりしていて、サドルの座り心地も悪くない。

　これなら、かなり走れそうだ。ハンドルを道の先へと向け、ペダルに足を掛けると、尾田はゆっくりりと、むつみの顔を見た。

「工藤さん、ここまでありがとうございました。あなたが助けてくれたお陰で、俺はまだ先に進める。本当に……本当に、ありがとう」

「こちらこそ、お手伝いできてよかったです。夫とも一緒に走れましたしね」

青森からここまで、すべての道のりをむつみが運転した。何度か運転を替わると申し出たが断られたのは、むつみにとって、きっとこの旅は亡き夫との語らいだったからなのだと、今さら気づいた。

むつみは、白手袋をゆっくりと外しながら言った。

「絶対に、娘さん……穂波ちゃんを抱き締めてあげてくださいね。約束ですよ」

「わかりました。約束します」

「では、尾田さん。どうか道中お気をつけて」

「あなたも。どうか、お元気で」

そして、ペダルを踏み込もうとして、しかし――最後に一度だけ、振り返った。

「工藤さん。どうか……生きて」

「はい。頑張ります」

むつみが、寂しそうな笑顔を口元に浮かべた。

前を向き、今度こそペダルを踏み込む。身体がふわりと浮くような感覚とともに、自転車はびっくりするくらい軽快に走り出す。

ふと、耳元ではためく風の音に紛れて、啜《すす》り泣きのような声が聞こえた気がした。

尾田はもう、振り返らなかった。

＊

──雪子は、考える。

ウォールとは、何なのか。

一言でいえば、それは時空の歪《ゆが》みだ。

この歪みは高次元においてS字に畳まれ、三重構造をなす。そして、これがサンドイッチの断面のように、三次元空間にと現れたものがウォールである。

基本的に、ウォールは物体と相互作用を起こさない。物体は空間に沿って存在するからだ。描かれた絵画がキャンバスを曲げただけでは失われないのと同じように、その空間が歪んでいるだけでは、物体が影響を及ぼされることはないのだ。

ただ、空間の歪みはそうだとしても、その間隙《かんげき》は、物体に影響を及ぼすことがある。

歪みは物体ではないが、振動している。その振動は固有の周波数を持ち、歪みの間にこれと同じ周波数を持つ物体がある場合には共鳴し、エネルギーが伝達される。このエネルギーは巨大なものであり、物体は瞬時にプラズマ化してしまう。

そしてこの固有の周波数が、人類のDNAのそれと一致している。

つまり、ウォールの三重構造に触れた人間は、全身にあまねく存在するDNAを介して巨大なエネルギーを送り込まれ、その部分から蒸発してしまう。

これは驚くほどの偶然だが、直視しなければならない恐ろしい現実でもある。

なぜならば、この原理によりウォールを直接防ぐ方法はないとわかるからだ。

人類のDNA以外に相互作用を起こすものがない以上、遮蔽《しゃへい》する方法はないし、空間そのものの歪みである以上、消去することもできない。まさに不可避の厄災なのだ。できるのはただ、これを回避することだけ。

幸いなことに、非連続的な透過率の違いから、ウォールの辺縁は二重構造となっていることがわかった。ウォールの重層構造の変化で間隙が変わり、その振動の固有周波数も変化する。すなわちウォールの辺縁、北緯三十度地点以南においては人類のDNAも影響を受けないのだ。

こうして、境界となる北緯三十度地点で迂回《うかい》することにより、ウォールを回避すること、これが日本人に与えられた、唯一の方法となった。

だが、本当に、そうなのだろうか？

——雪子は、考える。

今一度、整理する。

そもそも、ウォールは人体とのみ相互作用を起こすわけではない。

ウォールの表面に浮かぶマーブル模様。七色に輝く、あのシャボン玉の表面にもみられるような美しい模様は、なぜ現れるのか。

シャボン玉の模様は、泡膜により発生する。マイクロメートル単位の厚さを持つ膜の表面と裏面で反射する光が干渉するからだ。玉虫の美しい甲殻、あるいはある種の蝶《ちょう》の羽の色も、同様の原理で色づいている。つまり、あのマーブル模様は元をただせば光の反射が原因となってもたらされているのだ。

このことから、単純にこういう結論が導かれる。

ウォールそのものは——光を反射する。

言い換えると、ウォールそのものが光子《こうし》と相互作用を起こすのだ。

そもそも、ウォールには透過率という物理量が伴う。これこそ、光子とウォールとが相互作用を起こしている傍証だろう。

だと、すると——。

——雪子は、考える。

なぜ、ウォールは光と相互作用を起こすのか。

裏を返せば、光とのみ相互作用を起こすのはなぜなのか。

時空の歪みと光が相互作用を起こすメカニズムとは何なのか。

光子には質量がない。電荷も持たない。周波数とスピン角運動量を持ち、前者は電波から可視光線、ガンマ線までさまざまな放射となって現れる。

普遍的であり、かつシンプルな性質を持つこの素粒子にこそ、ウォールを直接的に回避するための解決策が、何か隠されてはいないか。

混乱する日本で、少ない時間の中で、それでも多くの論文を読み、ネットを通じて助けを請い、メールを交わし、時には話を聞きつつ、最新の知見に触れ、それらをまとめて理論を構築した後で、あるいはその理論をすべて破棄しながら――。

――雪子は、考える。

「君は、もっと先に行ってくれ」

あのとき、そう言った北沢の真意は何なのか。

改めて尋ねてみたい欲求に駆られる。だが彼は今も職場で缶詰になったまま、ウォールへの対応に追われている。彼にとって今は正念場であり、一分一秒も無駄にはできない。とてもじゃないが、雪子が邪魔をできるような暇は、今はない。

だから、雪子にできるのはただ、彼の真意を推測し、それに沿うよう行動するだけ。

北沢は何を言いたかったのか。彼は雪子に何を求めているのか。

もっと先、とは、何を指すのか。

私は、何をすべきなのか。

——雪子は、考える。

ひたすらに、考える。

ウォールがこの世に存在する意味について。

彼女がこの世に存在する意味について——。

XVII

八月一一日

ああ、きれいだ――。

夏の日本海がこんなに美しいものだと初めて知り、奏太は心の中で感嘆の呟《つぶや》きを漏らした。

山形県、酒田《さかた》市。午後六時を回り、柔らかな陸風が後ろから吹き付けてくる。誰もいない海水浴場の砂こそ流れ着いた流木で荒れているが、一旦《いったん》沖に目を向ければ、ラピスラズリを思わせる青が一面にたゆたっている。

じっと、このウォール後の景色を見つめながら、奏太は思う。

北緯三十度地点を迂回し、福島に上陸した後、東班は1Fを西班から引き継ぎ、繊細な常時管理を継続した。梶原による新オペレーションS1Fは見事に成功し、以後二日で放射線量は見る間に下がっていった。

それは、ウォールにも、大地震にも、放射線にも屈することなく、僅《わず》かな可能性に命を懸けて挑んだ彼らの勝利だった。

経緯はすべて、奏太のメモ帳に書き留められ、カメラに記録され、そして彼の脳細胞に焼き付いていた。何か手助けできたわけじゃないけれど、1Fの人たちに同行し、その勇気を見せてもらえたことは本当に光栄だった、と心から感謝した。

そして、引継ぎ後ちょうど丸四日が経ち、1Fも十分に安定したと思えたころ——梶原が、東班の面々を集めて言った。

「皆、本当にありがとう。皆の働きがなければ、この原発は本当に終わっていた。廃炉どころか、さらなる災厄をもたらすところだった。これが防げたのはひとえに、君たちのお陰だ。君たちは本当によく頑張った。心から礼を述べる。本当に……ありがとう」

梶原が、深く頭を下げた。

最初、部下たちは皆、戸惑っているようだった。終始厳しかった所長が突然、頭を下げたのだから当然のことだろう。だが、ふと彼らの誰かが、パン、パンと手を叩《たた》く。

パン、パン、パン——拍手だった。

それはやがて皆に広がり、万雷の拍手となる。

まるで彼らが梶原だけでなく、彼ら自身をも労《ねぎら》っているようだと、奏太には思えた。

長い拍手が収まると、梶原は言った。

「……本当は、皆に十分な休養を取ってもらいたい。風呂《ふろ》にも入ってもらいたいし、まともなメシを食い、布団で寝てもらいたい。そう思っているんだが……」

「雨とカップ麺と寝袋があれば大丈夫っすよ！」

ヤジが飛び、皆が笑う。梶原の口元も綻《ほころ》んだ。

「悪い。ウォールはまだ東京にあるそうだから、休息はまだ先だ。もうちょっとだけ頑張ってくれ。それに、俺たちにはまだ気掛かりなことがある。……他の原発だ」

梶原の表情が、引き締まった。

「日本には1F《ここ》以外にも原発がある。女川《おながわ》、東海第二、柏崎刈羽《かしわざきかりわ》……幸いにしてどれも地震の影響は受けていないと聞いているが、それでもウォールが通過した後にどうなったかが気掛かりだ。1Fのように通過後の人員が投入されていなければ、万が一が考えられる。そこに俺たちの力が必要かもしれない。あー、つまりだな……」

「見てくるついでに応援に行けってことですね」

「……そういうことだ」

部下の一声に、梶原は大きく頷《うなず》いたのだった。

そして即座に、東班からそれぞれの原発へ応援に向かう小班が編成された。各小班はそれぞれ数名。最小限だが、最低限のことだけはできる人数だ。それぞれの小班がバンに乗り、すぐに陸路で現地へ向かうこととなった。

「……小野田さんは、どうする？」

梶原に問われた奏太は、少し考えてから問い返した。

「一番大きい原発は、どこでしたっけ」

「柏崎刈羽だな。七号機まである。世界最大だよ」

「では、そこへ行きます」

奏太は即答した。

「いいのか？　無理するなよ、あんたはただの新聞記者だ。そこまで俺たちと一蓮托《いちれんたく》生《しょう》になる必要はないんだぞ」

「ここまでご一緒したっていうのに、ずいぶんとつれないお言葉じゃないですか？」

「そうじゃない。ただ……さすがに申し訳なくてな」

梶原が、後ろめたそうに目を背けた。

「俺はどういうわけか、周りの人間を振り回す運命にあるらしくてな。なんというか、周りが見えなくなるんだよ。そのせいで家族には迷惑掛けたし、まだ小さかった息子にも可哀そうなことをしたと思う」

「お子さん、いらしたんですか」

「ああ、基樹というんだが、もうずいぶん会っていない」

梶原は寂しげな吐息を語尾に含ませつつ、続けた。

「そんなこんなで、結果として今は独り身だ。因果応報というやつだな。同じことは部下たちにも言える。俺に関わる人たちにも……」

「だから俺にも申し訳ないと？」

「ああ、そうだ。言わば君は被害者だからな、俺の」

奏太は、梶原が今まで見せることがなかった、しょんぼりとした表情を見て、思わず噴き出した。

「被害者だなんて、大袈裟《おおげさ》ですよ。そんなふうに思っている人がここにいると思います? ひとりもいませんよ。もちろん俺も思っちゃいません」

「そうだとありがたいな」

「そうに決まってるじゃないですか。それに、大丈夫ですよ。俺たちはもうウォールの後ろにいる。何も怖いものはないんです。だったら俺も、後は自分がやりたいことを気が済むまでやるだけです」

「……そうか」

ありがとな、と梶原は鼻の下を掻《か》きながら、ほっとしたような、少年がはにかんでいるような顔で頷いたのだった。

その後すぐに、奏太を含む小班は柏崎刈羽原子力発電所へと出発した。

ウォールはまだ柏崎刈羽を通過していない。そこでまずウォールの東側を、東北道、山形道を経由して山形へと出る。それからウォールの後を追うようにして移動し、ウォールが柏崎刈羽を通過した後、現地に入る。そんな算段だった。

そして——今に至る。

「……きれいだなぁ」

水平線を見ながら、奏太は、今度は感想をそのまま口に出した。

太平洋の青とは異なる、もう少し灰色がかった深い色。もう日が沈む直前だということもあるが、その色の複雑さは、美しさを通り越し恐怖さえ覚えるほどのものだ。

波はほとんどなく、水平線が、夕日を受けて輝く白い雲の下にはっきりと見えている。

地球は、丸い。だからどんなに性能のよい望遠鏡があっても、海の向こうにある大陸は見えようはずもない。けれど、何かがあるような気がして、思わず視線が吸い込まれてしまった。

そう、凝視してしまうのだ。あの向こうに聳《そび》え立つウォールを想像して——。

——そのとき。

奏太の視線の先で、何かが光った。

天と地の境目の、色が変わるところに、ほんの一瞬現れた、燃え上がるような光点。けれどそれは鋭く、容赦なく網膜に突き刺さる。

思わず、目を細めた。あれはまるで、打ち上げ花火が虚空で花開くときに音もなく現れる、爆裂の光のような——。

そのとき、ふと奏太は言い知れぬ不安に襲われる。

あの光は――何だ？
正体はもちろん、わからない。だが、やがて頬を生暖かい潮風に撫《な》でられたとき、奏太はひとり、波音を前に身震いをした。

＊

「日本海で巨大爆発……？」

日が暮れる時刻、そんな情報が突如としてまろび込み、北沢と雪子が仕事を続ける事務室は瞬時に騒然となった。

「爆発って、一体……」

訝《いぶか》る雪子の横で、北沢が抑制した口調で、情報をもたらした部下に問いを投げる。

「とりあえず、状況を確認したい。爆発の場所はどこだ？」

「日本海上、東経百三十八度、北緯四十四度付近のEEZ水域内で、ちょうどウォールのある位置とのことです」

「北海道の目と鼻の先か」

手元のぼろぼろになった地図に目を落としながら、北沢は続ける。

「発見者は？」

「航空自衛隊です。スクランブル発進し、ウォール近傍で目撃したと……」

「自然爆発か？　火山か、あるいは隕石《いんせき》か？」

「その可能性は低いとのことですが……」

「とすると、人為的なものか。爆発の規模は」

「相当大きかったようです。爆煙が哨戒《しょうかい》機の高度まで吹き上がったとか」

「そこまでの……爆発、か……」

北沢が、顎《あご》に手を当てて考え込む。

その憔悴《しょうすい》した様子に、雪子は最悪の可能性にハッと思い至る。

——七月二十三日。ロシアと中国によるＮＰＴの破棄。

「まさか……核が」

「即断は禁物だ」

北沢は首をゆっくりと左右に振った。

「可能性は否定しない。ウォールの進路にはロシアと中国がある。ＮＰＴを破棄した彼らが今、脅威に対して核を使用しないという保証はどこにもない」

「でもウォールには物理力なんか、何の意味も……」

「ないだろうな。だが仮に無駄だとしても、彼らが核を使わないとは限らない。国内へのアピールのためにあえて使うという選択肢もある」

「…………」

もしも、核爆弾が使われていたとしたら――。

放射性物質の拡散による生態系への影響は甚大だ。大地震で被害を受けた福島第一原発の状況がやっと落ち着いてきたというのに、これでは台無しだ。

あるいは、国際情勢への影響も無視できない。侵略的意図がないとしても、核の使用はやはり禁じ手だ。それを使ったのがロシアか中国かは問わず、日本海を挟んでの紛争に発展するおそれがある。

いや、そもそも核が使われたとして、それが一発だけとも限らない。何発も、何十発もウォールに対して使用されたとしたら、その分だけ状況は深刻になるのだ。

そして、これらの混乱に対応できるだけの余力が、今の日本にはない――。

「……とにかく、今は情報だ。爆発が何だったか、正しい情報を探れ」

「はっ！」

北沢が、迅速に指示を飛ばすと、部下が事務室を出て行った。

それから、三十分ほどが経ち――。

彼は戻ってくるなり、北沢の促しを待たずに報告した。

「爆発はロシアの大規模爆風爆弾《MOAB》によるものであり、核ではないそうです！」

「……そうか」

フー、と北沢は長い安堵《あんど》の息を吐いた。

MOABについて、雪子は以前、核に次ぐ威力を持つ爆弾であると聞いたことがあった。

つまりロシアは、核には至らないぎりぎりのカードを切ってきたということになる。彼らもまた、それだけの切迫感を抱いているということなんだろう。

そのことの意味を当然理解している北沢は、再び険しい顔で続けた。

「投下の意図は？」

「ウォールの破壊です。ウォール近くまでMOABを輸送機で運び、投下したようです」

「だから空自がスクランブル発進したのか。それで、破壊できたのか？」

「いいえ。損傷ゼロだそうです」

「まあ、そうだろうな」

ククッ、と苦笑いを浮かべると、北沢は独り言のように続けた。

「核を使ったところで、ウォールに対する効果は変わりないだろう。だが、それが使用されることで日本が受ける影響は甚大だ。放射線だけじゃなくな……」

消えていく語尾。その靄《もや》のような吐息の中に、雪子は、日本が紛争に巻き込まれ、他国の思惑に翻弄《ほんろう》されていく姿を垣間見《かいまみ》て、ぞっとした。

「……ともかく、それは後にしよう」

北沢が、背筋を伸ばした。

「今はとにかく、やれることだけに注力する。ウォールはもう千葉市を越えてきた。ここまで来るのもあと三日、まさに正念場だ。それまでにできることは全部やろうじゃないか。大変だがあと少し、皆もどうか頑張ってくれ！」

吹っ切れたような口調で、北沢は周囲を鼓舞した。だが彼の眉間《みけん》には深い皺《しわ》が寄り、その表情も、以前にも増して険しかった。

XVIII
八月一四日

それは、静かに横切っていく。

それは、何も言わず、何も語らず、何も提示しない。

それは、何も聞かず、何も応じず、何も斟酌《しんしゃく》しない。

それは、何にも遮られず、ただ泰然自若として、東京の町並みを、高層ビルの谷間を、公園の木々を、開かずの踏切を、下町の古い平屋を、溝《どぶ》川に跨《また》るコンクリートの橋を、饐《す》えた地下通路を、芝生に覆われた河川敷を、六階建ての学校を、巨大なテレビ塔を、複雑な五叉路《ごさろ》を、七つの路線が乗り入れる巨大駅を、ノスタルジックな商店街を、ガラスと鉄のオフィス街を、煤《すす》けた煙突の立つ銭湯を、どこまでも長く続く陸橋を、細い路地裏の植木鉢を、時速〇・八キロメートルの速さを厳格に守りつつ、西へと移動していく。

終戦の日を翌日に控えた、午後二時——。

東京は今年一番の最高気温を記録した。

けれど、熱中症警報は発令されない。

それを受けるべき人間が、誰もいないからだ。

いや、正確には「誰もいないとされていた」と言うべきだろうか。

本当は、東京にはまだ多くの人々が残っていた。再三の避難指示にも従うことなく、自らの信念か、信条か、妄信か、あるいは正常化の偏見にしたがい、根拠の有無にかかわらず、頑《かたく》なな意思のもとにこの場に残っている人々が、まだ、少なからず存在していた。

何千人か、あるいは何万人か。誰も正確には把握していない。だが彼らは確かに、湿った都市のそこかしこに蠢《うごめ》いていたのだ。

彼らが一体、何をしていたのか――？

それは、彼らを見ていた目撃者もまた彼ら自身であり、後にウォールに飲み込まれてしまったため、事後ほとんど伝わることはなかった。だが、残されていた数多《あまた》の痕《こん》跡《せき》から、彼らが何をしていたのか後の日本人は知ることになる。

すなわち――。

彼らが、街を破壊して回っていたこと。

彼らが、茫漠《ぼうばく》とただその時を待っていたこと。

彼らが、敵対し、攻撃を繰り返し、時に殺し合っていたこと。

彼らが、互いに寄り添い、深く愛し合っていたこと。

彼らが、昼夜を問わずそこかしこを徘徊《はいかい》し、あらゆる犯罪を犯していたこと。

彼らが、じっとひとところに集まり、神に真摯《しんし》な祈りを捧《ささ》げていたこと。

けれど――。

そのすべては、ウォールにとっては、まったく関係のないことだった。

なぜならウォールは、何も言わず、何も語らず、何も提示しないから。

なぜならウォールは、何も聞かず、何も応じず、何も斟酌しないから。

つまり、ウォールは――ただゆっくりと、彼らに構わず横切っていくだけだった。

泰然自若として、時速〇・八キロメートルの速さを厳格に守りつつ、西へと移動していくだけだったのだ。さまざまな思い、欲望、記憶、人生を抱えた彼らを、七色にきらめく三重構造の表面で、ジュッと水滴がフライパンで弾けるような小気味いい音とともに、次々と飲み込みながら――。

――そして。

今年一番の最高気温をもたらした太陽が、富士山の雄大なシルエットの斜面から地平線の下へと沈もうとする時刻。

今度こそ、本当に――本当の意味で、東京から誰もいなくなった。

XIX 八月一七日

八月七日に埼玉を出て十日の間、彼は、あらゆるものを見たように思う。

決して、それまでの二十日間を超える旅で何も見なかったわけではない。むしろその二十日間こそ、それ以前の彼の人生で見聞きした物事の総量をはるかに超える出来事と対峙《たいじ》した、異常な日々だった。あれは間違いなく命を懸けた旅路であったし、自らの身体を痛めつけるような毎日に自暴自棄にだってなりかけた。一方では多くの人の心に触れ、彼らの善意に縋《すが》って移動を続けることもできた。そんな経験に、普通の人生で直面することはまずない。それくらい、濃密な二十日間だったのだ。

だが、その後の十日間は、その二十日間をあっさりと超えてきた。

より心を揺さぶられる、あらゆる人間の業が、彼を——尾田を待ち受けていたのだ。

——むつみと別れ、自転車で埼玉から東京に抜けた尾田は、国道一号線に出ると、そこからひたすら西に進んだ。

目的地は、穂波の待つ神戸だ。そこに行くためにどの経路を取るか少し迷ったが、最終的に彼は「できるだけ迷わない道」を選ぶことにした。土地勘がない道を行くのに、仮に迷ってしまえば、その分時間も体力も無駄になる。

この点、東海道ならば京都まで続く一本道だから迷うことはない。一号線はさらに大阪まで延び国道二号線に接続している。これは神戸までの一本道だし、そこまで辿《たど》り着ければ見知った土地だから、もう迷うことはない。

そうと決まれば、出発だ。

尾田は腹を括《くく》ると、ハンドルを西に向けた。八月七日のことだった。

ひたすら前へと進みながら、それでも不安がなかったと言えば嘘になる。東京から神戸。それは決して短い距離じゃない。それこそ札幌から函館よりもはるかに離れているのだ。

だが尾田は、こうも計算していた。ウォールは時速〇・八キロメートルの速さで西進しているのだという。一日にすれば、これは二十キロメートル弱の距離だ。裏を返せば、一日で二十キロ以上の距離を西に走破できれば、ウォールに追いつかれることはない。

道は必ずしも真っ直ぐではないから、もっと長い距離を移動する必要があるのかもしれない。起伏もあるから平地と同じように移動できるとも限らない。それでも、一日当たり二十キロは自転車ならば難しくない距離だし、たとえ自転車がトラブルで使えなくなったとしても、ぎりぎり歩ける道のりでもある。つまり、この「とにかく、少なくとも一日二十キロ移動できればよい」という指標があることが、神戸を目指す尾田にとって何よりの励みになっていたのだ。

そして実際には、彼は二十キロどころか、平均すると一日六十キロメートルで西に移動をし続けた。

それができたのは、まずルートに選んだ国道が一定程度整備された綺麗《きれい》な道だったから、そして、むつみから譲り受けた自転車が、思いのほか頑丈だったからだろう。

正直なところ、折り畳み式の自転車は当初、強度に不安があった。だが、乗ってみれば欧州製で作りは丈夫だったし、ギアも小さいながら五段のものが付いていてストレスなく漕《こ》げた。タイヤも太くしっかりしたもので、振動を直《じか》に拾うようなことがなく、ハンドルを握る手への負担も最小限で済んだ。

風を切って進みながら、尾田は、この自転車を譲ってくれたむつみに対し、心からの感謝を抱いたのだった。

だが、それからの道中は決して平坦《へいたん》でも平穏でもなかった。

むしろ、眼前に現れるあらゆるありさまに、尾田は心が張り裂ける思いだった。

例えば——町は東北地方以北よりもずっと、荒廃していた。

人口の多さ、密度の高さ、街の密集度のせいかもしれないが、その荒れっぷりは東北の比ではなかった。燃えて消し炭になった家屋があちこちにあったし、街道沿いの商店も、窓は軒並み破られ当然のように中が荒らされていた。黒煙が上がっていると思って近づけば、カー用品店のタイヤが燻《くすぶ》っていたし、乗り捨てられた車も至るところボコボコに凹《へこ》まされ、スクラップになっていた。

誰が、何の目的でそんなことをしたのだろうか。尾田が知る日本の街道沿いの、あのどこも判で押したように特徴のない、けれど長閑《のどか》で平穏な風景は見る影もなく、まるで戦争中ででもあるかのような不穏な雰囲気がそこかしこに漂うなんて――。

荒廃していたのは町だけではなく、人間の心もだった。

東北、関東では政府による避難が進んでいると聞いてはいた。だが、それよりも西になるほど避難は「後回し」になり、その混乱は人間の行動に顕著に表れていた。泣き叫ぶ子供を蹴飛《けと》ばす大人たち。女を追い掛け回す男たち。まさに今、老人の家から略奪する真っ最中の者たち。あるいは殴り合いの喧嘩《けんか》に興じる若者たち。そんなものを尾田は、あちこちで目撃していた。

そんな目を覆いたくなる光景を目の当たりにして、尾田は、吐き気を催すほどの嫌悪感を覚えた。人間の本性は、かくも醜いものか。困ったときに助け合うのが日本人の美徳だなどと言われながら、現に危難に直面するとこれほどの醜態を曝《さら》すのか。

しかし尾田が何より嫌悪したのは、そのすべてを無視して先に進む自分自身だった。

尾田は娘に会うためだけに西に進んでいる。だからすべてを見なかったことにしている。彼は、自分自身の目的のためだけに行動しているのだ。そんな自分が、彼らを非難できるのか？　尾田と同様、自分自身の目的のためだけに行動している彼らを、「お前の本性はそんなものか」と問い質《ただ》すことができるのか？

——救命《jiuming》！

北海道で耳にした子どもの声が、まざまざと蘇《よみがえ》り、尾田を責め立てた。

その感情が罪悪感と呼ばれるものなのかどうか、尾田にはわからなかった。罪悪感どころか、これこそが人間に内在する「悪そのもの」なのかもしれない、それを思うたびに後ろめたさで胸が締め付けられた。だが、湧き上がる負の感情のすべてに目を瞑《つぶ》ると、尾田はただひたすらペダルを漕いだのだった。

だが、世間は常に、悪ばかりでもない。

——八月十二日のことだった。

場所は静岡県のどこか。夜になり、尾田は街道沿いのドライブインの駐車場、その奥まった先にある住宅の隙間の、人目につかない場所を選び、身体を休める。

辺りはもう真っ暗だ。夜、光が灯《とも》らない生活にもすでに慣れた。僅《わず》かな月明かり、星明かりでもうっすらと周囲の状況がわかるようになった。明日《あした》の移動に備え、右手を枕に横になる。左手は自転車が盗まれないようスポークに絡めている。

耳元で羽虫が飛ぶ音を聞きながら、徐々に意識が遠のいていく。だが、眠りに落ちる寸前、腹がくぅと鳴って目が覚めてしまった。

「くそっ、腹……減ったな」

思わず、呟《つぶや》いた。三浦やむつみにもらった食料は尽きていた。二、三日は綺麗そうな川の水をがぶ飲みしてやり過ごしたものの、さすがに誤魔化せなくなっている。

商店やスーパーの食料品は当然のようにどこも略奪された後だったし、飲食店も同様だった。ウォールが近づき慄《おのの》く人々がまずすることは当然、当面の食料の確保だ。それが行われた後にのこのこやってきてももう遅い。

とはいえ尾田の道のりもまだ半ばだ。腹が空《す》いたままでは先に進めなくなる。現に、足にも力が入らなくなってきている。

このまま倒れるくらいなら、雑草でも何でも食ってみるか。あるいは昆虫も重要なタンパク源になるという。夜中でもうるさいほどセミが鳴いているのだし、あれを食えば少しは飢えが凌《しの》げるだろうか。さすがに、生で食う気にはならないが――。

「……ニャア」

いつの間に忍び寄ってきたのか、すぐ近くでネコが鳴いた。

尾田は飛び起きる。二つの光点がじっとこちらを見ていた。

息を潜めて見つめ合いながら、尾田は思う。ネコか。いいかもしれない。昆虫を食うよりも量があるし、肉なら食いでもある――。

「誰か、いるのか？」

ネコの後ろから、声がした。年を取った男の声だ。

ガサガサと草を掻《か》き分ける音がして、二つの光点の後ろ、暗闇に黒いシルエットが現れる。思いのほか小さいシルエットだ。そのシルエットが、再び警戒心を露《あら》わにして問うた。

「そこにいるのは、誰だ？」

尾田は、ややあってから、掠《かす》れた声で答えた。

「……腹が……減って」

「何？　腹が減った？」

「はい。何か……食わせてもらえませんか」

「……………」

そんな懇願を、いきなり見ず知らずの人間に対してするものか――と、長い沈黙の最中に気づいた。だが、何かを言おうとしても、それ以上言葉にはならない。

案の定、シルエットはネコをひょいと摑《つか》み上げると、そのままそそくさとどこかに消えてしまった。

行ってしまったか。はは、そりゃそうだ、こんな行き倒れの男を相手にするほうが危険だからな――。

そう諦念《ていねん》とともに納得し、再び横になる。明日はまず食えそうなものを探そう。木の皮や根っこ、もしかしたら実もあるかもしれない。すべてはそれからだ。

今度こそ意識が消えようかという瞬間、あのシルエットが再び、草を掻き分ける音とともに帰ってきた。

「……やる」

どさどさっ、とすぐ傍に何か重い物が落ちる音がした。

起き上がり、それを手にする。円筒形の、冷たくて固いもの。どれも大きくて、ずっしりと重く、そして十個以上はある——。

「これ……缶詰、ですか」

「ああ。食え」

老人はぶっきらぼうに言った。

暗闇の中、手探りでプルトップを開ける。パカンという音がして、同時に香ばしい匂いが鼻腔《びこう》をくすぐる。箸《はし》もないまま、行儀も関係なく、指先を突っ込むと中のものを口に入れる。固形物が喉《のど》を通り過ぎてから、それがたぶんサバであったことに気づく。けれど味わう余裕もないまま、尾田はそれを喉の奥に押し込むようにして、胃袋へと送った。

「……家がないのか。うちで休んでいくか」

老人が言った。

「いいえ……俺は神戸に、行かなければ」

むさぼり食いながら、答える。

「神戸か。遠いぞ？」

「娘が、いるんです」

「そうか。難儀だな」

簡素なやり取り。だが老人の声色から、警戒の色は消えていた。

尾田が缶詰をひとつ、汁まで平らげたころ、老人は続けた。

「残りは全部、持って行け」

「いいんですか、しかし、あなたは……」

「持ってけ！」

怒るような口調とともに、老人がその場を立ち去ろうとする。

「すみません、あの……」

尾田は、老人を慌てて呼び止める。

「恵んでくださって、ありがとうございます。あの……お名前は」

「……知らん」

尾田の質問には答えず、それきり、シルエットが再び闇に紛れた――。

神戸までの五日間を食い繋《つな》げたのは、この名も知らぬ老人のお陰だった。

老人だけじゃない。本当は、多くの人の優しさが道中にいくつもあった。

チェーンが外れ、ギアへの嵌《は》め方がわからず困っていたときに、それをてきぱきと直してくれた人がいた。

突然降り出した夕立の中、廃屋のようなバス停で雨宿りしながら震えていた尾田に、雨合羽《あまガッパ》と携帯用カイロを幾つも差し出してくれた人がいた。

転んで膝《ひざ》を擦りむいたとき、心配そうに絆創膏《ばんそうこう》を持ってきてくれた人がいた。

野宿をしていて目が覚めると、身に覚えのない毛布が掛けられていることもあった。

道端で休憩している尾田に、ひと粒の飴《あめ》をくれた子どもがいた。

名前を告げることすらなかった彼らは、しかし、こんな大混乱のさ中にあってさえ、荒廃した町の家の中から、避難するためのバスの中から、渋滞に立ち往生する車の中から、困っている尾田を見つけては声を掛け、無償で手を差し伸べてくれたのだ。

一体、これを人間の善と言わずして、何と言うのだろうか。尾田はその都度、涙が出るほどの感謝を覚えたのだった。

そして、十日間であらゆる悪意を見た尾田は、しかし、三浦正人、工藤むつみ、その他たくさんの人々の善意に支えられながら、八月十七日、遂《つい》に——目的の場所、神戸へと辿《たど》り着いたのだった。

春日野道《かすがのみち》の自宅から、残されていたメモを頼りに避難所に指定されていた小学校の体育館に赴くと、足の踏み場もないほど人がごった返していた。

聞けば、ここは、これからウォールを迂回《うかい》して避難する船に乗るための待機場所になっているのだという。もちろん自宅で待機していてもいいのだが、治安が悪くなっているため、却《かえ》って皆でいたほうが安全だ、と考える人が多いらしい。

人々の間に分け入ると、皆、尾田のことをぎょっとした目で見た。

そりゃそうだ、と尾田は思う。何しろ帯広からここまでのひと月近い道のりを、野宿を繰り返しながらやってきたのだ。こんなぼろぼろの不審人物が突然入ってきたら、驚いて当然だろう。

だが人々は、一瞬の驚きの後、次々と話し掛けてきた。

「あんた、一体どないしたんや？」

「泥だらけやないの！　お水あるけど、飲む？」

「メシ食うてないんやろ、あっちでご飯配ってはるよ」

面識はないにもかかわらず、心配してくれている。その人の情が本当にありがたいと感謝しつつ、尾田は言った。

「すみません、娘を探しているんです。この避難所にいるはずなんですが……」

「名前は？」

「穂波……尾田穂波といいます。八神春江さんという方と一緒にいると思うんですが」

自宅のメモには、春江の字で「穂波ちゃんと一緒に避難所に行きます」と書かれていた。

「なんやあんた、春江さんの知り合いか！」

「春江さんなら確かあっちにおったで？」

「私、呼んでくるわ！」

人々が、尾田のために腰を上げたそのとき——。

「……おとうさん！」

聞き慣れた声が、背中から聞こえた。

それは、夢にまで見た声だった。その声を聞くために彼は、ウォールに追い立てられながらも、自分の足で、命懸けで、そしてあらゆる人の善意に助けられながら、ここまで長い旅を続けたのだ。

胸に湧き上がる感情を堪《こら》えながら、尾田は振り返る。

愛《いと》しい娘の姿が、あった。

一瞬これは——夢なのかと思う。

だが、長い距離を渡り歩いた足の裏の痛みが、彼をすぐ現実に引き戻す。

夢じゃない。これは、現実だ。

娘はすぐ、そこにいる。

そこに、いるのだ。

「おとうさん！　ああ、おとうさんだ！」

彼女が、前歯の抜けた口を大きく開けて、満面の笑みを見せた。

尾田は一瞬、迷った。

寂しい思いをさせてごめんねと謝ろうか。

それとも、ひと月で大きくなったねと言おうか。

会えて嬉《うれ》しいよと微笑もうか。

いや――今すべきは、ただひとつ。

「……穂波」

それだけを言うと、穂波の手を握った。

あまりにも小さな、七歳の娘の手。けれどそれは、彼がこれまでに触れたどんなものよりも温かかった。

その瞬間、尾田は誓った。

俺はもう、この手を二度と放さないと。

何があっても、この小さな娘の傍にい続けると。

たとえウォールがあと二週間でここに到達するとしても、穂波のことだけは絶対に守り抜いてやると。

「おかえり、おとうさん！」

穂波が、生気に満ち溢《あふ》れた声で叫んだ。

尾田も、零《こぼ》れ落ちる涙とともに、滲《にじ》んだ声で答えた。

「ああ。ただいま……穂波」

XX　八月二〇日

日本海は、さざ波が立つ程度には穏やかで、海上保安庁の船もほとんど揺れることはなかった。

それでも、船に慣れていない雪子には厳しく、さっきから不快感に終始ふらついている。自分の身体の弱さがゆえか、それとも拠点が東京から京都に移ってからも続いた連日の激務が祟《たた》ったか。だが弱音を吐いている場合ではない。やるべきことをやらねば。北沢の期待に応《こた》えるためにも、もっと先に行かねば――雪子は自分自身を叱咤《しった》すると、すっくと立ち上がる。

相変わらず強い日差し。だがほんの少しだけ、初秋の愁いの色合いを帯びている。早々に夏も終わろうとしているのだろうか。あれはいまだ、じわじわと日本を責め立てているというのに――。

船の甲板に出ると、雪子は見上げる。

――ウォール。

太陽を透かすようにしてきらきらと輝く壁が、飽きもせず海上を一直線に延びている。

この半月ほど、北沢とともにウォール対策に奔走しながらも、その一方でただ回避するだけではない、別の方法でウォールに対抗する手段がないか考え続けていた。

具体的には――ウォールを破壊する方法。または、無力化する方法だ。

ロシアが撃ち込んだMOABは、ウォールに対してやはり何ひとつ影響を及ぼさなかったことが、その後の調査で判明した。ロシアもそのことが理解できたのか、さらなる攻撃――例えば核弾頭を用いたより強力なもの――が行われることはなく、静観を続けている。

つまり、物理的強制力はほぼ無意味である。これが現状の、共通した見解だった。

しかし雪子は、こう考えた。

物理的相互作用を起こさないように見えるウォールがただひとつ、反応するものがある。

それは、光子だ。

ウォールに七色のマーブル模様が浮かんでいるのが、まさにその証《あかし》だ。

だとすると、光子――光――つまり電磁波こそが、ウォール対策に直接的な突破口を与える鍵《かぎ》となるのではないか。

だから彼女は、さまざまな仮説を携え、日本海までやってきたのだ。

船が徐々に東進し、ウォールまで約百メートルの距離まで近づく。

海保の船員が雪子に合図を送った。これからしばらくの間、優秀な操舵士《そうだ》は船を操り、移動するウォールと等距離を保ってくれるだろう。

「……よし！」

大きく頷《うなず》くと、彼女は、用意していた機材を甲板にセットする。

そして、あらかじめ考えていた実験を速やかに実行に移した。

例えば、あらゆる波長の電磁波の照射。あるいは、レーザー光もさまざまな角度から当ててみる。エックス線や、放射性物質を使ったガンマ線。光波の方向により生ずる偏向も考慮しながら、いくつもの実験を繰り返していく。

実験はすべて、用意してきた仮説を検証するものだった。それがひとつでも正しければ、ウォールの表面には何らかの変化が現れる。そうなれば、あとはその現象を突破口として、ウォールに文字通り風穴を開けるための具体的な方法が見いだせるに違いない。そんな期待を胸に、雪子はひたすら実験を続けた。だが――。

いつの間にか、夕刻になっていた。

天頂付近にあった太陽が、今はウォールと反対側の水平線の上で、赤く色づいている。

日陰に入ることなく半日続けた奮闘に、肌がひりひりと焼けているのを感じながら、雪子は、長い溜息《ためいき》を吐いた。

やれることはすべてやった。

考えてきたことにはすべて取り組んだ。

言い換えれば、ここで無駄になったものはひとつもなかった。なのに——。

——ウォールは、びくともしなかった。

風穴が開くどころか、何をしても一切変化することなく、涼しい顔でそこに在《あ》り続けたのだ。

つまり、実験はすべて失敗に終わった。

もしかしたら、雪子の仮説がどれも間違っていたのだろうか？

直感で、その可能性は低いと感じた。現に七色の表面が見えているのだから、何らかの光子が突破口を開くという私の仮説だって正しいはずだ。だが、それでさえすべて失敗したのならば、考えられることはただひとつ。

光と人為的に相互作用を起こさせるには、あまりにこちら側のエネルギーが小さすぎる、ということ。

ウォールは変化しなかったのではない。変化の割合が小さすぎて検出すらできなかったのだ。

そしてこの結論は、その先に目を背けることのできない事実を雪子に提示する。

たとえウォールに風穴を開ける方法があったとて、それを実現するためのエネルギーを人間が生み出すことはできない。

つまり――人類はどう足掻《あが》いても、ウォールには勝てない。

「……嫌だ」

雪子は無意識に、呟《つぶや》く。

敗北宣言はしたくなかった。せっかく北沢から受けた付託を、彼の信頼を、「不可能」の三文字で裏切るわけにはいかない。私はまだやるべきことをやっていないのだ。ウォールを倒すという使命を、果たしていないのだ。

なのに――もう仮説はなく、方法も何ひとつ思い浮かばない。

やるべきことが、ない。

そう、雪子は認めなければいけないのだ。私にはもう、できることは何もないのだと。

「…………」

不意に、頰が冷たくなった。

手を当てると、濡《ぬ》れていた。そのときになってようやく、溢れる涙で視界がひどく滲《にじ》んでいることに気づいた。宣言するまでもなく、もう負けているのだ。その事実が悔しくて、悲しくて、申し訳なくて、気が付けば嗚咽《おえつ》が止まらなくなっていた。

雪子はそのまま、甲板にへたり込むと――泣いた。

もう涙を止めることはできなかった。誰に見られているのも構わなかった。ただ、今も見下ろすウォールだけが恨めしく、それを見上げ、睨《にら》み続けながら、声を上げて泣き続けた。

そして、彼女が感情を爆発させてから、十分が経過した、そのときだった。

驚くべきことが起きた。

不意に、見上げ続けていたはずの空から、あの七色のマーブル模様が——消えたのだ。

——えっ？

雪子は目を瞬《まばた》く。だがその視線の先に、やはりあの見慣れた模様は見当たらない。

思わず立ち上がり、周囲をきょろきょろと見回す。

だが、見当たらない。

どこにもない。

ない。

忌々《いまいま》しく、禍々《まがまが》しいあの壁が、ない。ウォールが、ない。なくなった。——消えた。

「……えっ？」

雪子は、呆然《ぼうぜん》とした。

今、自分が見たものが信じられなかった。今、目の前にある状況も信じられなかった。
今の今まで、ずっと存在してきたものが、今、嘘のように消え去ってしまっている。
夢だったのか、幻だったのか。それとも、今が夢なのか、幻なのか。
戸惑うまま、雪子は甲板でひとり立ち尽くす。
だから、異変に気付いた船員が騒ぎ始めても。
燃えるように赫々《かくかく》と揺らめく太陽が沈んでも。
空が深い藍色《あいいろ》から、漆黒の闇へと染まっても。
頭上を貫く天の川に、ひたすら嘲笑《あざわら》われても。
彼女はじっと、立ち竦《すく》んでいるしかなかった。
今はもう何も存在しない虚空を見上げながら。
己の無力感に、魂の芯《しん》から苛《さいな》まれながら——。

＊

「嘘だろ?」

その一報を知らされたとき、奏太は夜の柏崎刈羽原発にいた。

彼がここに到着したのは、ウォールが通過した直後の八月十八日だった。

以来二日間、奏太は原発の維持管理作業に奔走する人々の取材を続けていた。

ウォール通過直後、ここにいたのは福島第一原発から応援に来た数名だけだった。

だが数時間後には、ウォールを迂回《うかい》してきたという作業員が何人も、半日後には何十人もやってきて、原発はウォール通過前と同じように粛々と動くことができていた。

だから、それから二日が過ぎた今、奏太はふと、自分の取材の止めどきについて考えるようになっていた。

1Fは沈静化した。応援に来た柏崎刈羽も落ち着きを取り戻している。

もはや、俺がここにいるべき理由は、どこにもないのではないか――と。

けれど、すぐに思い直す。

ウォールはなおも本州を縦断し続けている。

ウォールは通過しただけで、消えたわけではない。

ウォールがある。まさに今この日本にいる。状況は何も変わっていないのだ。ならば、それがある以上、記者として取材を続けなければならない。

俺には少なくとも、その責務がある――そう決意した矢先だったからこそ、奏太は心の底から驚いたのだ。

「ウォールが消えたって……マジですか？」

「そうらしい。本社から無線が飛んだ」

柏崎刈羽で知り合いになった初老の作業員が、ぶっきらぼうに答えた。

「ついさっき、日本海にいた海保の船が目撃したそうだ。夕方くらいにウォールがいきなり消えたんだと」

「それ、本当のことなんですか」

「ああ。まさに忽然《こつぜん》とだったらしいぞ。初めは単に見えなくなっただけかと疑ったそうだが、その後、行き来ができることを確認したと」

同じような報告が長野や静岡からも来てるそうだ――と、作業員は、淡々と答えた。

「ウォールは、消えた。完全に……」

「そういうことだな。まあ、色々と助かったわな」

「………」

ウォールは、消えた。完全に――。

今、自分が口にした言葉を、噛《か》み締め、心の中でも繰り返す。

だがその意味を、奏太はすぐに咀嚼《そしゃく》も嚥下《えんか》もできなかった。日本に壊滅的な被害をもたらしたあの災厄が、こうもあっさり消えることがあるのだろうか。対処することもできないままじわじわと追い立てられ、ようやくその南端を迂回することでしか回避できなかったあの壁が、突然、嘘のようになくなってしまうだなんて――。

呆然としていた奏太は、ややあってからハッと我に返ると、彼に問うた。

「……あ、あの、皆さんはこれからどうするんです？」

「俺らか？　俺らは、そうだなあ……」

作業員は、きょとんとしたような表情で二秒考えてから、答えた。

「仕事するだけだな。俺らは」

「仕事……」

「ああ。働くのさ」

汚れた作業服で、汚れた工具を手に、作業員がニッ、と黄ばんだ歯を見せた。

──働く。

ああ、そうか──悩むことなんか、何もなかったんだ。

ウォールがあったって、なくたって、今、俺のするべきことは、常にたったひとつじゃないか。

ふと、奏太は自分の中で何かが吹っ切れた気がした。そしてひとつ頷《うなず》くと、持っていたメモ帳を握り締め、彼もまたニッと笑い返した。

＊

体育館の外はもう、暗くなっていた。

この避難所に着いてからの三日間。関西はあまり天気が思わしくはなかった。常に曇っていたし、時々は雨も降った。けれど、夏の今、太陽が陰に隠れたままでいてくれることは率直にありがたかった。体育館にはクーラーが入っていたが——関西以西ではまだ電気が使えた——お世辞にも十分に効くとは言えなかったし、これだけの人間が集まっていれば自《おの》ずと熱が発生する。夜になれば避難所は嫌になるほど蒸し暑かった。

それでも、野宿を繰り返したこのひと月よりは余程ましだと尾田は思った。屋根のある場所で、食事にありつけ、多少なりとも身体が清潔にできるだけでも十分だ。むしろ、穂波と一緒にいられることのほうがありがたく、それだけでも心から幸せだと言えたのだ。

ただ、ウォールが徐々に近づいているのも事実——。

自分たちが避難できる順番がいつ来るのか。政府は必ず全員を助けられると豪語しているが、本当にウォールが到達する前に避難が始まるのか、ひどく不安だった。

だから不意に、避難所のラジオがその臨時ニュースを流したとき、穂波を膝《ひざ》に抱きながらそれを聞いていた尾田は、心底驚いた。

「えっ、今、何て言った？」

思わず呟《つぶや》き、周囲を見る。

周囲で尾田と一緒にラジオを聞いていた人たちも、同様に驚いた顔をしている。

ややあってから横で、春江が掠《かす》れ声で言った。

「い、今……消えた言うたよね？」

「あ、ああ」

「……あれ、ほんまなん？」

「わからん……」

首をゆっくりと左右に振ると、尾田は再び、ノイズが混じる臨時ニュースに聞き入った。

『……ただ今、内閣府の京都臨時事務所が発表したところによりますと、午後六時ごろ、ウォールが消滅した可能性が高い、とのことです。繰り返します、ウォールが消滅した可能性が高い、とのことです。政府は現在事実確認を行っていますが、この情報は日本海でウォールを観測していた海上保安庁巡視艇、長野県庁対策本部、並びに静岡県警において確認したものであり、日本の全域においてウォールの消滅が推定される事象であるとのことです。繰り返します。午後六時ごろ、ウォールが消滅した可能性が高い、とのことです……』

報じるアナウンサーの声色が、昂《たかぶ》っていた。

「やっぱり、ウォール消えたん？」

「……らしいね」

「ほんまなん？　ねえ、ほんまなん？」

「ああ……そうみたい」

春江の声も、尾田の声もまた、明らかに昂っている。

周りの人々も、口々に上ずった声で話し始めた。

「てことはもう、避難せんでええの？」

「わしら、助かるんか？」

「これって夢じゃあらへんよね？」

「ほんまやったらこれ、えらいこっちゃで！」

会話はやがて、歓声へと変わっていく。それは、災厄が突如として消えてしまったことに対する喜びと困惑が綯《な》い交ぜになった、どよめきに近いものだった。

尾田も、湧き上がる安堵《あんど》とともに、とめどない戸惑いを覚えていた。

本当に、俺たちは、助かったのか？

ウォールが消えたとして、本当に——俺たちは助かったと言えるのか？

「……ねえ、おとうさん？」

膝の上で、穂波が問う。

愛《いと》しい娘の、確かな身体の温かさに、尾田はハッと我に返った。

「ウォール、消えちゃったの？」

「ああ、そうだね。消えちゃったね」

「そうなんだー……」

ややあってから穂波は、子どもらしい暢気《のんき》で無垢《むく》な口ぶりで訊《き》いた。

「ねえ、ウォール消えたら、これから大変じゃなくなる？」

「どうだろうね……」

少し考えて、答えた。

「……大変かもしれないし、そうじゃないかもしれないね」

そう言ってから、気付いた。そうだよ。そうじゃないか。ウォールが消えたって、
俺たちは大変かもしれないし、そうじゃないかもしれないんだ。

先のことなんかわからない。すべての出来事は偶然でどちらにも転び得る。大変か、そうじゃないか。消えるか、消えないか。一緒にいられるか、いられないか。出会えるか、出会えないか。そして——生きるか、死ぬか。

だが、今の俺は知っているのだ。少なくとも俺たちは今、生きていると。

生きていればこそ絶望もあるだろう。おぞましい悪意に触れることもあるだろう。

けれど、生きていればこそ確かな希望もある。善意に助けられ、打ち震えるような瞬間にも、確かに出会えるのだ。

だから——。

「あたし、どっちでもいいよ。おとうさんと一緒なら」

「……そうだね。おとうさんも、同じだよ」

尾田は優しく答えると、穂波の身体を優しく抱き締める。

体育館の開け放った扉から、心地よい雨上がりの風が吹き抜けた。

XXI　九月二四日　エピローグ

久し振りに戻ってきた霞が関は、夏の喧騒《けんそう》をそのまま残していた。

事務室はあのときのまま書類が積まれ、机も椅子も今しがたまで人がいたような乱雑さで散らばっている。ごみ箱にもペットボトルや弁当ガラが、片づけられることなく大量に残っていた。

北沢は、それらを横目に自分の席へと戻り、腰掛ける。

使い古したぼろぼろのチェアがギィと苦し気な声を上げた。ああ、紛《まご》うことなき俺の席だと思いながら、ふう、とひとつ溜息《ためいき》を吐くと、目の前でふわりと埃《ほこり》が舞った。

そのときになって初めて、北沢はようやく、ひと月以上のブランクが確かにあったのだと理解した。

八月十二日の夜。目前まで迫るウォールを避けるため、北沢たちは拠点を京都に移した。

その翌々日、ここをウォールが通過した。

そして八月二十日。国民避難プロトコルが六割終了し、ウォールが新潟の上越《じょうえつ》市と静岡市を結んだ線に至ったとき、それはいきなり消滅した。

文字通り跡形もなく、消えてしまったのだ。

まったく前触れはなく、理由もわからないこの突然の出来事に、誰もが混乱した。

ウォールは本当に消えたのか？　あるいは、また復活するのではないか？　そもそも自分たちはこれからどうすればいいのか？　戸惑いは尽きることなく、問いの先はそのまま政府へと向かった。だからその後、北沢の指揮の下、さまざまな調査をたっぷりひと月行い、その結果として、夏も終わりの九月二十日、政府としての正式な表明を行ったのだ。

ウォールの完全消滅を確認。避難プロトコルも中止する――と。

「……というわけで、これからだ」

誰にともなく、独り言を呟いてみた。

ウォールは消えた。プロトコルも中止した。だが仕事はまだまだたっぷり残っている。

避難により混乱した国民の救済。支援物資の配布と壊れたインフラの整備。人々が元の生活に戻るためのお膳立《ぜんだ》て。ウォール禍中の犠牲になった者の洗い出し。徴発した飛行機や船舶の補償問題。ウォールの犯罪行為に対する取り締まり。莫大《ばくだい》な損害に対する復興予算の組上げ。諸外国への援助要請とMOAB使用に対する抗議。思いつくだけでもざっとこれくらいだが、きっとまだある。問題はとにかく、山積みなのだ。

ただ、すべてはこれからだ。迷っている暇などない。

まあ、考えてみれば、ウォールが発生してからというもの、ずっと迷っている暇はなかったんだよな――と、北沢はひとり苦笑いを浮かべた。

そのとき、ふとあの嫌みが脳裏に蘇《よみがえ》る。

――どうせ国交省からの出向で、腰掛け気分なんだろ？

あのとき、北沢は枩倉に何も言い返せなかった。指摘は正しいと思っていたからだ。二年契約の出向が終われば古巣に戻る、内閣府での仕事は単なる休憩、一休みの期間なのだと、彼は事実そう思っていたのだ。

けれど今、北沢はこう考えている。確かに俺は、腰掛け気分でここにやってきた。だが、いったん腰掛けてしまった以上、この席にいる俺は、責任をまっとうするべきなのだと。

腰掛け気分？　結構。それを死ぬまで続ければいいだけのこと。

二年契約？　知るか。仕事が終わるまでは居座ってやる。

この軋《きし》む椅子に座り続けてやるとも。少なくとも、日本からウォールの傷が癒《い》えるまではな。

幸いなことに、今や北沢を阻む者はいない。

枩倉は京都で塩漬けになった。山之井もしばらく声を聞いていない。当初の分科会にいた楽観論者たちも、いつの間にか影を潜めてしまった。今では、上層部にも、部下にも、周辺にも、あの山ほどいた北沢の壁《ウォール》となっていた者たちはいない。

死んだわけではないと思う。だが、消えてしまったのは確かだ。

過ちを認めて自ら身を引いたのかもしれない。良心の呵責《かしゃく》に耐えかねたのかもしれない。あるいは、非難の大きさに恐れをなしたのかもしれない。いずれにせよ巨大な壁を乗り越えることができなかった彼らは、当然のように壁の向こう側に取り残され、今ここにその姿はないのだ。

そう考えると、これもまたウォールと同じなのかもしれない。

乗り越えられたものは生き残り、乗り越えられなかったものは消えていく。

そして、乗り越えられた者に再び、試練が待っていることも──。

だから彼は、心の中で呟《つぶや》いた。

──それも、自然の摂理というものか。

「さあ、仕事だ」

自らを鼓舞させる一言。気合とともに、北沢は受話器を取り上げた。

素早く打ち込む番号は、彼女の──今は渋谷《しぶや》にいる、信頼する仲間《バディ》の携帯電話だった。

「はい、物資は十分に揃っています！　ただ人手が圧倒的に足りないですね。まさに猫の手も借りたいというか。……ありがとうございます、そこはお任せします。ではまた……あっ北沢さん、最後にひとつだけ。今日こそしっかり寝てくださいよ？　あとご飯もしっかり食べて。さもなくばいよいよ倒れますからね！」

そう言うと、雪子は電話を切った。

＊

それから、ふう、とひとつ溜息を吐き、空を見上げる。

午前中の雨は、秋雨前線が通過した後、嘘のようにからりと上がっていた。雲はまだらに残っているが、間もなく消えるだろう。そして雨上がりのこの場所に、やがて人々が殺到することになる。元々この地域で暮らしていた人々が――。

公園に設置されたテントには、人々に配布する物資が山と積まれていた。主に水、食料、そして衛生用品であり、当面の生活を支えるものだ。東京にもようやく一定のインフラが戻ってきたが、地域によってはまだ稼働していないところもある。そもそも物流が滞っているので、こういう支援が絶対的に必要だ。インフラを破壊したのはウォールではなく、自暴自棄に陥った人間自身であり、それゆえ今、人間自身が迷惑を被っているのは皮肉なことだ。

結局、人間を苦しめるのは、人間自身なのかもしれない。

だが、そんな人間を救うのも、また人間自身だ。

「……というわけで、これからだ」

誰にともなく、独り言を呟いてみた。

我ながら随分と呑気《のんき》な言葉が、秋の風に吹かれて溶けていく。

雪子の今の役目は、ボランティアの取りまとめだ。研究者としての仕事でも、分科会委員としての仕事でもないこの役目に、雪子は自ら手を挙げて志願した。

ウォールが消えてしまった今、研究者としての能力も、分科会委員としての能力もあまり役には立たない気がした。それならば、せめて身体を使うことで復興を支えたいと思ったのだ。

「君がやりたいというなら、ぜひ行ってくれ」

申し出をあっさりと承諾した北沢に、雪子は少し拍子抜けした。

「えっ、意外です」

「何が」

「北沢さんなら『勿体《もったい》ないな、君は研究しろ』と言うような気がしました」

「当然そう思ってるよ。勿体ないって。でも、今君がやりたいことは違うんだろ？

だったら研究はその後でいい。今は君のやりたいことを、思う存分やればいいさ」

君にはその権利がある――北沢はそう言うと、からからと笑ったのだった。

つくづく、面白い先輩だと思う。けれど、彼がいなければ今の日本も、今の私もなかった。雪子は北沢を、心から素晴らしい先輩だと、改めて尊敬した。

いずれにせよ、今やるべきことはボランティアの取りまとめだ。

初めて携わる仕事で緊張していた。けれど、直接復興の役に立てることにワクワクもしていた。こんなときに不謹慎なのかもしれないけれど、それが彼女の素直な感想だった。

高揚した気持ちで、ボランティアの受付席に座る。

やがて受付時間になり、志願してやってきたボランティアが雪子の前に列を作った。

「……では、こちらにお名前と現住所をお書きください」

そう言いながらてきぱきとボランティアを登録していく。彼らは主に、関西からやってきた人々だった。こんなときに、東京にやってくるだけでも大変だろうに、人の善意はまだ捨てたものじゃないな、と雪子は思った。

ふと、彼女の前に、親子が立った。

三十くらいの精悍《せいかん》な顔つきをした父親と、天真爛漫《らんまん》そうな小学校低学年くらいの女の子だ。

「あの、娘と一緒にボランティアに参加することは可能でしょうか」

父親が、娘と手を繫《つな》ぎながら問う。

「ええ、結構ですよ。お嬢さん、おいくつですか？」

「七……あ、八歳です。先日誕生日でしたので」

「でしたら、物資を配っていただく仕事がいいですね。お父さんが運んで、お嬢さんが配布の補助をするのはどうでしょう」

「一緒にできるのでしたら、是非」

「それでは、こちらにお名前とご住所を」

差し出したノートに、男はさらさらと二人の名前と住所を書いた。

「ああ、神戸からいらしたんですね。遠いところをありがとうございます」

「いえ。今、みんな困っていますから。俺にも何か手伝えることがあるんじゃないかと思って来たんです」

「それで、お嬢さんと一緒に」

「ええ、一緒に」

男は、はにかむような表情で頷《うなず》くと、娘をひょいと抱き上げた。

「このふた月で思い知ったんです。家族がどれだけ大事なものか。人の善意がどれだけ尊いものか。だから……一緒に来たんです。何か二人で恩返しがしたいなと」

「そうだったんですか」

きっと、この親子にもいろんなことがあったのだろう。雪子は男の眉間《みけん》に深く刻まれた皺《しわ》を見ながら、笑顔を返した。

「……はい。では、こちらがボランティアカードです。なくさないように、あと作業中は必ずストラップで首から下げておいてください。えーと、まず尾田基樹さんと、それから尾田穂波ちゃん」

雪子は、二人にカードを渡した。

「ありがとうございます」

「ありがとう、おねえさん！」

カードを受け取った女の子——穂波ちゃんの元気な声が響く。

その朗らかで明るい声色に、雪子の頰も思わず緩んだ。

「あっ、その瞬間、ストップ！」

突然、雪子たちの間に誰かが割って入った。

ラフな格好の若い男だった。肩には大きな鞄《かばん》を、首からは大きなカメラをぶら下げている。マスコミ関係者だろうか。

「突然すみません、今の感じ、写真に撮らせてもらってもいいですか？」

「えーと……」

雪子が尾田親子とともに戸惑っていると、男は「あ、申し遅れました」と名刺を取り出し、雪子と尾田に差し出した。

「俺、中央新聞仙台支局の小野田と言います。ウォールについて取材を続けていまして、できればお三方のことも写真に撮らせていただきたいなと……それと、後で取材させてもらえればなおありがたいんですが、いかがですか」

小野田記者は、はきはきとした声色で流暢《りゅうちょう》に申し入れた。

一方的だなあと苦笑しつつも、雪子はその勢いに、不思議と不愉快さを感じなかった。

その印象を、泥だらけのスニーカーから感じたのか、年季の入ったメモ帳の分厚さから感じたのかはわからない。だが——。

なんとなく、自分と同じような匂いを感じた。

「尾田さんさえよければ」

「受付の方さえよければ」

雪子と尾田の声が唱和する。

その感じがおかしくて、数秒後、皆でぷっと噴き出してしまった。

瞬間、パチリとシャッターが下りた。

「今の感じ、サイコーです」

小野田記者が、カメラを片手に親指を上げていた。

カメラのディスプレイを確認しながら、彼は「おおっ……」と唸《うな》る。

「自分で言うのもなんですがいい写真ですよ、これ。……うん、明日《あした》の朝刊一面はこれで決まりです。少なくともデスクには推します。絶対に載せます」

「えっ、これ新聞に載るんですか？　それならきちんとメイクしてくればよかった」

「いや、そのままでバッチリですよ。カッコイイ」

「えー……」

北沢にスッピンを見られるのはちょっと嫌だなあ。まあ──今さらか。

それに、ちょっと嬉《うれ》しいかもしれない。カッコイイと言われるのは。

「いやあ、それにしても……ウォールって、何だったんでしょうね」

小野田記者がふと、感慨深げに言った。

その言葉に、雪子もしみじみと思う。

確かにそうだ──ウォールとは一体、何だったのだろう？

あれはなぜ、生まれたのだろう？

そしてなぜ、突然消えたのだろう？

そもそもいかなる原理があり、いかなる摂理で動いていたのだろう？

そこに理由を求めるのが、研究者である自分の仕事であり、使命だ。だが、このふた月の出来事を振り返るに、雪子にはどうしても、こういうふうに思えてならなかった。

——理由なんか、ないんじゃないか。

あるいは、あったとしても、それは人智の及ばない世界のことなんじゃないか。

かつてヴィトゲンシュタインは、自らの著作でこう述べたという——「語り得ぬものについては、沈黙しなければならない」

哲学的な意味は、雪子にはわからない。でも、この言葉はまさにウォールについて、的確にその本質を述べているような気がした。

そう、ウォールとは語り得ぬものなのだ。

それゆえ、沈黙するしかないものなのだ。

だからこれを理不尽と言うのだろうか？

あるいは非合理的と断ずるのだろうか？

非難したければすればいい。抗議したければすればいい。だが、どれだけ反駁《はんばく》を重ねたところで、自然とは、災害とは、始原的《ア・プリオリ》にそういう性質を持つものなのだという事実は揺るがない。

だから、そこに問いを置いて、頑《かたく》なに答えだけを求め続けることには、率直に言って意味がない。その意味で私たちはどこまでも無力で、だから望まぬ沈黙を強いられることに絶望してしまうのだろう。これもまた、認めなければならない悲しい事実なのだ。

でも――。

その一方で、こうして立ち上がる人々の姿があることもまた、事実だ。

今ここに、笑い合う人々がいるだけで、救いがあり、未来がある。それは、ウォールを理解できない絶望に勝る、確かな希望でもあるのだ。

だから、ただその一点を理解できただけでも、きっと私が足掻《あが》いた価値はあったのだろうと思う。いや――。

そういうふうに、信じたい。

「……あっ、見て！　あれ！」

穂波ちゃんが、空を指差す。

雪子たちも、つられるように空を見上げた。

雨上がりの午後の空に、雄大な二重の虹《にじ》が掛かっていた。

くっきりと浮かぶ七色の虹。水滴と太陽光が織り成す、奇跡的な自然現象――。

「綺麗《きれい》……」

雪子は思わず、溜息《ためいき》とともに感嘆の声を漏らした。

けれど十秒を待たず、それは皆が見つめる中、嘘のように消えてしまった。

そして、今の今まで七色の存在があったことなど嘘のように、大空はまた青一色に戻る。

「ああ、消えちゃった……」

残念そうに、穂波ちゃんが呟《つぶや》いた。

気まぐれに現れ、気まぐれに消える。

それはまさにウォールそのものだと、雪子は思った。

解説

杉《すぎ》江《え》 松《まっ》恋《こい》（ミステリー評論家・書評家）

私たちはいろいろなものを失ってばかりいる。

災厄小説は、裏返しに幸福を描いた小説でもある。人の世がいかに恩恵に満ちていたかということが、奪われて初めてわかるという物語構造になっているからである。人間の文明が終焉《しゅうえん》を迎える破滅小説は、誰もいなくなった場所を描くことによって、社会というものが無数の人間の営みから構成されていたことを示す。そこに人間がいなければ成り立たないということに、誰もいなくなってからようやく気づくのだ。

周木律《しゅうきりつ》『ＷＡＬＬ』を身震いしながら読んだ。なんと多くの生命が、人々の表情が描かれていることか。多くの声が聞こえてくる小説である。

物語は北方領土の色丹島《しこたんとう》から始まる。その丘の上に、イサークとゾーヤの夫婦が立っている。イサークはロシアの国境警備隊の船を補修する仕事を五十年も続けていたが、高齢を理由に退職を決意した。これから待っているのはゾーヤと二人で暮らす余生だ。

そんな二人の幸せが一瞬にして奪われる。死の寸前、イサークは山麓《さんろく》の向こうに出現した異様なものを見ていた。「厚みもほとんどなさそうで、砂糖菓子を包むセロファンか、または小さいころに遊んだシャボン玉の表面を思わせる模様が見える」「七色に輝く、半透明の壁のようなもの」。それに触れた瞬間に、イサークたちの体は消滅した。

ここまでがプロローグで、作者は複数の視点から以降の物語を紡いでいく。そのうちの一人が、東京技術大学の准教授である紺野《こんの》雪子《ゆきこ》だ。素粒子物理学を専門とする紺野は、マサチューセッツ工科大学での共同研究を終えて帰国した。三十四歳で出身ではない大学に准教授として迎え入れられたのだから、日本では異例の好待遇と言っていい。だが紺野は知っている。自分は女性登用の偶像、悪く言えば客寄せパンダなのだ。その紺野に電話をしてきたのは、同じ高校で科学部の一年上だった北沢《きたざわ》喬之《たかゆき》である。現在は官僚として内閣府に出向中だ。連絡をしたのは、理解しがたい現象について科学者の意見を聞くためだという。太平洋上を通っていた複数の航空機に異変が起きたのだ。そのうちの一機は自動操縦で空港に戻ってきたが、すべての乗員と乗客が消え失せていたのである。衣服や荷物はそのままに残されていたという点が謎を深める。

この人間だけが消えてしまう現象に強い関心を抱いた紺野が北沢とともに調査を進

めていく過程が物語の主筋である。やがて壁の存在が判明すると、ＷＡＬＬ（ウォール）と命名の上対策が講じられることになる。恐ろしいことにそれはひとところに留まっているのではなく、次第に西進してきていた。まずは北海道が、続いて本州、日本全体が壁に呑《の》み込まれることになるだろう。もちろん、被災地域はさらに広がるかもしれない。

北沢は設置された防災対策分科会に紺野の参加を要請したが、開かれた会議には彼女の代わりに研究室の上司である山之井《やまのい》敦人《あつひと》教授の姿があった。紺野よりも自分のほうが学識者としてふさわしいと、要請を揉《も》み潰《つぶ》したのである。平穏な日常ではなく緊急事態を描く物語では、人間の本質が際立ってみえることがある。この山之井は階級社会上位者の象徴だ。彼は紺野の機会を奪うだけではなく、彼女を侮辱しさえする。社会を不自由にしている障壁そのもののような人物なのだ。そのことで明らかになるように、本作にはそうした、社会の実相を描く諷刺《ふうし》小説の一面がある。

対策会議の席上で山之井は楽観論を唱える。物理学的根拠に乏しいから、ＷＡＬＬは存在すら疑わしいと。実際に迫りつつあるものから目を背け、現にいくつもの生命が失われているということを彼は認めようとしない。この光景に既視感を覚える読者は多いはずだ。責任ある人々がとるべき行動を怠ったために災厄が拡大したという例が過去にはいくつもある。山之井は、そうした過去の事例を最も愚かな形で繰り返そうとしているのだ。

前述したように本作には複数の視点人物が置かれている。紺野雪子はその中で、真実を突き止める者、あるいは救う者の役割を振られた主人公だ。彼女の前にはさまざまな障害が出現する。その中には山之井のように、嫉妬《しっと》や保身といった動機によって不合理な妨害をしてくる者も含まれる。もちろん最大の障害は迫りくるWALLそのものだ。人間だけを消滅させる壁はどのような原理によって出現したのか。この超現実的な難問を解かない限り、破滅は免れない。先走ってしまうが、ここで紺野によって示される仮説は鮮やかなものだ。まるで不可能犯罪の謎を解く名探偵の如し。作者の周木律はミステリーを中心として大衆小説全般を対象とするメフィスト賞の出身であり、さすがのお家芸を見せられたような心地がした。

他の視点人物でいえば、小野田奏太《おのだそうた》は見届ける者、あるいは守る者といえる。彼は中央新聞社仙台《せんだい》支局の記者である。新聞社の地方支局で華々しい活躍の場を与えられることは稀《まれ》だ。日常業務に倦《う》んでいた彼はある日、恋人からSNSで話題になっている動画の存在を教えられる。それはWALLを映したものだった。興味を覚えた小野田は取材のために動き始める。その後、紆余曲折《うよきょくせつ》を経て彼は福島第一原発にたどり着くのである。そこで二〇一一年に何が起き、現在も何が行われているかを改めて説明する必要はないだろう。人間を消滅させてしまう壁がそこに到達したら何が起きるかも。小野田は、紺野とはまた違う立場で闘う人々を目の当たりにすることになる。

第三の視点人物は尾田基樹《おだもとき》だ。彼はフリーランスのシステムエンジニアだ。シングルファーザーである尾田は、心ならずも七歳の娘である穂波《ほなみ》を近所に預けて神戸《こうべ》の自宅から帯広《おびひろ》までやってきた。そしてWALLの接近に遭遇してしまうのである。危機に瀕《ひん》した尾田の望みはただ一つ、娘の元に帰ることだ。彼は日常へ帰る者、あるいは家族を愛する者なのである。二〇一一年の東日本大震災を始めとする天変地異、二〇二〇年に日本国内でも流行が始まった新型コロナウイルス感染症など、突然の異変によって家族を奪われた方は数知れない。統計では死者の数しかわからないが、一人ひとりにそれぞれの人生があり、家族との営みがあったはずなのだ。その事実を改めて心に刻み付けるために尾田は描かれている。彼の視点を欠くとき、物語は人間の体温が感じられない空虚なものになっただろう。

こうして三つの視点が寄り集まり、人間の営みが危機に瀕するという事態が描かれていく。一つの章が短く、テンポよく切り替えられていくのは、三つの視点を渾然《こんぜん》とさせ、どれもおろそかにしないためだろう。WALLへの恐怖が迫るのと軌を一にして、作者は人間への信頼を描いていく。登場人物たちの感情が痛いほどに伝わってくる。そこで失われた命を惜しむ気持ちが湧き上がってくる。生命の小説である。

周木律のデビュー作は二〇一三年に第四十七回メフィスト賞を受賞した『眼球堂の

殺人～The Book～』（現・講談社文庫）だ。同作で登場した数学者・十和田只人《とわだただひと》を主人公とする謎解き小説の連作で好評を博したが、パンデミックを描いた『災厄』（二〇一四年。現・角川文庫）、科学が行き過ぎた結果引き起こされる災禍の物語である『暴走』（二〇一五年。同）など、パニック小説の名手であり、さらに二〇二一年の『あしたの官僚』（新潮社）のように動脈硬化を起こしたこの国の問題を鋭くえぐった作品もある。それらすべて、社会を見る人という周木の特質が遺憾なく発揮されたのが本書なのだ。人の心を描く作家よ。

本書は書き下ろしです。

WALL《ウオール》

周木《しゅうき》 律《りつ》

令和5年 4月25日　初版発行

発行者●山下直久

発行●株式会社KADOKAWA
〒102-8177　東京都千代田区富士見2-13-3
電話　0570-002-301（ナビダイヤル）

角川文庫 23623

印刷所●株式会社暁印刷
製本所●本間製本株式会社

表紙画●和田三造

ISBN 978-4-04-113319-4　C0193

◇◇◇

角川文庫発刊に際して

角　川　源　義

第二次世界大戦の敗北は、軍事力の敗北であった以上に、私たちの若い文化力の敗退であった。私たちの文化が戦争に対して如何に無力であり、単なるあだ花に過ぎなかったかを、私たちは身を以て体験し痛感した。西洋近代文化の摂取にとって、明治以後八十年の歳月は決して短かすぎたとは言えない。にもかかわらず、近代文化の伝統を確立し、自由な批判と柔軟な良識に富む文化層として自らを形成することに私たちは失敗して来た。そしてこれは、各層への文化の普及滲透を任務とする出版人の責任でもあった。

一九四五年以来、私たちは再び振出しに戻り、第一歩から踏み出すことを余儀なくされた。これは大きな不幸ではあるが、反面、これまでの混沌・未熟・歪曲の中にあった我が国の文化に秩序と確たる基礎を齎らすためには絶好の機会でもある。角川書店は、このような祖国の文化的危機にあたり、微力をも顧みず再建の礎石たるべき抱負と決意とをもって出発したが、ここに創立以来の念願を果すべく角川文庫を発刊する。これまで刊行されたあらゆる全集叢書文庫類の長所と短所とを検討し、古今東西の不朽の典籍を、良心的編集のもとに、廉価に、そして書架にふさわしい美本として、多くのひとびとに提供しようとする。しかし私たちは徒らに百科全書的な知識のジレッタントを作ることを目的とせず、あくまで祖国の文化に秩序と再建への道を示し、この文庫を角川書店の栄ある事業として、今後永久に継続発展せしめ、学芸と教養との殿堂として大成せんことを期したい。多くの読書子の愛情ある忠言と支持とによって、この希望と抱負とを完遂せしめられんことを願う。

一九四九年五月三日

角川文庫ベストセラー

災厄　周木　律

原因不明の症状で住民が集団死する事件が発生。ウィルス感染が原因と睨んだ厚労省の斯波は真相を解明すべく、政府内での駆け引きと拡大する災厄に挑む！一気読み必至のパニックサスペンス！

暴走　周木　律

警備員の島浦が勤めるのは、産業ロボットに管理された最新鋭化学工場。ある日、突然警報が鳴り響くと、島浦のいるシェルターの外で次々と人が死んでいく。パニックに陥る工場で、何が起きているのか――。

小説　Fukushima 50　周木　律

2011・3・11。未曾有の大震災の中、福島第一原発に残り、メルトダウンを食い止めるために戦った名もなき作業員たちがいた。彼らには、想う人たちがいた。オリジナルエピソードも描かれる迫真の小説版。

夜　赤川次郎

突如、新興住宅地を襲った大地震。道路が遮断され完全に孤立する15軒の家々。閉鎖された極限状態の中、人々の精神は崩壊しはじめ……恐怖、混乱、そして死。サスペンス色豊かな究極のパニック小説。

ドミノ　恩田　陸

一億の契約書を待つ生保会社のオフィス。下剤を盛られた子役の麻里花。推理力を競い合う大学生。別れを画策する青年実業家。昼下がりの東京駅、見知らぬ者同士がすれ違うその一瞬、運命のドミノが倒れてゆく！

角川文庫ベストセラー

にぎやかな未来　筒井康隆

「超能力」「星は生きている」「最終兵器の漂流」「怪物たちの夜」「007入社す」「コドモのカミサマ」「無人警察」「にぎやかな未来」など、全41篇の名ショートショートを収録。

農協月へ行く　筒井康隆

ご一行様の旅行代金は一人頭六千万円、月を目指して宇宙船ではどんちゃん騒ぎ、着いた月では異星人とコンタクトしてしまい、国際問題に……⁉　シニカルな笑いが炸裂する標題作など短篇七篇を収録。

幻想の未来　筒井康隆

放射能と炭疽熱で破壊された大都会。極限状況で出逢った二人は、子をもうけたが。進化しきった人間の未来、生きていくために必要な要素とは何か。表題作含む、切れ味鋭い短篇全一〇編を収録。

霊長類南へ　筒井康隆

新聞記者・澱口が恋人の珠子と過ごしていた頃、合衆国大統領は青くなっていた。日本と韓国、ソ連に原爆が落ちたのだ。ソ連はミサイルで応戦。澱口と珠子は、人類のとめどもない暴走に巻き込まれ――。

アフリカの爆弾　筒井康隆

それぞれが違う組織のスパイとわかった家族の末路（「台所にいたスパイ」）。アフリカの新興国で、核弾頭ミサイルを買う場について行くことになった日本人セールスマンは（「アフリカの爆弾」）。12編の短編集。